光文社文庫

ブルシャーク

雪富千晶紀

光　文　社

Bull Shark

Contents

ブルシャーク

Prologue

猛暑が日本全体を覆っていた。

太陽はギラギラと燃え盛り、湖と周囲の森へ容赦なく強い光を浴びせている。

風はなく、大気はうだるように暑い。

蝉たちの声は例年よりも弱々しく、生物たちは日が沈むのを物陰で息をひそめて待っていた。空を飛ぶ鳥すらいない。

この過酷な環境のもと、すすんで太陽に身を晒すものたちがいた。

——亀たちだ。

湖岸から離れた孤島のような小岩の上をびっしりと埋め尽くし、積み重なっているものもいる。ほとんどが、こめかみに赤い模様があり甲羅がこんもりと盛り上がっているミシシッピアカミミガメで、クサガメが数匹混ざっていた。

苛烈な日差しのもと、彼らは一様に同じ方向へ首をにゅっと伸ばしている。

見るものが見れば、異様と分かる光景だった。甲羅が乾きすぎてからからになっているにもかかわらず、どの個体も水へ入ろうとしない。岩に乗せた手足も焼け付くように熱いだろうに……。

彼らの瞳は、ある一点を凝視していた。

一メートルほど先で、凪(な)いだ水面をゆらゆらと漂うもの——。

仰向けになった亀の死骸だった。腹甲(ふっこう)に特徴的な黒い斑紋があるので、ミシシッピアカミミガメだと分かる。

固い甲羅ごと無惨に切断され、体の前半分は失われていた。後肢と尾だけがかろうじて確認できる。粗い切断面からは、肉や、卵巣に収まっていたはずの黄色い卵が引きずり出されていた。水中でふやけて揺れるそれらを、集まった小魚たちが突(つつ)いている。

重たげな目で、亀たちはそれをじっと見つめ続けた。

太陽はさらに天高く昇り、輝きと存在感を増していた。つられて気温も上がり、全ての生き物が苦況へ追い込まれる。

それでも亀たちは微動だにしなかった。

代わりに音(ね)を上げたのは蟬だった。指揮者に命じられたかのように、一斉に鳴くのをやめる。

森の中にいる生き物たちにもその行動は伝播した。小鳥も小動物もじっと気配を殺す――。

灼熱の空間で景色が時を止める。

湖は、完全に沈黙した。

＊

夜の真っ黒な海原に、煌々としたライトの灯りがいくつも揺れている。

駿河湾の大井川沖に集まった桜えび漁船たちだ。

桜えびは、深さ二五〇〇メートルまでの幅広い階層を有する駿河湾の中でも中深層に生息しており、昼間は水深二〇〇～三五〇メートルのところにいるが、夜になると三〇～一〇〇メートルへ浮上してくる。それを、一統と呼ぶペアになった二艘の船で網の両端を引っ張り捕らえるのだ。

可児が乗っているのは、第二光洋丸という船だった。網を海中へ下ろし終え、対となって網を引っ張る第一光洋丸と並走している。

うねりの少ない海を、船は一直線に進んでいた。切り裂く夜気は四月にしては生温く、むせ返るほど潮の臭いが濃い。時折、振動を感じたプランクトンの群れが、船の脇で幻想的に青く光った。

周囲を見渡すと、広い海原に十艘ほどの船が確認できた。まだ二十四歳の可児が知る中でも一番の少なさだ。

桜えびの漁獲量は年々減っている。ここ数年の海水温の上昇が主な理由だと考えられていた。春季の漁が解禁されて間もないが、やはり獲れ高は少ない。この分では秋季は解禁されない可能性もある。町では、プール制という獲った桜えびを全員が共有する制度を導入したり、加工品の開発や製造に力を入れたりして、必死で資源や漁師の生活を守ろうとしている。しかし、これでは……。

――どうすんべ。

心の中で呟いたとき、先輩の水谷(みずたに)に肘で小突かれた。

「ススム、ぼさっとすんな。網巻くぞ!」

船が停止するとともに船上が騒がしくなり、相手の船と連携を密にするための無線が飛び交い始めた。

糸巻きに似た大きなネットローラーが回転し始め、海中から網が這い上がってくる。水面近くまで巻き上げたところで網を二つの船の間に挟み込み、中にいる桜えびをホースで吸い上げ、ケースに詰めていくという手順だ。

しばらくすると、網の中に桜えびの姿がちらほら見え始めた。子どもの小指ぐらいの大きさで、ところどころに赤みを帯びた透明な体。船のライトを反射しきらきらと光るさまは、まさに生きた宝石だ。

軽快に網を巻き上げていたドラムだったが、あるところで急に止まった。

何かあったのかと操舵室を振り返ると、船長がきつねにつままれたような顔で甲板へ出て来た。

いつもならたわんで遊びがある網は、水面からドラムへ向かってピンと張りつめている。動力が切れた訳ではないようで、機械の駆動音はしていた。ネットローラーは懸命に網を引き上げようとしているが、びくともしないだけだ。

相方の船へ目をやると、向こうも同様に船員が集まって網を見ていた。

駿河湾は深い海だ。ところどころ海底内で隆起している場所もあるが、今いる大井川沖は水深二〇〇メートルはあるため、それより浅い場所に流している網が根がかりすることは考えづらい。

「鯨でも引っ掛けたか？」

古参の船員が呟くと、船長が首を振った。

「魚群探知機にそんなもの出てなかったぞ。困ったな……船バックさせて人力で揚げるか」

「ああ」

嫌な予感が膨らんでいくのを感じながら、可児はその様子を見ていた。冷える夜ではないのに首筋に鳥肌が立っている。こういう日はだめだ。早く港へ戻った方がいい。

「――なんか、動いてないか？」

別の船員がぽつりと口を開いた。

はっとして可児が船尾から下を覗き込むと、水を掻き分ける小さな白波が立っていた。エンジンを止めているのに船が動いている。それも、後方へ引っ張られるように。

「なんだこれ……おい！」

最初はゆっくりだったのが次第に速くなっていく。立っていられなくなり縁につかまって目をやると、相方の船も同じだった。波の抵抗を受け飛沫（しぶき）を迸（ほとばし）らせながら、後ろへ進んでいる。

海中から船を引っ張っている網は、二〇メートルほど先で黒い水面下へ消えていた。

可児は息を呑む。あの場所に何かがいる。艇体重量合わせて一〇トン以上にもなろうかという漁船二艘を引っ張っている、得体の知れないものが——。

「エンジンかけろ！　沖に持ってかれるぞ！」

操舵室に戻った船長が無線で叫ぶ声が聞こえた。エンジンのかかる音が響き渡る。

船底が大波をとらえ、激しく跳ね上がった。

「うわあああっ！」

宙に浮いたかと思うと落下して、可児はしたたか体を打ちつける。

網で繋がった二艘の船は、その後も木の葉のように翻弄され続けた。

いつもは自信にあふれた海の男たちも、船縁につかまって振り落とされないようにするのが精一杯で、どうすることもできない。いつのまにか漁場から引き離されていたため、他の船はまだこの事態に気づいてもいないだろう。

出鱈目な軌道を取り続けた船は、ゆっくりと円を描き始めた。

最初は大きかった弧が、カタツムリの殻の如く螺旋状に収縮して行く。同じ縁につかまっていた船員が言った。

「まずいぞ……このままだと、あっちの船とぶつかる」

並走しながらも距離を縮める相方の船が目に入り、ゾッとする。暗い海原。船と船がぶつかれば最悪の事態は避けられない。

渦潮に呑まれるような求心力を感じながら、もはや誰も声を出すこともできなかった。古参の船員は目をぎゅっと閉じて念仏を唱えている。

大きな水飛沫を上げながら、第一光洋丸と第二光洋丸は最接近する――。

――ぶつかる！

覚悟して可児は歯を食いしばった。

ブチッと大きな音を立て、船を引っ張っているローラーの綱が切れた。しなって船体を強く叩いたのち、海に落ちて沈む。

相方の船の綱はまだ繋がっていたが、片方が千切れたため、海の中の何かは引っ張るのをやめたらしかった。急速に勢いを失った船同士は、水の抵抗を受けて減速し、あと数メートルを残すのみという距離を空けて停止した。

波の音だけが響く中、誰も彼もが啞然としていた。百年以上続いてきた漁の中で、こんなことは一度たりともなかっただろう。

災いは去ったのだろうか。他の船員とともに、可児はふらつく足で立ち上がる。船酔いなのか分からないが、とにかく胃が気持ち悪かった。

甲板から身を乗り出して吐こうとしたとき、別の船員が声を上げた。

「おい、あそこ！　何か来るぞ！」

振り返り反対側の海へ目をやると、大きな水煙を巻き上げながら、何かが一直線にこちらへ向かって来ていた。暗くて何かは分からないが、横幅一〇メートルはあるのではないだろうか。鯨かシャチかと思ったが、トレードマークである背鰭が出ていないし、水の上を滑るようで彼らの泳ぎ方ではない。

再度、恐怖で体が震え上がる。船が横転して海に投げ出されたら……。

「摑まれ、摑まれー‼」

縁にしがみついた船長が叫ぶ。

大波が押し寄せ、甲板に海水がなだれ込む。衝突すると思った瞬間、船の手前で巨大な何かが飛び上がった。

「わあああああっ！」

上から大量の海水が降ってくる。上空を跨いで行くそれの大きさは船の長さと同じで、ゆうに一五メートルはあった。平らで分厚い。

揺れる船上で、皆、テニスの観客がボールを追うように首を動かした。

それは、夜空を覆いながら飛翔し、後ろにあった相方の船を追い越したのち、大きな飛沫を上げて着水した。

しばらく水面は揺れ続け、そのあとにはもう何の姿も認められなかった。

「なんだったんだあれは……」

甲板に這いつくばりながら、船長が呟く。

誰も答えることなどできず、海はただ静けさを取り戻していくだけだった。

7 days before

「えー、本日は、不二宮市主催、来常湖トライアスロン大会の関係者、スポンサーの皆様のための懇親会へようこそおいでくださいました。資金難により開催が危ぶまれました今大会ですが、新たにサポートしていただくことになった地元のスポンサー様のおかげで、例年以上に盛大に催すことが出来るはこびとなり、私以下、市民一同感謝の気持ちでいっぱいでございます」

壇上に立った市長は、六十名ほどの聴衆に向けて薄くなった頭を深々と下げた。

彼が背にした横幅二〇メートルはあろうかという大窓の向こうには、雲一つない快晴の空と夏富士のパノラマが広がっている。

「どうぞ、私の後ろをご覧ください。素晴らしい景色でしょう。我が市は日本一の霊峰、富士山のお膝元であります。世界遺産に登録されたのをきっかけに、外国人のあいだで人気が高まっており、富士山を眺めながら湖でトライアスロンが出来るこの大会も、年々出場者が増加しております。これを通じて、国内にも海外にも不二宮市を大いにアピールしていく所存ですので、皆様のお力添えをどうぞよろしくお願いいたします」

スピーチが終了すると、市庁舎の五階にあるホールは、割れんばかりの拍手に包まれた。

壁際に立った矢代（やしろ）は、ホッとしながらその光景を見守る。来常湖トライアスロン大会実行委員会の責任者として運営を任され、数ヶ月間四苦八苦して準備をしてきたが、やっとここまで漕ぎ着けた。仕事はもう後半戦に入っている。あとは順調に大会を遂行するのみだ。

市長に代わって司会が壇に上り、歓談の時間となることを告げた。

優雅な音楽が流れ始めた会場内で、矢代はスポンサーや関係者を回り挨拶していく。

ホテルで開催する予算もなく、市庁舎の片隅で軽食と飲み物を用意しただけの会だが、それだけに堅苦しさがなく居心地のよい空間となっていた。今年で九回目ということもあり、出席者には顔見知りも多く、あちこちで笑い声が上がっている。

上司の牛尾（うしお）から今大会最大のスポンサーであるメイケン製薬の会長を紹介されたのは、あらかた挨拶も終わった頃だった。一息ついて喉を潤しに水を取りに行こうとしたとき、声を掛けられた。

「矢代！　こっちだ。メイケン製薬の会長がみえたぞ」

その名の通り牛のように太っている彼についていくと、会場の入口で夏物の羽織と着物を着た白髪の小柄な老人を、市長が下にも置かぬ様子で出迎えていた。助役や職員たちも砂糖に群がる蟻のように集まってくる。

メイケン製薬はこの不二宮市に本社工場を置く創業百年の大会社だ。生薬を使用した胃薬は全国的に有名で、時代を経て今なおベストセラーとなっている。その会社を二代目として成長させ、現在は会長に収まっている奈良岡（ならおか）を知らぬものは市内になかった。

「奈良岡会長。こちらが実行委員会の主任で実務を取り仕切っている矢代です。何かありましたら、この矢代にお申しつけ下さい」

いつもはがさつな牛尾が、貼り付いた笑顔で丁寧に紹介する。

「矢代と申します。今大会のスポンサーになっていただき、誠にありがとうございます。ご期待に添えるよう努力します」

名刺を差し出すと、好々爺（こうこうや）を絵に描いたような柔和な笑顔で奈良岡は受け取った。

「うむ。矢代君だね。覚えておこう。うちは古い体質であまりこういうことはして来なかったんだが、これからの時代は地域に貢献することが大切だと社員から声が上がってね。こういった形で参加させてもらって嬉しく思っているよ」

髪は真っ白で薄く、加齢により瞼（まぶた）が垂れてはいるが、瞳は透き通っていてまるで仙人のような佇まいだった。ずっと前に亡くなった祖父に似ている気がして、思わず頬が弛む。

「うちの社員も何名か参加するようだし、当日は良い席で観覧させてもらえるようだから楽しみにしているよ。スポンサーなのに知らないでは失礼だと、私もトライアスロンのことを勉強し始めて面白さが分かって来たんだ。素晴らしい景色の中で、泳いで自転車に乗って、走って。どうして若いときにやらなかったのかと、爺さんになった今更後悔しているんだ」

会長を取り巻く人々から笑い声が上がる。市長が言った。

「そんなことはありません、まだ行けますよ、会長」

「戸部君、無茶を言うんじゃないよ。たまに孫が来るだけでくたくただからね」

「昼霧高原の新工場ももう稼働しているんですよね？　跡取りもいらっしゃるし順風満帆ですなあ」

「はは、孫の世代にはどうなっていることか。新工場や事業拡大も私は反対したんだが、時代に取り残されると息子が強く推してね。もう見守るだけだよ……あ、そうそう。矢代君にまだ紹介してなかった。これがその新しい工場の工場長の長田だ」

会長が向いた先には、スーツに身を包んだ中年男性が立っていた。会長と並んでいるからか、巨人のように大きく見える。眉が太くよく日に焼けていて一見意志が強そうに見えたものの、上の空で急に紹介されたことに驚き、戸惑った様子でこちらを見た。

型通りに名刺の交換をする。何も話さないのも失礼だと思い、矢代は笑顔で訊いた。

「長田さんも、トライアスロンに関心を持って下さっているんですか？」

首を縦に振ったものの、彼は怯えたようにきょろきょろと周囲へ視線を配っていた。手も震えていて明らかに落ち着きがない。

「た、たいした知識はないんですが、うちの工場とそう遠くない来常湖で大会が開催されると聞いて、どんなものかと会長に連れて来ていただいただけです……」

矢代は目を見張る。どう返したものかと考えていると、会長が笑った。

「すまんすまん。海釣りぐらいしか趣味がない堅物で、面白いことの一つも言えなくて。仕事になると、細かいところまで目が行き届いて有能なんだが……。悪い男じゃないから、よろしく頼むよ」

「はい」

会長につられて微笑む。

居心地が悪そうにしている長田をよそに、会長は市長や牛尾と談笑を始めた。

しばらく彼らの話に耳を傾けていたが、スタッフに呼ばれたため矢代はその場を離れる。

なんとなく気になって長田の方を振り返ると、先ほどと同じように心ここにあらずという様子だった。

　時間が経つにつれて会場の空気はほぐれ、盛り上がりはさらに増した。

　冷めた懇親会にならなかったことに安堵しつつ、壁際に戻り一息吐きながら眺めていると、今年から実行委員会へ配属となった入庁三年目の進藤（しんどう）が矢代の隣に並んだ。

　学生時代にボート競技をしていた彼は背が高く、いかにもスポーツマンといった風貌で筋肉質な体はよく日に焼けている。矢代と同じく企画課から招集されており、英国に留学経験があるため、ホームページなどでの英語を使用した情報発信はすべて彼に任されていた。

「今年は大成功間違いなしですね。大口のスポンサーもつきましたし、来年からはもっといい会場でやりましょうよ」

　目を輝かせて周囲を見回す彼に、矢代は苦笑した。

「スポンサーがついてやっとこの程度だから無理だよ。俺は今年で三年目だし、次は異動になるかもしれないから来年からは頼むぞ」

　市の職員につきものなのが異動だ。専門職でない限り、職種の垣根を越えて容赦なくシャッフルされる。矢代も前は別の課にいたし、次はどこへ飛ばされるか予想もつかない。

「俺まだ無理ですよ。矢代さんみたいに、牛尾課長とやり合えないですし」

「そのときになったらどうにかなるから、気にすんな」

心底不安そうな彼の肩を叩く。

横から声を掛けられたのは、そのときだった。

「――矢代、ちょっといいか？」

同期の関だった。進藤とは対照的な五分刈り頭に鋭い顔つきという硬派な風貌。水道局のブルーグレーの作業服に柔道で鍛えた厚い体を包み眉間に皺を寄せた彼は、明らかに苛立っていた。もともと無表情で取っ付きにくいのに、今日はさらにそれが倍加している。

「今じゃなきゃだめなのか？」

「できれば」

関係者への挨拶はほぼ終わっていたし、腕時計を見ると歓談の時間はまだ三十分ほど残っていた。

「進藤悪い、すぐ戻るから」

後を任すと、矢代は関とともに会場を出た。

普段は誰も来ない上階の休憩スペースへ着くなり、関は持っていたファイルを矢代の胸に押しつけた。

「――何だよ。いきなり」

「見てみろ」

長椅子に腰掛けて中を見ると、一ヶ月前に民間の分析会社へ委託した水質検査の結果が印刷されたものだった。大会のため自分が依頼したものだからよく覚えている。

トライアスロン大会を行なうには、国際競技団体が定めた一定の水質基準をクリアしている必要がある。スイムコースとなっている来常湖は農業用水の人工湖で、周辺一帯に張り巡らされている山系の水脈から水が湧き出ているため水質は非常に良い。当然、何ら問題ないという結果が示されていた。

「何が不満なんだ？」

結果が書かれたページを確認し、彼を見上げる。腕を組んで壁に凭れ掛かった関は、書類を指差した。

「そこじゃなくて、数値が大事なんだ。水道局は軽いパニックだぞ。ファイルに前年と前々年の分のデータも入れてあるから見比べてみろ」

「はあ？」

懇親会で気が張って疲れていたが、言われるまま書類を椅子の上に並べる。

よくよく読むと、去年と一昨年の分は数値がほとんど変わっていないのに、今年だけ顕著な変化があった。

「CODっていうのが増えてるな。一・九mg／Lから二・九mg／L」

関は頷く。

「化学的酸素要求量──水中にどれだけ有機物があるかっていう水質汚濁の指標だ。これがいきなり一・五倍になってる。たしかに環境省の水浴場水質判定基準ではどちらも〈A〉──良い部類だが、そんな大雑把に考えていいものじゃない。清流が普通の川になったぐらいの大きな違いがあるんだ」

「え、そんなに悪くなってるのか？」

「透視度も去年は一〇〇、今年は八〇。目視だし天気にも影響されるから精度には疑問があるが、ごくわずかに濁りを生じてると言える。あとは、藍藻類。去年は一mlあたりたった八個だったのが、七八個に増えてる。極めつきはpH（水素イオン濃度指数）だ。ほぼ中性の七・一から少しアルカリ寄りの八になってる」

矢代は必死で書類に目を走らせる。どれも関の言う通りだった。

「とにかく水質が悪化してるってことだな？」

「そうだ。周辺の田畑はここの水を引いてるし、市には死活問題だ。うちは南アルプスの伏流水で水が綺麗なことをアピールして観光客を誘致したりしてるから、ブランド力の低下にも繋がる」

書類を脇に置き、矢代は訊いた。

「でもなぜ？　まさか去年のトライアスロンの大会のせいで汚れたなんてことはないだろ？」

「それはない。その程度ではこんなことにならない。まだ不明だが、俺の勘ではおそらく何らかの有機溶液が流れ込んでる可能性が高いと思う。もしくは誰かが何かを捨てているか……」

「捨てている……」

真っ先に思い浮かんだのは、森林課の職員が先月の市報に寄せていたコラムだった。処分費用をけちるため個人や業者が市有林に粗大ゴミを捨てることは以前からあったが、最近では生の食品廃棄物まで投棄していく輩がおり、パトロールしているものの対応に苦慮しているのだという。

「——ま、すべては調査の結果次第だけどな。富栄養化してるかどうか、窒素やリンの量を詳しく分析したいから、これから来常湖まで行って検体を取ってくるつもりだ」

「これからって、そんな急ぐのか？」

「市民の水の安全を守るのが俺の仕事だからな」

関はこの日初めて笑顔を見せた。仕事への誇りが滲み出ていて、いかにも彼らしい。入庁して以来の親友。見た目は武骨だが、実直な人柄で慕う後輩は多い。

話が一段落すると、彼は組んでいた腕を解き、くだけた様子で矢代の肩を叩いた。

「最近どうなんだ？　勉強会まだ行ってるのか？」

こちらも気を弛めながら、矢代は首を振る。

「いや、大会の準備で忙しかったからほとんど行ってない。それにちょっとああいうのに飽きたというか」

「……そうか」

「そっちは？　さくらちゃん元気？」

娘の名前を出すなり、関は一気に相好(そうごう)をくずした。

「大変だよ。そういう時期らしいんだけど、あれも嫌、これも嫌って。誕生日プレゼントの人形予約したのに、『やっぱりピンクのドレスは嫌、青がいい！』って。今日の帰りにおもちゃ屋へ寄って、変更してもらうんだ」

困った体(てい)ながらも、目尻の皺から一人娘が可愛くて仕方ないという気持ちがあふれ出ていた。

「慶子に『矢代のおじちゃん来ないの？』って訊いてたぞ。大会終わったら、また遊びにこいよ」

「もちろんお邪魔させてもらうけど、俺がおじちゃん？　まだ三十だぞ？」

「自分は若いつもりでも、端から見たらいい年なんだよ。忙しい忙しいって言い訳してないで、さっさと相手見つけろ――じゃあな」

「あ――！　おい」

言うだけ言って、関はさっさと階段へ向かって歩いて行ってしまった。

「いつもながら、勝手だなあ」

苦笑してその背を見送ったのち、長椅子に目を戻して彼が水質検査の結果を忘れていったことに気づくが、共有ファイルをプリントしただけだし、特に返しに行くこともないかと思い直す。

腕時計を見ると歓談時間の終了が迫っていたため、慌てて立ち上がった。

視線を感じ、矢代はふと顔を上げる。

吹き抜けになった上の階から、二十五歳前後の若い女性がこちらを見ていた。色白で黒髪を背中まで伸ばした大人しそうな人。話したことはないが知っている。戸籍課の職員だ。

ぼんやりとした顔でこちらを見ていた女性は、矢代と視線が合うやいなや、びっくりしたように目を見開き、慌てて身を翻し逃げて行ってしまった。

「……なんだ？」

不思議に思いつつ、矢代は懇親会の会場へと急いだ。

6 days before

翌朝、矢代はスマホの着信音で目を覚ました。

寝ぼけまなこで枕元を手探りし、小さな目覚まし時計を取って見る。

まだ午前六時だった。すでに日は昇り始め、カーテンを透かして光が射し込んでいるが、人に電話をかける時間ではないだろう。

「つたく、誰だよ、こんな朝っぱらから……」

部屋の中心にあるテーブルまで移動し、充電していたスマホを覗き込むと、発信者は「関　慶子」と出ていた。——関の妻だ。

一瞬で目が覚める。すぐさま応答ボタンをスライドして出た。

「はい、矢代です」

電話の向こうから聞こえてきたのは、もしかして主人と一緒じゃありませんか？　という心細げな声だつた。

午前十時半頃、市庁舎を出た矢代は車で来常湖へ向かっていた。

空は快晴で、ここ数日と同じように外の気温はぐっと上がり始めている。

幹線道路沿いにさまざまなチェーン店が軒を連ねる不二宮市街地を抜けると、来常湖方面の山道へ入る。トライアスロン大会の準備で何度も往復している道だが、ハンドルを持つ手は緊張し、手のひらからは嫌な汗が吹き出していた。

明け方、関の妻の慶子から関が昨夜戻らなかったという話を聞いた矢代は、すぐに身支度を整え登庁した。真っ先に関の所属している水道局へ赴いたが、同僚たちは何も知らず、どこかで飲み潰れてそのまま登庁するのではないかと笑った。

昔ならばよくあったことだが、結婚して以降一切そういったことはなかったし、慶子に連絡すらしていないのだ。関という男をよく知っている矢代には、どうしても不可解に思えた。

登庁時間まで待ってみたが、やはり関は現れなかった。

そのことを電話で慶子に伝えると、彼女はさらに狼狽した。まずは警察に相談したらどうかと不安がる彼女にアドバイスしたのち、トライアスロン実行委員会の事務局へ戻って仕事をしていたところ、十時頃、水道局の局長が連絡して来た。来常湖の南キャンプサイト駐車場に関の車が置きっぱなしなのを、管理人が見つけたのだという。

トライアスロン大会の会場でもある来常湖は、富士山の西麓、標高六〇〇メートルの、昼霧高原の一角に位置している。周囲には緑が広がっており、キャンプサイトや国民休暇村、牧場ぐらいしかない。そこに無人の車だけが残されているというのは、どう考えてもおかしかった。

キャンプサイトの駐車場へ到着すると、まばらに駐車された車の中に、見覚えのある関のワンボックスカーがあった。その隣に軽自動車のパトカーが並び、若い警官が中を覗き込んでいる。

少し離れた場所に車を置いた矢代は、エンジンを切ってドアを開けた。途端に、蝉の声が耳をつんざき、猛烈な暑さに包まれる。日差しが強く痛いぐらいだ。何かないかと車内を見回したところ、昨日関から渡された水質検査結果のファイルがあったため、それを日よけにして外に出た。

「すみません、その車の持ち主の友人ですが」

「ああ、はい。関さんて方の。奥さんからも電話が来たと署から連絡がありました」

制帽の庇(ひさし)を上へ傾け、警官は答える。帽子の下の短い髪は汗びっしょりだった。

「じゃあ、事情は分かってますよね。昨日から戻らなくて車だけがここにあったんです」

「ええ、どこに行かれてるんでしょうねぇ」

間延びした他人行儀な言い方に、矢代は苛立ちを覚える。車を一周して調べる警官について行き、食い下がった。

「どこって、行方不明だから来てもらったんじゃないですか」

光の加減で見づらいのか、ガラスに顔を近づけながら、警官は答える。

「僕はパトロール中に不審な車があると言われて来ただけで、その件で来た訳では……。今のところ事件性もなさそうですし、これで終了ですね」

「終了って、ちょっと待って下さい。連絡が来たなら知ってるでしょう。この車の持ち主は昨日から帰っていないんですよ？　おかしいでしょう、こんな場所に」

帽子を持ち上げ、警官は額に流れる汗を袖で拭った。

「そう言われても、ここは公共のキャンプ場の駐車場で、車を停めておくことは違法でもありませんし、表の通りにはバスだって走ってるでしょう？　それに乗ってどこかへ行っているのかもしれない。成人男性が一晩戻らないからといちいち捜していたら、警察の仕事はパンクしますよ」

「な……」

呆気（あっけ）にとられていると、駐車場の入口からクリーム色の軽自動車が入って来た。矢代たちの後ろのスペースへ停止し、中から関の妻の慶子が飛び出してくる。矢代から連絡を受けてすぐに駆けつけたのだろう。化粧気がなく服装も部屋着のような半袖シャツにスカートで、取るものもとりあえずといった様子だった。

「主人は見つかりましたか⁉」

矢代は首を振る。駆け寄った彼女は、警官に詰め寄った。

「お願いします、捜して下さい。結婚してから四年、こんなこと一回もなかったんです。事故か事件に巻き込まれたのかもしれません」

警官は困ったように頭を掻いた。

「今の段階じゃ何もできないので、とりあえず署に来てもらって、行方不明者届だけ出してもらえませんか？」

「どうしてですか⁉　よくいなくなった人を捜してるじゃないですか」

「規則ですから。成人男性の場合、明らかな事故の証拠や事件性がないと……」

「でも、絶対におかしいんです！　昨日メッセージで夕飯のメニューを訊いてきたし、娘のためにおもちゃ屋へ寄ってから帰るって……」

暑さに参ったのか、うんざりしたのか、警官は再度慇懃に言った。

「だからまず行方不明者届を出して下さい。担当者が相談に乗りますから」

逃げるように警官が駐車場を出て行ったのち、慶子は思い出したようにポケットからキーを取り出し関の車のドアを開けた。中から溜まった熱気が流れ出る。

手がかりはないかとチェックするが、空の飲み物やガムの包みが出て来ただけで、関の行方を示すものは出て来なかった。矢代も手伝い、助手席の下に水の採取キットがあるのを見つけて開けてみたが未使用だった。昨日の話もあったし、湖の水をすくおうとして落ちたのではないかなどと考えていたが、杞憂だったのかもしれない。

溜め息をついてドアを閉じた慶子は、いつもの知的な彼女とは違った。真っ青な顔で落ち着きなく親指の爪を噛んでいる。

「行方不明者届を出すなら早い方がいいですよね？　私、これから警察署に行ってきます……」

矢代は頷いた。

「それがいい。俺は管理人と一緒にこの周辺を捜してみるから……さくらちゃんは？」

「いつもどおり幼稚園に……ぐずったけど、あの子がいると動けないから。スマホも繋がらないんです。電源が切れてるみたいでGPSでも捜せなくて」

崩れ落ちそうな彼女を励まそうと、矢代は肩に手を置いた。

「大丈夫。関は絶対に戻ってくるから。だからそれまで気をしっかり持って。慶子さんやさくらちゃんにまで何かあったらいけない」

警察署へ向かう慶子を見送ったのち、矢代は駐車場を抜けて湖へ繋がる芝生の土手を登った。

そこからは、来常湖の全景が見渡せた。

今立っている南側から見ると、湖は右を向いた鴨のような形をしている。頭が東で尻尾が西、背中が北、腹が南という分かりやすい構図だ。周囲は約四キロ、面積は約〇・三平方キロメートルと、富士五湖などと比べると小さいが、農業用水の水瓶としているだけあって、ちょっとしたダム湖ぐらいの大きさはあった。鴨の腹の下部分には、若草色のキャンプサイトが広がり、その他の部分は緑の森と山が取り囲んでいる。

さらに鴨が向いている東のはるか向こうには、富士山の西面が堂々たる威容を現していた。

鴨の胸下に建つ管理事務所へ向かおうとして、太陽の光をギラギラと跳ね返す湖に目が引き寄せられた。来常湖は水際に数メートル幅の棚があるだけで、内側はぐっと深くなり、最深部は一五メートルにも達する。関が誤って転落していないか、やはり気になるところだった。

斜面を下って事務所の前に到着し、戸を開けようとしたときだった。

「おう、矢代じゃないか」

後ろから声がして振り返った矢代は、こうもり傘をさした男の姿に驚く。

作業着姿の管理人、津森だった。この殺人的な日差しの下で作業するため、こんな格好をしているのだろう。今年六十四歳の彼は、市役所を退職後、嘱託職員としてここで働いており、この三年間トライアスロン大会の運営をしている矢代にとって、気心の知れた存在だった。

首にかけたタオルで汗を拭いながら、彼は顔を顰める。

「関の件で来たんだろう？　報せをもらって、二時間ぐらいこの辺一帯を捜して来たんだが、いなかったぞ」

傘を閉じて立てかけると、津森は事務所の鍵を開けた。矢代も彼について中へ入る。幸いなことに、クーラーがかかっていて一瞬で汗が引いた。

あっついねえと言いながら、事務所の奥にある冷蔵庫の麦茶を取り出してコップに注ぐと、津森は二人分を机の上に置いた。

「さっきお前が、関は水質検査に来たって言ってたから、特に注意して水辺も見て来たんだけど滑ったような跡もなかったよ。植え込みの下や森の方も捜してみたけどいないね。

人騒がせな奴だな。奥さん泣かせてどこへ行ったんだか」

この仕事は退職後の暇つぶしと言って憚らない津森だが、不二宮市が所有するこの湖一帯とキャンプサイトの主のようなものだ。異常があればすぐに気づく。その彼が言うならそうなのかもしれないが、どうしても気持ちが収まらなかった。

「俺もあとでちょっと捜してきます。やっぱり心配なんで。防犯カメラの映像見せてもらえますか？」

「それは構わんが、この事務所の入口と外の自販機のとこしかないぞ？」

麦茶を飲みながら、矢代はノートパソコンに保存されている防犯カメラの映像を早回しで見る。しかし、数組の家族連れやカップルが映っているだけで、関らしき人影はなかった。

「この角度じゃまったく分からんわな。もっと予算つけてもらって湖の方や駐車場にもカメラ設置すれば便利になるのに」

横から覗き込んだ津森が呟く。見終わると、息を吐いて矢代はパソコンを閉じた。

事務所の戸が無遠慮にガラリと開かれ、大きな声が響いた。

「おじーちゃーん、缶切り貸してー。買って来たつまみが食べられなくってー」

入って来た人物に矢代は目を丸くする。テレビなどで目にする、いわゆるギャルという生き物だった。小麦色の肌で、ブランド名の書かれた白いタンクトップにピンク色のホットパンツ姿。脱色した金色の巻き髪を二つ縛りにし、グレーのキャップを被っている。大振りなゴールドのフープピアスと手にじゃらじゃらつけたブレスレット。化粧も濃く、瞼が開けにくいのではないかというぐらいのつけ睫毛をしていた。

「はいはい。缶切りね……」

　腰を上げた津森は、矢代が座っている机の引き出しを漁りはじめる。

　ガムをくちゃくちゃと噛んでその様子を眺めながら、女は言った。

「ねー、めっちゃ暑いんだけど、湖に入っちゃだめ？　水綺麗だし、トライアスロンやるって看板あるし、別に泳いでもいいんでしょ？」

「だめだめ。湖畔からだと浅瀬に見えるけど、急に深くなってるから」

　津森は大げさに手を振った。彼に続いて矢代もつい口を出してしまう。大会前に面倒は御免だ。

「トライアスロンのときは監視員がいるし、ボートやダイバーがすぐ救助出来るよう待機してるから大丈夫なだけです。普段は絶対に泳がないで」

　二人から畳み掛けるように言われ、彼女は不機嫌そうに口をすぼめた。

「ふーん、つまんないのー。まあいいけどね、明後日には土肥(とい)の方に行くから海水浴できるし」

ようやく缶切りを見つけ出した津森は、彼女に手渡す。

「この辺一帯を回ってるのか？　お嬢ちゃん、東京から来たんだっけ？」

「うん。彼氏がキャンプ好きで仕方なく付き合わされてんの。せっかく二週間休み取ったのに、暑いし虫いるし、すでに最悪なんだけど。友達とハワイでも行けば良かった。こんな不便な生活があと九日も続くと思うと、ほんとうんざり」

おどけて顔を歪めると、あとで返しにくると言って彼女は缶切りを振りながら管理事務所を出て行った。

「彼氏の趣味に付き合うのも大変だな」

開けっ放しにされた扉を閉めながら津森は笑う。矢代は頷いた。この猛暑にもかかわらず、キャンプに付き合うなんて見た目とは裏腹に奇特な女だ。

「土肥に行くと言っていたし、湖には入らなさそうですね……大会コースの設営があるから明々後日（しあさって）以降はキャンプサイト営業停止になってますけど、それは伝えてあるんですよね？」

津森はしっかりと頷いた。

「ああ、もちろん言ってある」

管理事務所を出ると、再び蟬の声と灼熱の太陽が待ち構えていた。

デジタル腕時計のディスプレイは、三四度を示している。高原の芝生なので町中より多少気温は低いものの、それでも十分に暑い。まだ午前だから、これから気温はもっと上がるだろう。

自販機でスポーツドリンクを買うと、矢代はその横にある「ご自由に」と書かれた傘立てから、なるべく綺麗そうな紺色の傘を選んで抜き出した。つい今しがた、津森にさして行けと言われたからだ。キャンプサイトや湖の南側は日陰がほとんどないし、背に腹は代えられない。

格好悪いし嫌だったが、さしてみると日が遮られだいぶ涼しく感じた。周囲を見回したのち、湖畔に並ぶ木々の脇を抜け、鴨の形をした湖の腹の部分へ向かう。

輝く水面の上に栈橋が見えて来た。トライアスロンのスイムのスタート地点もこのあたりだ。浅瀬から鴨の頭の方へ泳いで行き、巨大なブイを目印に一周してまたこの栈橋へ戻ってくるというコース。

津森は見回ってくれたと言っていたが、やはり水辺が気になっていた。関の行方に繋がるものはないか、目を皿のようにして確認する。

たった三十分捜索しただけで、汗がだらだらと流れ出ていた。スポーツドリンクを飲みながら桟橋に立って透明な水の中を覗き込むが、何もない。石が転がる水底には光の模様が揺れており、小魚の集団が平和に泳いでいた。

水辺を後にした矢代は、芝生の土手を登る。キャンプサイトを見渡すと、よく手入れされた美しい芝生の広場が広がり、その奥を森が包み込んでいた。いつもなら夏休みの子ども連れや大学生のグループなどで所狭しとテントが張られているが、今年は強すぎる日差しのせいか客足はほぼなく、かろうじて森の際に二つあるだけだった。

矢代は目を凝らす。一つは、中型のテントの前にタープという日よけを張った大掛かりなものだった。キャンプ用のリクライニングチェアを二つ並べ、さきほどのギャルと恋人らしいいかつい男が寝そべって話している。スピーカーで音楽を流しているのか、蟬の声と重なるように微かな重低音が響いていた。

もう一つのカーキ色のテントは、そこから二〇メートルほど西側にあった。ひとりが眠れるだけの小さなもので、周囲に道具らしきものは一切なく、ただ寝るためだけに置いてあるという感じだ。入口が反対を向いているので、テント内に人がいるかは分からない。

「このクソ暑いのにソロキャンプなんて、物好きだな……」

関がこちら側にいる可能性は低そうだと思いつつ、ざっとキャンプサイトを見て回る。

木々の間や、炊事場、森の中も確認したが、手がかりはなかった。

土手に戻った矢代は、全景を見回す。近場はだいたい捜したのに、なぜ見つからないのだろう。彼がいなくなった夕方以降にバスはないし、こんな辺鄙な場所で車を置いてどこかへ行くわけはないのだ。ぜったいにどこかにいるはずなのに。

どんな理由で失踪したのかよりも、彼の体が心配だった。昨日、市庁舎を出たのが十八時すぎ。何らかの理由で意識を失っているとしたら、水分不足で命に関わる。関には、さくらという娘がいるのだ。まだ幼い彼女から父親が奪われるのはむご過ぎる。

西側に広がる森へ、ふいに目が引き寄せられた。右を向いた鴨の尻尾の方——湖を取り囲む遊歩道が森に邪魔され途切れていて、そこだけは津森もまだ捜していないに違いなかった。

「仕方ない、行くか」

管理事務所に戻ってスポーツドリンクを買い足し、森へ向かう。ポケットからスマホを取り出して見ると、役所からの着信が数件入っていた。時計は正午を過ぎている。そろそろ戻らないとまずいが、捜し漏れは避けたかった。最悪、十五時から入っている会議に間に合えばいい。

森の中へ足を踏み入れると、頭上高く茂る木々の葉で日光が遮られ、一瞬で体感温度が下がった。傘を閉じた矢代は、何層にも重なった枯れ葉を踏みしめ奥へと入って行く。ほの明るく心地よい森だった。四方から大きく響く蟬の声には辟易するが、開放的で見通しが良い。慎重に周囲へ目を配りながら、葉を足で蹴散らし、関を捜した。

湖を囲む水辺では、枝を伸ばした木々が水面に影を落としていた。下草のせいでどこまでが地面なのか分からないため、木につかまりながらそろそろと足場を確保し、岩影や水の中などもくまなく見て行く。

汗はあとからあとから噴き出してきた。日向よりはましだが、日陰でも気温が高いのは同じだ。むしろ湿度は高く、蒸されて不快感が溜まって行く。ポケットに入っていたパイルのハンカチで顔や首筋を拭いながら、矢代は先へ進んだ。

視界の端があるものを捉えたのは、三十分ほど経ったころだった。

代わり映えしない森の景色の中、少し先の木の根元に黒いリュックサックがあった。木の葉の上にあり、まだ置かれて間もない様子だ。体がだいぶ消耗しているのを感じながら、力を振り絞って向かう。

しゃがんで手に取ると、どこでも売っているアメリカの有名メーカーのリュックサックだった。色褪せていて、かなり使い込まれていることが分かる。

関はこんなものを持っていなかったと思うが……。

中身を確かめるため、メッキが剝げたファスナーに手をかけたときだった。

背後で微かに落ち葉を踏みしめる音がし、後頭部に冷たい金属の筒が突きつけられた。

「振り返るな」

一瞬で血の気が引く。低い声――女のものだった。

パニックに陥る。こんな人気のない森でこの女は何をしているのだ？ 仲間がいるのか？ 頭に突きつけられているのは本物の銃なのだろうか？ もしや、関の失踪にも関わっている？ もしここで撃たれても誰も気づかないに違いない――。

「気配がしたから木の陰に隠れて見ていたが、何かを捜しているのか？ 人の鞄まで勝手に触って」

内容のわりに怒っている訳でもなさそうな、淡々とした声。ポケットの中のスマホを取り出せればと思うが、後ろから一挙手一投足を監視する視線が許してはくれなかった。

仕方なく矢代は素直に答えた。

「リュックサックのことは悪かった。行方不明になった人を捜してて、彼のものかと思ったんだ。それに、こんなところに人がいるとは思わなかったし……」

女は何も言わなかった。

　さらに一歩こちらへ踏み込む音がし、後頭部の銃がさらに強く押し付けられる。恐怖でもうだめかと思ったそのとき、首もとを引っ張られるような感覚がし、気の抜けた声が聞こえた。

「なんだ、お役人か。この猛暑に人捜しとは酔狂なことだな。……不二宮市役所の矢代貴(たか)利(とし)サン」

「なんで……」

　反射的に矢代は振り返った。相手が自分の首とストラップで繋がった市役所のＩＤを手にしていることに気づき、しまったと思う。庁舎を出たあと外すのをすっかり忘れていた。

　女の姿にも目を見張る。百八十近くあるんじゃないだろうか。とにかく背が高かった。赤茶っぽくあちこち飛び跳ねた短髪。引き締まった細身の筋肉質の体を色褪せた濃いグレーのＴシャツと迷彩柄のパンツで包み、足には編み込みのミドルブーツを履いている。レンジャー部隊か何かにしか見えず、さらに男ではないかという疑惑が浮かび凝視するが、平らに近いものの胸もあるし、やはり女性で間違っていないようだ。

　つまらなそうな顔で、彼女はＩＤを放り出す。反対の手には、矢代の後頭部に突きつけていたらしいナットを締める工具が握られていた。こんなもので騙されるなんて、テレビの見過ぎだろうか。

あとずさりながら矢代は訊く。

「あんたこそ何やってんだ。鞄に触られたぐらいで過剰防衛だろう」

腕を組んで近くの木に体をもたれさせた女は、面白そうにこちらを観察しながら肩を竦めた。

「……ここではそうかもしれんな。すまなかった」

あっけらかんと謝られて肩すかしを食らう。言葉が見つからず口をぱくぱくさせていると、彼女は急に真剣な表情になって言った。

「悪いが、あんたが捜している人についてはお門違いだ。私は今朝ここへ到着したばかりだし、何も知らない」

鳶色の瞳に射すくめられる。色白でそばかすだらけだし、顔の造作は地味そのものだったが、落ち着きと自信に満ちあふれていた。

「……分かった。それで、あんたはここで何をしてたんだ?」

目に入った汗を拭いながら質問すると、彼女は薄い唇を開いた。

「私は、渋川まり。久州大学の准教授だ。友人からこの湖にオオメジロザメが迷い込んでいると聞いて保護しに来た」

「サメ? ……サメってもしかして映画の『ジョーズ』のこと?」

大真面目に彼女は頷いた。

「そのサメで合っている。映画のホホジロザメとは種類が違うがな。オオメジロザメは、英語でブル・シャーク。人食いザメという言い方はしたくないが、気性が荒く人間と出会うと不幸な結末になる可能性がある」

ふざけているのかと思ったが、彼女の顔はそんな気配を微塵(みじん)も漂わせていなかった。

――馬鹿馬鹿しい。こんなところにいるわけないじゃないか。

太陽が高く昇り、木漏れ日として落ちてくる日差しも強くなっていた。周囲には蝉時雨が降っている。

無言のまま対峙していると、鳥が大きな声で鳴きながら上空を横切って行った。

*

満月の明かりが神秘的に湖面を照らし出している。

昼間の蝉の声と入れ替わるように、周囲には虫たちの声が響いていた。あとは、自分たちが水を掻く滑らかな音しかしない。灼熱の太陽にさらされた湖水は、夜になってもまだぬるかった。淡水のため海よりも浮かびにくいが、潮の臭いもなくさらさらとしていて、肌に心地よい。

女が寝そべった水上ベッドの周囲をゆるく平泳ぎしながら、男は体に触れる水の感触をじっくりと楽しんでいた。

「ねえ、ケンジも一緒に寝転がろうよ。月が綺麗だよ」

黒いビキニに身を包んだ女は、見ていたスマホを脇に置き、上体をこちらへ傾ける。

微笑してベッドへ近づき、男はバングルやブレスレットが重ねづけされた細い手首を摑んだ。

「そっちこそ泳ごうぜ。こんなに気持ちいいのに」

「やだー、あたしマジで泳げないの。こうしてるだけで十分だから。ほんと無理」

可愛い女だ。自分が守ってやらないと何も出来ない。笑って水を飛ばすと、頰を膨らませた彼女と掛け合いになった。

しばらくじゃれ合ったのち、女はふと視線を別の場所へ向ける。

「やっぱちょっと心配なんだけど。湖入ったことばれないかな？　隣のテントの人、なんか怖そうだったし、管理人にチクりそう」

彼女が見ているのは、土手の向こうのキャンプサイト、森の際に張った自分たちのテントだった。ランプをつけっぱなしにして来たため、灯りが透けて見えている。

男は防水の腕時計を確認した。深夜二時。自分たちのテントから少し離れた場所にある小さいテントへ目をやると、そちらは光が消えた黒い塊となっていた。

「大丈夫だよ。あのでかい女、とっくの昔に寝ちまってる」

言いながら男は口中で苦虫を噛み潰す。——今日このキャンプサイトへ来た新参者。

彼女は、朝一番に大きなバックパックを背負って来たかと思うと、驚くべき早さでテントを張り終わった。父親譲りのキャンプマニアで、あらゆる地形を知りつくしている自分の目から見ても、完璧な場所取りだ。気になってチラチラ様子を窺っていたところ、まだ来て十五分だというのに、彼女は外に椅子を出してのんびり朝食をとっていた。それ以降も動きに無駄がなく、まるで野営に慣れた兵士のようだった。

——女のくせに。何ものにも臆しない堂に入った態度が気に入らなかった。自分が連れているレナのように、男にすべてを頼る女の方がよほど可愛げがある。

さらに腹が立ったのは、向こうからこちらのテントへ来て声を掛けられたときだ。ムカついていたから、鍛えた体で威圧してやろうとしたのに、圧倒されたのはこちらの方だった。

最初に感じたのは、野生動物を目の前にしたような畏怖。三十歳ぐらいだろうか。驚くべきことに、女の目線の高さは、男の中でも背が高い自分と同じだった。すらりとした筋肉質の体に、黒っぽいフィットしたTシャツと迷彩柄のカーゴパンツ。スッピンの顔は地味な造作で、両頬と鼻にそばかすが散っていた。身長以外に際立った要素などないのに、本能がこいつと争ってはダメだと警告した。色素が薄い切れ長の瞳が物語っていたのだ。自分よりもずっと破壊的で陰惨な景色を見たことがあると。

こちらを見ながら、女は薄い唇を開いた。

——急にすまない。このキャンプ場に滞在しているのは私とあんたたちだけのようだし、一つだけ言っておきたいことがあって。

デッキチェアに座ってこちらを窺っているレナの手前、虚勢を張って「なんだ」と答えると、女はわざと驚いたような表情で苦笑した。馬鹿にされたようで、さらにカッとなる。

——湖には入るな。それだけだ。

そう告げると、女は背を向け西の森の方へ歩いて行った。

彼女のテントから目の前の湖へ視線を戻し、ぐっと拳を握る。

地元の仲間には喧嘩が強いとリスペクトされているし、あんな女ごときに命令されるのは屈辱だった。だからあえて入ってやることにした。レナも管理人に入るなと言われたそうだが、数日後にはトライアスロン大会が行なわれる湖なのだ。溺れる以外の危険はない筈だ。

バシャリ、と大きな水音がして反射的に振り返る。北東側の堰堤近くに波紋が広がり、月明かりに揺らめいていた。

「なんだろ……」

不安げに呟くレナに、微笑する。

「魚だろ。海でもよくボラが跳ねてるし。そんなことより楽しもうぜ。せっかく貸し切りなんだから」

言って男は水に潜った。大胆に体を動かし自在に泳ぎ回る。水面には月光が射し、きらきらと輝いて綺麗だった。トライアスロン大会に使用するだけあって中心部は深く、足がまったく底につかない。

息継ぎをしては潜るを繰り返して泳ぎ回る。馬鹿みたいだが楽しく、心が満たされた。湖に入ることで、自分はあの女に勝ったのだ。

頭上にすっと影が差したのは、底から浮上しようとしたときだった。見上げた途端、全身が凍り付いた。

大きなものが、自分とレナのいるベッドの間を通り抜けて行ったのだ。一瞬のことなのでよく分からなかったが、確かに何かがいた。

水中を見回す。誰もいない夜の湖。ほの明るいものの、視界は数メートル先で途絶えている。

ごくりと息を吞み、傍に張り出していた大岩につかまって心を落ち着かせる。

慌てるな、ここは海じゃない。淡水だ。大きな魚が居たから何だというのだ。恐れることなどない――。

気を取り直し上を向いた瞬間、再び影が目に入った。それは、普通の魚とは違う泳ぎ方で現れ、レナがいるベッドの下をゆっくりと円を描くように旋回し始める。

完全に、ただの魚ではなかった。

――湖には入るな。それだけだ。

岩にしがみついて震えながら、男は思い出した。管理人でもないのに、わざわざそんなことを言いに来たあの女。あれの存在を知っていて、警告しにきたのではないだろうか――。

体がすくみ、口から気泡が漏れそうになるのをかろうじて堪(こら)える。呼吸はもう限界だった。だが、浮上することは考えられない。確実にあれの餌食になる。

自分たちがいた位置を頭に思い描き、一番近いと思われる桟橋をめがけて男はゆっくりと泳ぎ始める。

思いのほか遠く、途中からはがむしゃらに進んだ。水泳は得意だったが、息が出来ないのは辛い。

しばらくすると、前方に棚のようなものがうっすらと見えて来た。木の脚が何本も立っているから桟橋だろう。

やった、助かった――。

手を伸ばした次の瞬間、後ろから圧倒的な水流がやってきて体を包み込むのを感じた。振り返ろうとするが、そのときにはもう意識は途絶えていた。


「――ケンジ？　どうしたの？」

桟橋の方で水音がした気がして、スマホを見ていた女は顔を上げた。しばらく男が息継ぎに浮上していないことを思いだし、周囲を見回す。森に囲まれた静かな湖――何の音もしない。

「ケンジ、ケンジってば」

返事はなかった。待ってみるが、男が上がってくる気配はない。

急に不安に駆られた。昼間、管理人ともう一人いた男が、中心部はかなり深くなっていると言っていた。もしや溺れてしまったのではないだろうか……。

気づいてから、すでに三分は経過していた。半狂乱になって、もう一度男の名を呼ぶ。

「返事して！　ケンジ！」

広がる沈黙。森から梟（ふくろう）の声がして、びくりとする。

「やだ、通報、警察、救急車呼ばないと……」

パニック状態でデコレーションされたスマホを摑み、ネイルアートをした指で通話のアイコンをタップする。

ごぼっと音がして目の前の水が盛り上がり、男の頭が現れた。女はホッとしてスマホを置く。

「ちょっと、脅かさないでよ。本当に心配したじゃん、最悪！」

目尻に涙を浮かべ男を睨みつける。

顔の下半分を水につけたまま、男はじっとこちらを見ていた。

「何か言いなよ」

男は動かない。瞬きすらしなかった。よくふざける彼だが、今は笑う余裕はない。

「やめなよそれ、きもい」

頰を膨らませ、女は手を伸ばし男の髪を摑んで引っ張る。

少しの重みを感じさせ、それは持ち上がった。——首から下のない頭部が。

「え？　これ何の冗談……？」

ねじ切ったような首の断面からは、どす黒い血が流れ水面へ滴り落ちていた。

数秒してようやく事実が呑み込めた女は、頭部を取り落とす。悲鳴を上げようとしたが、鼻から息が抜けるだけで声が出なかった。

真下から何かが突き上げて来たのは、そのときだった。

「きゃっ」

ベッドが横転し、水に放り出される。ぬるい水。向かい合うように男の首が浮かんでいた。

「嫌っ！」

手で突き放し、女はクロールでその場を逃げ出す。何が起こっているのか分からないが、とにかくこの場にいてはいけないと思った。

男の手前泳げないふりをしていたが、中学時代は水泳部で県大会出場経験があった。その頃と同じフォームで一直線に進む。

途中、ちらりと振り返ると、縦に立った状態のベッドがずるずると水中へ引きずり込まれていくのが見えた。

男を殺した何かがいる——あそこに。

「――ひっ、ひっ、ひっ、ひっ」

女は懸命に逃げる。とにかく陸に上がるのだ。そうすれば助かる。

前方に浮島が近づいて来た。水面から一・五メートルほどの高さにそそり立つ岩で、四畳ほどの広さの上部は草で覆われている。あそこに上がれば大丈夫だ。

西の側面にたどり着き、登ろうとした女は絶望に襲われた。足場となるような凹凸がないばかりか、苔や藻に覆われており滑って登れない。

「ちょっと、嘘っ！　やだ！」

どうしようと考え、回り込んで裏側へ移動することにした。こちらは断崖だが、向こうは足場のある斜面になっていた筈だ。

すぐさま動こうとした女の背後から大きな波が押し寄せた。背すじが凍り付く。

嗚咽（おえつ）を上げながら振り返ると、それは女の一〇メートルほど後ろに迫っていた。

「嫌、やめて……」

言葉を合図にしたかのように、水を掻き分け猛スピードで向かって来る。

そのまま襲いかかるかと思ったが、それは直前でふっと消えた。

ホッとした次の瞬間、女の腿に鋭く熱い感覚が走り、体ごと、ぐんと持ち上げられる。

トラバサミに挟まれたような痛み。体がずり下がったかと思うと、今度は腹が猛烈に圧迫され、これまで感じたことがない苦しみに襲われた。

「ぐえっ」

口や鼻から血が噴き出し、ブチッという音を立てて女の上半身は千切れ飛ぶ。血や飛び出した内臓が軌跡を描きながら勢い良く宙を舞い、どさりという重い音をたてて草ぼうぼうの浮島へ落下した。

女を襲ったものは、しばらくのあいだ名残惜しそうに浮島の周囲を旋回していたが、そのうちに諦めて再び水中へ潜って行った。

やがて大量の雲が輝いていた月と空全体を覆い隠し、雨が降りだした。ざあという音を響かせ、水面にたくさんの波紋が現れては消えて行く。

女の上半身は、浮島の中心部に仰向けで倒れていた。瞳孔の開いた瞳で空を見上げる顔に、雨粒が落ちては流れていく。

雨は夜更けから明け方にかけて強く降り、女の流した血を全て洗い流した。

5 days before

関が行方不明になってから、二日目の朝を迎えた。

相変わらず何の手がかりもなかった。矢代は慶子と電話で話したが、警察には何も出来ないと言われたそうだ。義理の家族や自身の親族総出で、来常湖を巡回するバスの会社やタクシー会社を訪ねたが、関らしき男を見たものはいなかったという。

早朝に登庁して急ぎの仕事を済ませると、矢代は再び来常湖へとやって来た。

空は快晴で、森の際から入道雲が綿菓子のように膨らんでいた。夜中に大雨が降ったため、いつもより空気が澄んでいる。

駐車場に車を置いて管理事務所へ向かおうとしたところ、木の剪定をしていた津森と行き合った。

「今日も来たのか。昨日さんざん捜しただろ」

グレーの作業服に麦わら帽子姿の彼は目を丸くする。

「やっぱり何も出て来てませんか？」

焦れながら訊くと、タオルで鼻の下の汗を押さえながら彼は首を振った。

「ないよ。今朝も一通り見たけど……」

落胆しつつ頷く。ここまで手がかりが無いのは不可解としか言いようがなかった。事件に巻き込まれた可能性が高いのではと思えてくる。

溜め息をついて周囲を見回すと、キャンプサイトには昨日と同じ二つのテントが張られていた。カーキ色の地味な方はもとより、タープを張ったギャルたちの方までも入口をぴっちりと閉じてしまっている。

「あんな風に閉めちゃって、中は暑くないんでしょうかね」

思わず口に出すと、津森は笑った。

「野暮なこと言うなよ。若いカップルだからな。好きなだけ寝かせておいてやれ」

彼らのテントの中では、ランプの光がうっすらと発光しているのが見えた。矢代は慌てて視線を逸らす。

「もう一つのテントの人は、朝早くから自炊してたよ。まあ手際のいいこと。火熾して卵焼いてスープ作って飯ごうで御飯炊いておにぎり作って。あんまり鮮やかだから思わず見惚れちまったよ」

「へえ」

まだ見ぬカーキのテントの住人に興味が湧く。キャンプサイト管理人の津森にそう言わせるとは相当だ。

「女性でもあれだけ背が高い人だし、男なんていなくてもなんでも出来ちゃうんだろうなあ」

「え?」

ある人物が思い浮かび、矢代は顔を顰める。よくよく考えれば当然だった。彼女は昨日ここへ来たと言っていたのだから。普通の女性のように小綺麗なホテルに泊まりたがるようにも見えないし、あのテントが彼女のものだと思う方が自然だろう。

この時期には珍しい風が湖畔の木々を揺らし、水上を渡って吹いて来た。

微かな異臭が鼻を掠め、矢代は意識を凝らす。肉が腐ったような何とも言えない嫌な臭い。空気がきれいなこの場所には似つかわしくなかった。

「何か臭いません?　腐敗臭みたいな」

「そうか?　俺は鼻炎持ちだからなあ……」

肉厚の鼻をクンクン動かした津森は、あっと言って風上へ目をやる。

「たぶん、倉庫の中のゴミだ。明日が回収日だからキャンプサイト内のゴミを集めて全部しまってあるんだよ。一昨日帰った団体客が、たくさん残飯出してたからなあ……。大会前には全部持ってってもらうから大丈夫だよ」

「ああ……」

微かに残る臭いに不快感を覚えながら返事をした。関の遺体の臭いではないかという考えが打ち消され、安堵する。

視線を戻そうとして、矢代はあるものに目を留めた。右を向いた鴨の心臓部あたりにある浮島。外側からは目視したが、渡って捜しはしなかった。

凝視する矢代の考えを先回りし、津森が手を振る。

「昨日の朝、あそこにも渡って見たからそれはないよ。岩が転がってるだけで何もなかった。それにしても草だらけだなあ。そのうちに刈らないと」

「そうですか……」

「あーっ！」

いきなり津森が叫んでビクリとする。彼は浮島の西にある桟橋付近を見ていた。同様に目を向けた矢代もまた驚く。

いつのまに現れたのか、スイムキャップを被り、ノースリーブのウェットスーツに身を包んだ白人男性が、水際の芝生の上でストレッチをしていた。スーツの尻にバイク用のクッションがついているから、トライアスロン大会の練習であることは間違いないだろう。

「俺が行きます」

作業途中の津森を残し、矢代は大股で歩き出した。

四十代後半ぐらいだろうか。肌はこんがりとよく焼けている。一目でベテラン選手だと分かる身のこなしだった。大きな体の節々を念入りにほぐしながら感覚を確かめている。

準備運動を終え桟橋へ向かう彼に、矢代は声を掛けた。

「そこのあなた、湖には入らないで下さい！　遊泳禁止と書いてあるでしょう」

口に出してから、日本語が通じないことに気づく。気迫だけは通じたようで、男性はゆっくり振り返った。

矢代は息を呑む。背の高さや外国人であることに怯んだのではなく、彼の不思議な佇まいに気圧されたためだった。俗世との関わりを絶った修行僧のような顔つきに、どんな感情も宿していない澄んだグリーンの瞳。完璧に均整が取れた体を静謐な空気が取り巻いていて、彼を侵し難い存在に仕立て上げていた。

一瞬どうしていいのか分からなくなった矢代は、研修で英語を学んだことを思い出し、気を取り直してコミュニケーションを試みた。まずは挨拶と自己紹介。あとはほぼ例文の暗唱で、湖は大会の日だけ泳げること、練習をするならば不二宮市スポーツセンターのプールニレーンを選手専用に開放していることを伝える。緊張して最後の方は早口になってしまった。通じたかどうか表情を窺うが、いまいちよく分からない。

男は顔を顰めながら口を開いた。聞き取りやすいと言えば聞き取りやすいのだが、知らない単語ばかりだった。

お手上げだと思ったそのとき、横から声を掛けられた。

「――よかったら通訳しますよ」

口ひげを生やし、黒いポロシャツの襟を立て首からカメラをさげた、見るからに気障な男だった。矢代より十は年上だろうか。細身のチノパンに肩にかけた革のボディバッグ、ダイバーズウォッチ。身につけているものがいちいち高級そうで洒落ている。そしてなにより、物腰に余裕があふれ出ていた。

「すいません、お願いしていいですか?」

背に腹は代えられない。矢代は彼に頼むことにした。

男はフレンドリーな笑顔で外国人の男性へ話しかける。頷いているので通じているのだろう。

すべての内容を聞き終わると、外国人の男性は無表情で話した。ポロシャツの男性が訳してくれる。

「分かったと言っています。ただ、大会のホームページにはそのようなことは書かれていなかったので、もっと分かりやすい場所に掲示しておいて欲しいとのことです」

来常湖トライアスロン大会の公式ホームページには英語バージョンも存在するが、進藤にまかせっきりで矢代はチェックしていなかった。謝罪し直ちに記載するからと伝えてもらうと、外国人の男性はオーケーと言って眉を上げてみせた。

スイムキャップを脱ぎ髪を整えながら去っていく彼を見送っていると、ポロシャツの男が小走りで追いかけ呼び止めた。彼は胸に手を当てて何事か伝え、外国人男性へ握手を求める。外国人男性の表情が目に見えて硬くなった。目を伏せてゆっくりと首を振りノーと意思表示すると、彼は背を向けて歩いて行った。

事情が呑み込めないながらも、矢代はポロシャツの男に近づき礼を言う。

「あの、ありがとうございました。英語は得意じゃなくて。助かりました」

たった今、握手を拒絶されたにも拘わらず、男は満面の笑みで矢代を見た。気のせいか頬が紅潮して興奮しているようだ。

「いいえ、とんでもない！　こちらこそあなたのおかげで彼と話すきっかけをもらえて。実は少し前から存在に気づいて観察していたんですが、とても声を掛ける勇気がなかったんですよ」

気障な空気をかなぐり捨てた少年の顔で、彼は頭を掻く。

「はあ？」

意味が分からず間抜けな相槌を打つと、彼は外国人男性が消えた方へ目をやった。

「ジャック・ベイリー。ハワイのコナで行なわれる最高峰のアイアンマンレース、ワールドチャンピオンシップで連勝したことがある孤高のアイアンマンですよ」

「ええっ」

トライアスロンと一口に言ってもさまざまな距離の大会がある。たとえば五輪で競われるのは、スイム一・五キロ、バイク四〇キロ、ラン一〇キロのオリンピックディスタンスで、来常湖トライアスロン大会もこの距離を採用している。

だが、それよりはるかに距離が長い究極の大会が存在する。トライアスロンを創始した人々が競ったアイアンマンディスタンスだ。スイム三・八キロ、バイク一八〇キロ、ラン四二・一九五キロという化物じみた構成で、規定の時間内に完走したものだけが、鉄人〈アイアンマン〉の称号を得られるのだ。

ワールドチャンピオンシップはロングディスタンスの中でも頂点の大会で、そこで優勝するということは、世界最高のトライアスリートといえる。文字通りの超人だ。

「連覇した三年後の二〇〇四年、酒場で薬の売人と喧嘩になり薬物所持で逮捕。そのときの膝の怪我がもとで表舞台から姿を消していたのに。……まさか日本のマイナー……おっと、すみません。オリンピックディスタンスの大会に現れるとは。これは面白くなってきましたね」

「失礼ですけど、あなたは……？」

妙に詳しい口ぶりに不審に思って訊くと、眩しげに目を細めジャックの方を眺めていた男は、ボディバッグから名刺を取って差し出した。

「――申し遅れました。〈アイアンマガジン〉記者の鴨居と申します。トライアスロン専門誌の。大会の取材許可は、すでにいただいているかと思いますが」

雑誌のロゴがプリントされた名刺を見ながら、矢代は頷いた。

「ああ、はい。〈アイアンマガジン〉さんは毎年来て下さってますよね。もちろん存じ上げてます。……でも早すぎません？　まだ大会の五日前ですよ？　招待選手は今日の午後到着だけど、国内の選手は前日入りがほとんどでしょう」

鴨居は困ったように笑った。

「ちょっと前まで長期の海外出張だったんで、有給取りがてらの取材なんですよ。家内の実家がこちらなので。僕はこの大会の取材は初めてだから、今日は下見も兼ねて来てみたって訳です」

休みにまで仕事とは奇特な男だ。往年の名選手だというジャックを前に目を輝かせていたし、よほどトライアスロンを愛しているのだろう。

「でも、どうしてそんなすごい選手がうちの大会を選んでくれたんでしょうね……？」

素朴な疑問を口にすると、彼は腕を組んで真剣に考えたのち答えた。

「分かりませんけど、こちらのコースは波もないし、ブランクの長い彼の復帰戦として都合が良かったんじゃないですかね。試合勘を取り戻したあと、ワールドチャンピオンシップの出場権が得られるアイアンマンレースにシフトしていくのではないかと……」

腕時計に目をやり、彼は目を丸くする。

「おっと。そろそろ帰らないと。家内の親族と出かけないといけなくて。また正式に取材させてもらいに伺いますので、今日のところはこれで失礼します」

駐車場へ向かう彼と別れたのち、矢代はさっそく市庁舎にいる進藤へ連絡し、ジャックに指摘された部分を修正してもらうよう頼んだ。大会公式SNSでも同じ内容を周知してほしいとも伝える。戻りの時間を訊かれ、午後までには帰ると答え電話を切った。

時間は、九時半を回ったところだった。スマホを尻のポケットに突っ込み、目の前に広がる湖を見つめる。太陽の光を受け水面は穏やかに輝いていた。

「関、お前はどこにいるんだ……？」

西の森にもいなかったし、あと捜していない場所と言えば、森の奥深くと湖の中ぐらいだった。そんな場所へ行く理由はないし、警察が言う通り彼はこの一帯にはいないのかもしれない。

北東の対岸、右を向いた鴨の顔部分の堰堤に矢代は目を留める。

コンクリートで護岸された堤に、見覚えのある人物の姿を見つけたからだった。

「また何を始めるつもりだ……」

管理事務所へ駆け込み、津森のキャップとレンタルサイクルを拝借すると、矢代はその人物の元へ急行した。

「ちょっと！　許可も取らずに何してるんだ」

自転車のベルをけたたましく鳴らし叫びながら近づくと、堰堤の脇にある外灯の足元にワイヤーを通していた大きな女——渋川まりは振り返った。

「ああ、あんたか」

砂色のサファリハットを被り、作業用の黒い手袋をした彼女は、矢代を見て笑みを浮かべる。

「ここで何を始めるつもりだ。勝手なことをされては困る」

外灯の横にある常緑樹の木陰には、彼女のものと思われる荷物が積まれていた。ボストンバッグとクーラーボックス一つずつに、昨日矢代が森で見た古いリュックサック。背負い投げの練習をするかのように、セットしたワイヤーをぐん、と引っ張り強度を確かめながら彼女は答えた。

「許可は取ってあるぞ。釣りがしたいと言ったら管理人は構わないと言った」

「ここで許可されてるのは、ヘラブナとか普通の釣りだ。こんな太いワイヤーで何を釣るって言うんだ」

手を止めると、彼女は真顔で矢代を見た。

「サメに決まっているだろう。昨日聞いてなかったのか？」

くらりと目眩（めまい）がした。昨日は庁舎へ戻る時間が迫っていたため深く追及せずにあの場を離れたが、こんな海から離れた湖にサメがいる筈ないことぐらい、その辺を散歩している犬だって知っている。

「あんた大学の人だって言ってたけど本当なのか？　言ってることがめちゃくちゃだぞ」

周囲には蟬の声が響いていた。木陰へ移動し、ボストンバッグの中を漁りながら彼女は答えた。

「心配なら大学に問い合わせてみればいい。それとあんたの認識は間違ってる。汽水（きすい）や淡水で棲息出来る広塩性の板鰓類は、ノコギリザメやアカエイなど数種類いる。淡水エイという種だっているぐらいだしな」

「ばんさいるい……？」

お目当ての透明なプラスチックケースを探し当てると、彼女はこちらへ戻ってくる。中には大きな鉤針が入っていた。

「軟骨魚綱板鰓亜綱に属する魚の総称だ。……平たく言えばサメとエイ」

ワイヤーの先端を引き寄せると、彼女はしゃがんで部品と工具を使い鉤針と繋ぎ始める。平らな遊歩道に自転車を置き、矢代は彼女の傍らに立って見下ろした。

「なんでそんなものがここにいると思うんだ？」

「これも昨日話した気がするが、ここにサメがいるから保護して欲しいと友人がメールをくれたからだ」

「友人？」

少し硬い声が返ってきた。

「水生昆虫学者のウィル・レイトナー。コーネル大学で教鞭をとっている身元の確かな人物だ」

やたらと立派な肩書きが出てくるが、こちらが確認を取らないとタカをくっているのだろうか。矢代の手は尻ポケットのスマホに伸びる。

作業に熱中している彼女を前に、勤務先だと言っていた久州大学を検索し、代表番号へかけた。出た女性に、渋川まりという准教授はいるか訊ねる。学部はどこかと問い返され、渋川に目を向けたところ、背を向けたまま彼女は答えた。

「——理学部」

女性に伝えると、転送しますと言って学部へ電話が回された。そこで出た事務の男性に同じ質問をしたら、すぐに明るい声が返ってきた。

「はいはい。海洋生物学の渋川准教授ね。在籍してますよ。おたく警察？　それともクレジットカード会社の人？　一年前に着任して、大きくて目立つから学内でも有名ですよ」

本当なのかと愕然としながら事情を説明し、礼を言って電話を切る。

ワイヤーに鉤針をつけ終えた渋川は、振り返ってこちらを見上げた。

「信じてもらえたかな？　私は嘘をついてもいないし、狂っている訳でもない」

「身元は確かかもしれないが、信じられない。去年もトライアスロン大会をしたが、そんなものいなかったぞ。管理人や釣り人からもそんな話聞いたことがない」

特に落胆する様子もなく、彼女は立ち上がって肩を竦めた。

「棲息できる水温に制限があるサメだから、来てせいぜい一ヶ月半というところだろう。

どういう経路で進入したかと合わせて、これから証明して行くつもりだ。見つかったら、のちのち論文を書くことになるだろうしな。私がテーマとしている『海面水温上昇が海洋生物の行動に与える影響』の研究ともからめて」

海面水温上昇という言葉に矢代は反応する。不二宮市は海には接していないものの、猛暑のせいで駿河湾、ひいては日本を取り囲む海全体の海面温度が上昇していることは、ニュースなどで話題となり影響が危惧されている。いるかいないかは別として、その研究をしている学者が調べているサメに少し興味が湧いてきた。

「その、いるかもしれないっていうのは、どんなサメなんだ？」

木陰に移動した彼女は、クーラーボックスの横に腰を下ろした。スポーツドリンクを二本取り出し、そのうち一つを矢代に投げてよこす。

「飲んでおけ。倒れるぞ」

着ているポロシャツは、いつのまにか汗だくになっていた。熱中症への備えをして来なかったことを悔やみつつ、仕方なく相伴に与る。

日陰を求めて渋川の横に座った矢代は、首にかけたタオルで汗を拭きつつ、ドリンクで喉を潤す彼女をまじまじと眺めた。先ほど会ったばかりのジャック・ベイリーと同じで、彼女もまた浮世離れした存在だった。化粧気のないさっぱりとしすぎた格好は、いわゆる普通の女性とはまったく違っているし、飼い慣らすことのできない野生の鹿のようだ。

眩しそうに湖を見渡しながら、彼女は説明した。

「オオメジロザメは、汽水や淡水でも生存でき、川を遡って湖に居着いたりすることで有名なサメだ。体長は性差があるが、だいたい二・五メートル。性格は荒々しく、安易に近づくと危険だ。もともと熱帯や亜熱帯域にいるサメで日本だと南西諸島あたりが姿を確認された北限だったんだが、ここ数年海面水温が上昇しているし、黒潮の流れるルートに乗って北上している可能性がある」

スポーツドリンクを取り落としそうになった矢代は、慌てて持ち直す。暑さで頭が上手く回らなかった。この妙な女学者は、数日後にトライアスロン大会が行なわれるこの湖に、そんな獰猛なサメがいるというのか……？

苦笑して、渋川はこちらを見た。

「まだ信用出来ない様子だな。確かに信じろという方が無理かもしれないな。私だってウィルの話じゃなかったら取り合わなかったかもしれない」

大きくはないが澄んだ鳶色の瞳を、彼女は懐かしげに細める。しかし、すぐさま悲しげな翳が表情を覆った。その人物との間に何かあるのだろうかと思いながら、矢代は話を続ける。

「とりあえず、言いたいことは分かった。……で、そちらの具体的な計画は？　今の話を聞くと、これは学術的な調査だろう？　だとしたら来常湖の所有者である市の許可が必要だ」

「ようするにあんたの許可が要るということか？　矢代サン、」

飲み残したペットボトルをクーラーボックスにしまい、彼女はおどけて見せる。

「五日後にトライアスロン大会が行なわれることは知ってるだろう？　あちらこちらに予告の看板が立ててあるから。……確かに、それまでは水道局の許可だけでなく、大会の実務を担当してる俺の意見も重要になる」

主導権を握るためわざと咳払いをすると、彼女は呆れた様子で耳を掻いた。

「なるほど。大会の責任者ね。昨日西の森でふらふらしてたのは、友人を捜してただけじゃなかったのか。……その様子じゃまだ見つかっていないようだが」

急に現実に引き戻され、気持ちが冷える。彼女の話と関の件が脳内で結びついてゾッとした。

――もしも本当にサメがいて、関が湖に転落したのだとしたら……。

立ち上がると、渋川は木陰から出て指をさした。

「計画としては、まず湖の周囲四地点に水中カメラと餌を設置してサメの存在を証明し、それから水族館に勤める知人の協力を得て、サメを捕獲し水槽で運んで海に返すつもりだ。大会があるなら急がないとな。……それで許可はいただけるのかな？」

矢代も腰を上げ、彼女の横に並ぶ。

「正直、あんたの言うことはまだ信じられない。ただ、万が一本当で大会出場者に何かあったらいけないから、調査だけは条件付きで許可しよう。それで、餌は何を使うつもりだったんだ？　テレビでやってるみたいに、魚の血や内臓をばら撒いたりしないだろうな」

木陰のクーラーボックスを振り返りながら訊く。先ほど飲み物を出すとき、ちらりと魚を入れたビニール袋が見えたのだ。

「それがいちばん手っ取り早いが、さすがにやめておいた。スーパーで買って来たカツオとサバをぶつ切りにしたものを餌にする。この湖は水質が悪化しているようだしな。実際のところ少しばかり血肉を撒いたところでたいした影響はないんだが……」

顎に手を当て呟く彼女に、目を見張る。

「なんでそれを……」

三たび木陰に戻ると、彼女はリュックサックからファイルを出して矢代へ渡した。

一昨日、関から渡された水質検査結果だ。昨日、管理事務所へたどり着くまで日よけにしていたのは覚えているが、折り曲げて尻ポケットに差し込んだあとの記憶がなかった。

「あんたが帰ったあと地面に落ちてるのに気づいて、必要なら探しにくるだろうと保管しておいた。悪いと思ったが、興味深いタイトルだったから中を覗かせてもらった」

啞然としている矢代をよそに、渋川は続ける。

「CODが短期間で増加しているな。窒素とリンの分析もしないと確実じゃないが、見たところ典型的な富栄養化のようだ。検出された藍藻類の項目に Microcystis viridis があるのも気になった」

「ミクロ……ビリ？？？」

「クロオコックス目でミクロキスチンを産生する、俗に言うアオコの元だ。ミクロキスチンには強い毒性があって、アメリカで湖水を飲料水にしている住民五十人を死に至らしめたことで有名だ」

「え……」

頭から冷や水を浴びせられ、矢代は固まる。渋川は肩を竦めた。

「安心しろ。特に珍しいものじゃないし、ここに書かれているぐらいの量なら問題はない。ただ、今後も富栄養化が進むようなら話は違うがな。BOD（生物化学的酸素要求量）やSS（浮遊物質量）は計測してないのか？　流れ込む廃水もない人工湖なのに、なぜこんなことになっているんだ？」

切れ長の瞳に問われ、俯いた矢代は拳を握った。

「それは……、それを調べに来て、関はいなくなったんだ……」

時刻は午前十一時を回っていた。

戻らねばならない時刻が迫っている。大会の前日まで調査は許可するが、くれぐれも常識を逸脱したことはしないようにと渋川へ念押ししたのち、矢代は市庁舎へ戻った。

自室へ戻る前に水道局へ出向いて確認するが、やはり関の件に進展はなかった。皆、気にかけて心当たりをあたってくれてはいるが、できることには限界があるから仕方ない。

そもそも警察が積極的に捜してくれないし、成人男性の捜索がこれほどまでに難しいものだということを、矢代は初めて知った。残された道は自費で探偵事務所へ依頼することぐらいだ。

溜め息をつきながら、トライアスロン実行委員会事務局の扉を開け、自分の席につく。時計を見上げると、あと十五分で正午になろうとしていた。

「矢代さん、ホームページ更新しておきました。ＳＮＳも。確認お願いします」

ノートパソコンを立ち上げるやいなや、はす向かいの席の進藤が声をかけて来た。すぐにチェックする。完璧な仕上がりで外国人出場者にも分かりやすくなっていた。

「ありがとう、助かった」

「いえ、俺も気づかなくて……今年は、外国人選手が全参加者の二〇パーセントにのぼりますし、もっと外国人目線を取り入れていかないといけませんね」

「ああ」

そういえばと言って、彼は急に顔を輝かせた。

「アイアンマガジンのツイッターが流れてきたんですけど、鉄人ジャック・ベイリーがうちの大会にエントリーしてるらしいですね。出場者の名前全員チェックしてた訳じゃないんで、びっくりしました。出場選手や往年のファンがざわついてますよ。エントリーしてない国内のトップ選手の中には、めちゃくちゃ悔しがってる人までいます。伝説のジャックと一緒に走れたのにって」

「進藤君は、さっきからこの話ばかりなのよね」

彼の向かいに座った小池が、ふくよかな顔に笑みを浮かべる。デスクについていた他のメンバーからも笑い声が漏れた。

先ほど湖で会った記者、鴨居がツイートしたのだろう。ついさっき静岡県の湖畔の片隅で判明したことが、一瞬で世界中の知るところとなっている。恐ろしい時代だ。

「俺はリアルタイムで見てたんじゃないですけど、トライアスロン齧ってた父が大ファンで。いつもランの時は青いウェアで、まっすぐ正確なフォームでこんな風に腕を回して走るんで、あだ名は〈Blue steam train（青い蒸気機関車）〉。とにかくかっこいいんですよ」

個人的にも彼に興味があったため、矢代はウェブを検索してみる。何十万件もの英文のページがヒットし、トップに動画のサムネイルが並んでいた。彼が優勝した大会の映像が見られるらしい。

クリックすると動画サイトへ飛んで、いかにも昔のものという感じの、画質が粗い動画が再生された。ゴール付近のビクトリーロードを撮ったもので、ジャックは進藤が真似した通りのフォームで一直線に走りゴールテープを切っていた。当然だが今より若く、顔つきがまだ青い。しかし、無口で実直そうな風貌や引き締まったスタイルはあまり変わっていなかった。

歓声の中、肩からタオルをかけて歩く彼に、美しい金髪の妻とまだ小さな息子が駆け寄る。満面の笑みを浮かべてしゃがむと、彼は息子を肩車した。親子で手を挙げ観衆に応え、会場は大いに盛り上がる。美しいコナの景色と太陽、すべてのものが彼の優勝を祝福しているかに見えた。

再生がストップし、アップになったジャックの笑顔で静止する——。

鴨居から聞いたその後の話を思い出し、複雑な気持ちになった。公私ともに絶頂を極めていたジャック。順風満帆だった彼の人生は、なぜここから転落しなくてはならなかったのか……。

わざとらしい進藤の咳払いがして目をやると、彼は矢代に入口方向を見るよう示していた。振り返った途端、特徴のある足音とともに牛尾課長が入って来た。

彼もまた企画課の人間だが、主な仕事は管理と上役との調整なので、ほとんどこの事務局にいることはない。矢代としてはその方がやりやすいので構わないが、心の準備ができていないときに不意打ちで現れるのは勘弁して欲しかった。

「――矢代、招待選手の到着はいつだった？」

矢代の横に立った彼は、いきなり質問する。慌ててバッグからスケジュール帳を取り出し確認した。

「今日の午後一時四十分に成田経由で新不二駅着です。進藤と小池さんが出迎えに行くことになってます。市長への表敬訪問は、明日十四時を予定しています」

「……分かった。くれぐれも失礼のないように」

内線で訊けばいいのにと思うが、彼としても常に現場の空気は把握しておきたいのだろう。丸投げして相談も受け付けない上司よりはましなのかもしれない。

「何も問題ないか？」

十席ずつ、二つの島になって机が並ぶ室内を見回したのち、牛尾は矢代を見る。荒唐無稽で馬鹿げた話だ

逡巡したのち、やはり言わねばならないと矢代は心に決めた。

が、大事な大会を控えた湖のことなのだ。共有と報告は必須だ。

「一点あります」

白髪まじりの長い眉毛が、不快そうにぴくりと動く。彼にとってこの質問は、「ありません」という回答を聞くための儀式なので、それ以外の言葉は耳に入れたくないのだ。

その場にいる職員全員が、キーボードを打つ手を止めて聞き耳を立てていた。それを肌で感じながら、矢代はコーネル大で教鞭をとっている人物がオオメジロザメがいると言っていた話や、それを聞いてサメを保護しにやってきた渋川のことを説明する。

言い終えるやいなや、牛尾の大きな笑い声が響き渡った。

「馬鹿も休み休み言え。駿河湾から三〇キロも内陸にある来常湖にサメがいる訳ないだろう。本当に久州大学の准教授なのか？　その女は」

想像どおりの反応に、やれやれと息をつく。

「代表電話にかけて確認したら、在籍しているそうです」

「ふん、象牙の塔の住人というぐらいだし、学者なんてものはよほどの変わり者なんだろう。まあいい。大会準備が始まるまでなら、サメ釣りでもなんでも気のすむまでさせてお

け」

牛尾の言葉に、他の職員たちもくすくすと笑った。若い女性職員にも自分の発言が受けたことに気を良くし、しかつめらしく組んでいた腕を解いた牛尾は揚々と事務局から出て行った。

＊

湖の西端にある深さ一メートルほどの淵は、澱が舞うこともなく透明な水をたたえていた。湖上に枝を伸ばした木々から木漏れ日が落ち、底にある石や枝にゆらゆらと光の模様を映し出す。

十四ほどの小魚が群れを作って泳いでいた。オイカワの稚魚だ。流線形でオーロラのように輝く体が美しい。

渋川が岸から身を乗り出すと、影が差して魚たちはサッといなくなってしまった。

「――すまんな、邪魔して」

呟くと、防水仕様のカメラがくくり付けられたアルミの棒をゆっくりとさし入れ、下端を大きな石と石の間に挟み込み、角度を調整して固定する。頑丈とまでは言えないが、最悪撥ね飛ばされても録画さえ出来ていればいいし、このカメラ自体盗まれたとしても今回のために自費で用意した安物なので構わない。

スマホを取り出し、Wi-Fiを使ってたった今設置した水中カメラの調子を確認する。心配だったが、思いのほか鮮明な映像が映し出された。

碧い水と光の文様が映る水底。石に生えた藻がユラユラと揺れている。十分ほどじっと待っていると、先ほど逃げて行ったオイカワたちがおそるおそる戻って来た。他にもアマゴやブルーギルなどの姿が見える。

映像に満足すると、今度は餌の準備にかかった。リュックサックからワイヤーを取り出して水辺の木に固定し、クーラーボックスの中にあったサバのブツ切りを先についた鉤針へ引っ掛け、カメラに映る場所へ静かに下ろす。

再びスマホで確認すると、水底に横たわるサバの顔がばっちり見えていた。水に溶け出した血が周囲に赤い靄を作っている。

サメは嗅覚が鋭く、血の臭いを嗅ぎ付けると犬のように臭いを辿ってやってくる。広い湖だが同様の仕掛けを四ヶ所にセットしたので、どれかには食いつくだろう。

「……しかし、異常な暑さだな」

休憩がてら木の根元へ腰を下ろし、持って来たスポーツドリンクで喉を潤す。ついでに顔や首に噴き出ていた汗をタオルで拭った。

そのまま三十分ほど観察し続ける。肉食の魚やエビなどが集まってくるだけで、サメが姿を現す気配はなかった。

「さすがに、すぐは無理か……」

暗視機能はないので日が暮れたら録画は出来ないが、それまではカメラが見張ってくれる。あとは任せることにして、荷物をまとめ立ち上がった。

水辺から森の中へ戻ると、爽やかな空気が満ちていた。緩い風が木々の間をすり抜け、葉擦れの音を奏でる。この西の森は遊歩道が通っていないため、手が加えられていない自然の姿をしていた。当然訪れるものもおらず、見渡す限り周囲に人はいない。

傍らの大木に手をかけると、渋川は立ったまま目を閉じた。

滲み出た汗を風が気化させ、肌の温度がすっと下がる。

耳をくすぐる葉たちの音と、蟬時雨、頭上で微かに響く鳥の声——。

全てが心地よく、完璧だった。

ゆっくり瞼を開くと、常緑樹の葉が木漏れ日を反射させ森が輝いていた。

ウィルもきっと自分と同じ感慨を覚えたに違いない。やはりここへ来てよかった。

彼のことを思い出し、気が重くなるのを感じながら、ポケットからスマホを取り出す。

メーラーをタップし、特別なフォルダにしまってある彼からのメールを開いた。ずらりと英文が現れる。

——親愛なるサージェント・マリ。

このあだ名でメールをするのは久しぶりだね。この二年、君への連絡が途絶えがちになっていることについては、本当に申し訳なく思っている。あれこれ憶測していると思うが、どうか気に病まないでくれ。全ては僕に帰する問題であり、僕が悪いのだから。

こんな状態で頼み事をするのは心苦しいけれど、どうしても聞いて欲しいことがあるんだ。

毎年僕が昼霧高原の森へ水生昆虫の観察に来ていることは知っているよね。今年は少し早めて調査し、余った時間で近くの来常湖へ立ち寄って、ある大発見をしたんだ。

この湖にはCarcharhinus leucas——ブル・シャークがいる。君になら説明は不要だよね。

ルートは他にないし、素人の人間が運べる距離でもないから、おそらく川を遡って来たんだと思う。

月夜の晩、たまたま彼女と出会った僕は、何度も湖に足を運び友人になった。こんなことを言うと君は馬鹿げていると笑うだろうけど、彼女は富士山を目指して来たんじゃないかと思ってるんだ。雲のない夜、湖面から顔を出して月に照らされた富士山を見ている彼女の瞳は、とても穏やかで優しいから。

注意深いから今のところまだ他の人間の目には触れていないようだが、いつか見つかる。そのとき彼女がひどい目に遭わされるのが嫌なんだ。それにもともと熱帯域の魚だし、日本の寒い冬は越せないだろう。どちらにせよ彼女に残された時間は少ない。

だからマリ、早急に君にお願いする。僕の友人をここから救い出し、海へと返して欲しいんだ。

僕の君に対する礼を失した態度は許されるものではないし、遠く離れた日本にいる君が今どんな気持ちでいるのかも分からない。ただ、僕は、僕と君が育んで来た信頼関係にはいささかのほころびもないと信じてる。

君以上にこの役目にふさわしい人はいないし、僕は君にしか託せない。

マリ、お願いだ。九州から静岡へ行って彼女を救ってくれ。

どうかよろしく頼む。

最愛の友へ。

ウィリアム・F・レイトナー

何度も画面に目を走らせたのち、渋川はスマホをカーゴパンツのポケットへ突っ込む。

ここへ来れば会えるかもしれないと淡い期待を抱いていたが、見事に打ち砕かれた。渋川が約束を果たすことを分かっていて、彼はするりとすり抜け飛び去ってしまったのだ。

涙は出ない。あるのはマリアナ海溝のように深い虚しさだけ。

十年来の付き合いだから、彼が思慮深く愛情深い人だということはよく分かっている。避けられて二年が経とうとしているが、何度恨もうとしてもできなかった。それほどに自分にとって彼の存在は重要だったし、二人が築いてきた友情は薄っぺらいものではないと確信していたからだ。自分にできることは、ただ彼の頼みを完遂することだけだ。

顔を上げ、頭上で太陽光を背に青々と茂る木々に目を細める。

彼と最後に時間を過ごした、南米での調査がよみがえった。

フランス領ギアナでの、仕事ではないオフの探索だった。南米の国々で調査をするには煩雑な許可手続きが要るが、例外的にここだけは必要ないので、夏のバケーション代わりに急遽行くことになったのだ。誘ったのはウィルの方だ。もともと畑違いにも拘わらずしばしば互いの調査に同行していたが、たまには気楽に虫を探したいという彼のリクエストで、研究者がよく泊まるロッジに宿を取り熱帯雨林へ入った。

密林の中は、とにかく湿度が高くムッとしていた。土や植物が発する匂いが絶えず鼻孔をくすぐり、高く鋭い鳥の声が響き渡る。雨が降ったかと思えば、すぐに止んだりの気まぐれな気候。

そこここで、既存の種の何倍もいるのではないかと推定される、個性豊かな虫たちの姿が見られた。

水生昆虫学者にも拘わらず、それらを見つけるたびにウィルは足を止めて観察するため、目的地への道のりがまったく進まなかった。

例によって、通りかかった木のうろに大量のグンタイアリの集団が溜まっているのに目をつけた彼は、しゃがんで熱心に観察し始めた。

『マリ、見てご覧よ。彼らはここへ引っ越してきたんだ。ハネカクシもいるよ。あ、トリを飾る女王アリが歩いて来た』

大学のエンブレムが入った愛用の折りたたみナイフで彼が指す場所を見ると、茂みの方から家来を従えたひときわ大きな蟻が歩いて来た。黒い絨毯のように広がって地面を行進し、あらゆるジャングルの生き物を呑み込んで食べてしまうグンタイアリの女王だけあって、その姿は威風堂々としている。

『一体何度目の休憩だ？　……お目当ては三日月湖だろう。このままじゃ夜になって二人で遭難だ』

呆れて息を吐くと、彼は白い歯を見せていたずらっぽく笑った。白人には珍しい童顔の部類。金色の髪に青い瞳と、度の強そうなレンズの厚い眼鏡。同い年なのに、一緒にいるといつも弟分かと訊ねられた。

『遭難上等だ。この気温なら一晩過ごしたぐらいじゃ死なないし、今はGPSという便利なものもある。それに君はこの旅の趣旨を忘れてるよ。楽しむことが一番大事だ。三日月湖にたどり着けなくても、それはそれでいいのさ』

腰に手を当て、渋川は彼を見下ろした。

『おまえのマイペースぶりには閉口する。せっかくの長期休暇だっていうのに妻をアメリカに残して来てこれだ。リーザは何も言わなかったのか？』

『……彼女とは、この旅から帰ったあとハンプトンに行くし、きちんと説明して来たから大丈夫だよ。短い人生でこんな機会を持てたことに感謝して、僕たちはただ自由な時間を満喫すればいいんだ』

わずかに表情を曇らせたのち、彼はすぐに元の笑顔に戻って地面に這いつくばった。真剣な眼差しで再び蟻を眺めることに没頭する。

こんなことの繰り返しで、結局目当ての三日月湖へはたどり着けず、宿泊所の周辺を歩き回るだけで休暇は終わった。

いつも同じようなものだし、渋川は問題なく旅が終了したと思っていた。だが、その調査から帰って以降、彼は自分を避けるようになり、連絡が取れなくなったのだ。

何か彼の気に入らないことをしたのかとも思ったが、気の置けない間柄だし、話し合うこともせず距離を置くなんてどう考えても彼らしくなかった。

――一体なぜこんなことになってしまったのか。

それから二年間、渋川はずっと解けない問題を抱え続けることになった。

記憶から覚めても、心は悲しみを漂わせていた。

感傷に浸り、頭上の木々へ視線をさまよわせていた渋川は、急に視界へ飛び込んで来たあるものに目を奪われる。

「――?」

樹齢八十年にも及ぼうかという大きなタブノキだった。六メートルはある木の上部に赤いものがたくさんちらついている。実のようにも見えるが、この木はもっと丸くて大きい濃紫色の実を結ぶはずだ。鮮やかな赤が緑の葉と対照的でいかにも異質だった。

海洋生物が専門だが、自然は全て繋がっているから他のものに興味がない訳ではないし、ウィルとよく一緒に森を歩いたせいで、ある程度虫や植物に関する知識もあった。

リュックサックとクーラーボックスを近くの木の根元に置き、タブノキの一番下にある枝へ飛びつく。足場がないので難しそうだが、身体能力には自信があるし、木登りは得意だ。

腹筋を使って体ごと持ち上げ、枝に足を掛けてよじ登る。太い幹に手をついて立ったら、ぶしつけな来訪者に蟬たちが抗議の羽音をさせて逃げて行った。

そのまま枝をステップにして頂上付近まで行くと、目当ての赤いものが葉にたくさん広がっていた。体を伸ばし、慎重に数枚の葉がついた枝を折って取る。

「ふう」

息を整えながら、その場で観察してみる。葉脈がくっきりと浮かび上がった一〇センチほどの分厚く硬い葉の上に、八ミリほどの赤い壺のようなものが十数個整列していた。壺の上部には、同じ赤い色の鶏のトサカのような突起が生えている。珊瑚のようでもあり、人の手のようにも見えて不気味だ。色やブツブツと集合している様がグロテスクだし、こういうものが嫌いな人は見ることすら拒否するかもしれない。

樹木の病気かとも思えるそれが何か、渋川は知っていた。

「虫瘤だ……」

その名の通り、虫が植物に作る瘤。どの植物にどの虫が瘤を作るのかはだいたい決まっていて、それこそ人間が思いつかないようなさまざまな色や形がある。どういうメカニズムで形成されるかについては未だ謎の部分が多いが、これまでの研究では昆虫やダニが分泌する植物ホルモン様の化学物質が植物に刺激を与えるためだと考えられていた。

「この形は日本で見たことがないな」

虫瘤の枝を口にくわえ木を降りる。どうしても好奇心に勝てず、リュックサックからいつも持ち歩いている簡易の解剖セットを取り出し、虫瘤の一つをメスでまっぷたつに切ってみた。赤く小さな瘤は、桃太郎が産まれた桃のごとくぱっくりと割れ、中から体長二ミリほどの黄色っぽい半透明の幼虫が出て来た。

ルーペで拡大してみるが、何の特徴もない。黄色く変色した米粒が動いているみたいだ。

「タブの木に虫瘤を作っているからタマバエか……？」

図鑑を見たとしても素人には分からないだろう。よほどメジャーなものでない限り虫の同定は難しい。一見同じものに見えても、細かく調べると体の一部が違っていたり、新種だったり、挙げ句の果てに擬態した別の虫だったりということもある。ましてや海のものとも山のものともつかない、特徴なしの幼虫では。

勤務する大学で同定してもらおうかとも考えたが、ここからは遠いし、昨年赴任したばかりで農学の教授には知己がいなかった。どうするか悩んでいると、ウィルがこの地へ来ると一緒に虫を採る静山大学の昆虫学者がいると言っていたことを思い出した。

さっそくスマホを取り出し、静山大学のホームページを開いてみる。

昆虫学研究室には一名の教授、助教の名が載っていたが、ウィルから聞いた人物の名はなかった。仕方なく名前で検索してみたらウェブ上に論文が見つかったため、連絡先と書かれているメールアドレスへ、ウィルの友人であることを示して同定を依頼出来るか打診してみることにした。

小さなスマホの画面でメールの文章を打ち込む。

両親の母国である日本へ来て一年ちょっと経つが、未だに日本語での文章作成は得意ではなかった。日本文学の研究者だった母が会話にも書き言葉にも困らないようみっちり仕込んでくれたから、まだましな方ではあるのだろうが。そんな母も十年以上前にこの世を去っている。

手が止まったのは、ウィルの名を入力しようとしたときだった。

体中の血が引き、頭がすっと冷える。——発作の予兆だ。

ゆっくりとしゃがみ、地面に尻をつけスマホを置く。

体中の毛穴から冷や汗が噴き出していた。胃から吐き気がこみ上げる。なんとか最悪の事態を予防しようと寝転がったが遅かった。

だんだん目の前が暗くなり、意識が遠のいて行く。

――またこれだ。なぜ、こんなことが起きるんだ……。

いつものように失神し、目覚めると同じ場所に横たわっていた。

時計を見ると、二十分ほど経過している。厄介な病気だが、無駄に時間を食わないことだけはありがたかった。

天上に見える木の葉越しの日はいつのまにか茜がかっていた。夕方のぬるい風が枝を揺らし、樹上では巣に戻って来たカラスの声が響く。

森にいたのは幸いだった。炎天下だったら死んでいたかもしれないと思いながら、のろのろと体を起こし、リュックサックからスポーツドリンクと梅干しを取り出して口に含む。梅の酸っぱさで唾液がじゅわりと湧き、ようやく生きている実感がした。

大きく深呼吸したあと、枯れ葉で半分隠れていたスマホを取り上げる。先ほどのメール作成画面のままだった。逡巡したのち、何も考えないようウィルの名前を入力して文面を完成させ送信する。さらに足元に落ちていた虫瘤の枝を拾い、ジップロックに入れてリュックサックへ放り込んだ。

今日の調査はここまでにするしかなかった。発作のせいもあるが、キャンプサイトはトライアスロン大会が終了するまで使用出来ないと管理人から告げられている。今夜からは市内のビジネスホテルに泊まるつもりなので、テントを片付けて移動しなくてはならない。

立ち上がった渋川は、重い足をひきずり森をあとにした。

空はゆっくりと赤く色を変えていた。蟬の声が蜩（ひぐらし）に取って代わられつつある。湖の東側に見える富士山も夕日を浴びて、淡いピンクのフォーカスがかかっていた。

テントを片付け、キャンプサイトの駐車場へ向かっている途中、スマホから着信音がした。さきほどメールしたばかりの静山大の昆虫学者だった。ウィルの友人の頼みなら喜んで引き受けると書かれており、送付先の住所が添えられている。この人を通して久しぶりにウィルの人柄に触れた気がして嬉しかった。

車で不二宮市内まで出ると、宅配便の営業所で虫瘤のサンプルを発送し、適当なビジネスホテルを選んでチェックインする。

疲れていたし汗まみれだったため、まずはシャワーを浴びた。その後、バスローブ姿のままコンビニで適当に買って来た夕食を食べているとスマホが鳴った。米国からのビデオ通話だ。

次回の予約が今日だったのを思い出し、最悪のタイミングにげんなりしながら、応答ボタンをタップする。洗練されたデザインの白い部屋が映し出され、乳白色のガラステーブルの前に脚を組んで座る、水色のワンピースにピンクのタイツという目にも鮮やかなファッションの金髪白人女性が現れた。今もそう年を取っている訳ではないが、若い頃はさぞ可愛らしかっただろうなという整った愛嬌のある顔。首と耳にお揃いの大振りなビジューのアクセサリーをつけた彼女は、茶目っ気たっぷりの笑顔で手を振った。

『ハーイ、マリ。定期受診の日よ。ご機嫌いかが？』

「……シンシア。ずいぶん早いんだな。そっちは朝の六時だろう？」

ハイテンションに呆れながら言うと、彼女は腰に手を当て口を尖らせた。

『そうなのよ。ただでさえ予約は一杯なのに、入ったばかりのおばかな新人受付が押しの強い上院議員夫人の予約を入れちゃって、悪いけどあなたの分は早朝に持って来させてもらったの。ごめんなさいね。都合悪かったかしら？』

「都合も何も、もうこうしてかけて来てるじゃないか」

諦観を込めて応えると、彼女は白い肌によく映える薔薇色の唇を引き伸ばした。小悪魔っぽいチャーミングな笑顔。一見するとフレンドリーな中年女性だが、これで予約を取るのが難しい名医だとされているのだから、世の中はよく分からない。

『さっそくだけど、また発作があったのね。その様子じゃ』

じっとこちらを見たのち、彼女はグリーンの目を細める。

「何もかもお見通しか」

苦笑する。

大きく息を吐くと、シンシアは椅子の背に体を深くもたれさせ、近くにあった小型のノートパソコンを引き寄せた。

『そうよ。私は全部お見通し。その分じゃ紹介状を書いた日本の病院にも通院してなさそうね。脳神経外科医の所見じゃ、あなたの症状は血管迷走神経反射の可能性が高いということになってるけど、確定しているわけじゃないのよ？　これだけ失神が多いんだから、もう少し体に配慮して慎重になるべきよ』

「だが、他の検査をしても何も出て来ないじゃないか。何に慎重になればいいのか分からないね」

二年前、ウィルと距離を置いた頃からストレスが高まると意識を失うことが増え、いくつかの病院を受診したが、決定的な原因は分からなかった。医者はデータなくしては診断できない。検査の数値に現れない現象の原因は、心因性のストレスによる自律神経の乱れだろうということで片付けられ、精神科医のシンシアの元へ通院し、ストレスの原因を突き止めて取り除くことを目指すという消極的なアプローチをとることになった。

答えあぐねた彼女は、反論するのを諦めたのか咳払いをする。

『発作が起こったときのこと全部話して。何を考えていたのかや、どんな感情だったのかも。まずはリラックスね。ああ、そのバスローブ姿ならちょうどよさそう』

米国にいた時とまったく同じやりとりに、げんなりした。来日する前の一年間、彼女の診療に付き合ったが、進展はほぼなく受診自体に懐疑的になっていた。やたらと薬を勧められるのも嫌だし、問診も土足で心に踏み込まれるようで不快だ。

疲れが残っていたため、どうしても気が乗らなかった。これまで感じていた不満を口に出してしまう。

「……シンシア、すまない。前から言っているが、私は仕方なくカウンセリングを受けているだけで、あんたに何かを理解して欲しいとか変えて欲しいと思っている訳じゃないんだ」

パソコンから顔を上げ、彼女は眉根を寄せた。精神科医のくせに感情が悪い方に分かりやすい。だから他人の心を読むのに疲れた患者に人気があるのだろうか。

『……私には解決できないと思ってるっていうこと？　あなたが抱えている問題を』

息を吐き頭を掻く。論争する気分でもない。

「そうじゃない。ただ心の中のことを無理に誰かに話すなんて、馬鹿げたことをしたくないだけだ。私が発作で倒れたところを目の当たりにしたから、父は前の職場の保険が切れてもあんたに依頼し続けているんだろうが、私は三十にもなるいい大人だ。何もかも自分でどうにかできる。感情だって……」

それができていないからこんなことになっているんでしょう、と彼女の顔には書いてあった。肩を竦めパソコンを閉じる。

『——分かったわ。今日のあなた、すごく疲れているように見える。少し時間を置いて……今回の分は数日後に回しましょう。実は私も今日はあまり気が乗らないのよ。いいかしら?』

頷く。妥協案はそこしかないだろう。

『ところで、今どこにいるの? 安ホテルのような背景だけど』

急に友人のような口調に切り替わり、彼女は興味津々で渋川がいる部屋を見回した。彼女の住む世界の人間がほとんどそうであるように、狭く殺風景な場所にいることを哀れむ様子を隠そうともしない。

そういった価値観の押し付けにうんざりしつつも、問診よりは気が楽だった。

「静岡に来てる。富士山の傍と言えば分かるかな。ブル・シャークの捕獲をするんだ」

富士山という言葉にもブル・シャークという言葉にもピンと来なかったようで、彼女は儀礼的にへえと相槌を打った。

じゃあ、と言って通話を切る直前、彼女は心配げな眼差しを向ける。

『……マリ。自分を責めないで。誰かに辛い気持ちを打ち明けて共有するのは悪いことじゃないのよ？　私はいけ好かない主治医かもしれないけど、信頼関係を築いて、あなたの人生を停滞させてる症状を取り除いてあげたいと思ってる。それだけは本当よ』

画面が真っ暗になったのちスマホを置き、ベッドに座ったまま顔を手で覆う。

飲みに出ようかと思ったが、いつかのように酔いつぶれて人を殴ってしまいそうなのでやめた。

仕方なくベッドのヘッドボードにもたれて寝そべり、腹の上にノートパソコンを置いて大学のこまごまとした仕事を片付け、夜をしのいだ。

4 days before

上空は澄んだ藍色で、地面に近づくにつれだんだんと色を薄くしていた。低い位置でたなびく雲たちは、地平線の下に控えている太陽の光を受けて輝く桃色に染まっている。美しい空を背景に、東の方角にある富士山は静かに佇んでいた。来常湖は、鏡のようにその姿を映している。ふたつの富士山は完璧に調和し、見るものの心を静かに震わせた。

ジャック・ベイリーは、感嘆の言葉を呟きながら、来常湖の西南部分にあるデッキで愛用の競技用バイクから降りた。早朝なのでまだ誰の姿もなく、周囲には静謐な空気が漂っている。コースの下見がてら市街地からバイクを漕いで来たが、こんな景色に出会えたのは僥倖（ぎようこう）だった。

バイクを傍にあった手すりに固定しワイヤーでロックすると、ヘルメットを脱ぐ。しばらく景色を堪能したのち、デッキにどかりと腰を下ろして足を組み、座禅のポーズをとった。

ゆっくりと目を閉じると、師匠の教えにしたがって臍の下あたりを意識し、波立つ水面を穏やかにするように気持ちを集中させて行く。

息を吸って、吐いて。吸って、吐いて——。

景色と崇高な朝の空気の力を借りれば心は凪いでくれると思ったが、そうはいかなかった。

いつもと同様に、心の奥底からさまざまなノイズが放たれ、水面を揺らす。

一番大きなものは後悔だった。あのときこうしていれば、ああしていれば。どれだけ己を責めても尽きることがない。自分だけが固い絆だと思っていたものは、そうではなかった。こちらの努力が足りなかったのか、それとも向こうの要求が過大だったのか。自分と彼女は上手く均衡を取ることが出来なかった。

最後に会った日、瞼に焼き付けた息子の姿が浮かび上がる。故郷のフランスに帰った元妻は頑なに会わせてくれず、息子をスイスの寮に入れてしまった。場所は分かっていたので行けないことはなかったが、身を持ち崩した父親になど会ってくれないのではないかという恐れが足を竦ませ、どうしても赴くことはできなかった。

ダン——息子は今年で十八歳になる。母親である元妻は、自分のことをどう説明しているのだろう。憎んでくれていればまだましだと思った。忘れて無関心でいられるよりは……。

体が揺れて、ジャックはハッと目を開く。心の迷いに影響されたのか、正しい姿勢を取れていなかった。再び深呼吸し、コミュニティセンターで出会った師の教えを思い出す。奉仕活動の場で、自分のように人生に絶望した人間を集めて説法をしていた、不思議な日本人だった。

――惨めなときほど座禅をしなさい。そして、自分の問題を受け入れるのです。

最初は眉唾だった。ニューヨークと目と鼻の先にあるニュージャージー州で生まれ、日曜は父母に連れられて教会へ行くのが習慣だったジャックには、彼の語る東洋的な価値観が受け入れにくいものだったからだ。しかし、投げやりな気持ちで座禅をしてみたら、意外にも少しだけ気が楽になった。それがとっかかりとなり禅に興味を持ち、書店などで売られている本を買いあさり読みふけった。未だに完全な理解が出来ているとは言えないし、キリスト教徒であることは変わらないが、これからも心を落ち着けるための座禅は続けて行くだろう。

ここへ来たのも師の影響だった。芋づる式に日本という国のことを知りたくなって調べていたところ、象徴とも言える富士山のことを知った。一目見て気に入った。ミステリアスで魅力的な山だ。他の山と連なっていない完全なる孤高の存在で、なだらかで美しく、その実、冬は人を寄せ付けないほど険しくて。

この山を見てみたいと話したところ、師は美しい山なのでぜひ行ってみるといいと言った。そして旅のリサーチをして知ったのだ。ちょうど訪れようと思っていた時期に、この地でトライアスロン大会が行なわれると。

表舞台を退いて久しいが、体に染み付いた習慣は離れず、プールで泳いだりバイクで遠出したりということは続けていた。昔の仲間とはもう完全に生きる世界が違って距離を置いていたし、もう一生大会に出ないと決めていたのに、どうしても出たいという思いが沸いて来た。アスリートの血が騒ぎ、こう叫んだのだ。富士山を見ながらもう一度トライアスロンをしたい、と。

旅の準備は順調に進み、念願のこの地へやってきたものの、空港まで見送りに来てくれた師のことが少しだけ心にわだかまっていた。賛成したのは彼自身なのに、出発の数日前からなぜか引き止めようとしたのだ。ジャックが耳を貸さずどうしても行くと告げると、彼はそれも仏陀の導きだと寂しそうに笑った――。

再び瞼を開くと、空はすっかり晴れた青色へと変わり、富士山の脇から太陽が顔を覗かせ周囲を黄色く染めていた。眩しさに目を細め、額にかけていたスポーツ用のグラスを下ろす。

足を解いて立ち上がろうとすると、いつものごとく足の痺れに襲われふらついた。座禅は好きだがこれだけは困る。練習用のスパッツで覆われた足を丁寧にマッサージして立ち上がり、ワイヤーのロックを解除してバイクに乗ると、ジャックはキャンプサイトへ向けて走り出した。

気持ちのよい風を切って湖畔に設けられた遊歩道を進む。喉の渇きを感じたため、たどり着いた管理事務所で自販機のスポーツドリンクを買い、その場で水分補給した。視界には先ほどとは別の角度から見た湖が広がっている。水も綺麗だし美しい。早くここで泳ぎたい。

声を掛けられたのは、そのときだった。驚いて目を向けると、知った顔だった。このあいだ湖に入ろうとして大会のスタッフに止められた際、通訳を買って出た男だ。ジャックの過去を知っていて握手を求めてきた——。おそらく雑誌か何かの記者だろう。首からカメラを提げた彼は、馴れ馴れしい笑みを浮かべた。

「調子はどうですか？」

日本語なまりだが、十分に伝わる英語。

「別に良くも悪くもない」

素っ気なく答えて空のペットボトルを捨てると、ジャックはバイクを引いて歩き出す。

図々しくも彼は追いかけて来た。

「……実は、今日は仕事の話で参りました。取材を申し込みたいと思いまして。申し遅れました。日本のトライアスロン専門誌〈アイアンマガジン〉のケイタ・カモイです」

差し出された名刺を、ジャックは遮る。

「俺のことを知っているなら分かってるだろう。もう昔とは違う。今回は一個人として楽しみに来ているだけだから干渉しないで欲しい」

目を丸くして彼は吹き出した。

「一個人の楽しみ？　冗談でしょう。あなたは自分の影響力を過小評価している。それで世の中が納得すると思っているんですか？」

馬鹿馬鹿しい。栄光は十六年も前のことなのに。今更誰がこんな自分のことを知りたいというのだ。

「あんたこそ過大評価しすぎだ。……とにかく取材は受けない。俺なんかより、伸びそうな若手選手を取材した方が、よほど有意義だと思わないのか？」

挑発的に彼は笑った。顔の筋肉を引きつらせた嘘くさい笑顔。本人が演出しようとしているほど善良な人間ではない香りがした。

「何が有意義かはこちらが決めることです。では取材は諦めますので、今大会についてあなたの記事を書くことと、写真の撮影、使用は許可していただけますか？」

「直接俺に関わらないなら勝手にしろ。あと――元妻や息子のことには一切触れるな」

「……分かりました。ありがとうございます」

今度こそ振り切って先へ進もうとすると、情けない悲鳴が耳に飛び込んで来た。

顔を向けると同時に、キャンプサイトへ続く斜面から、サイクルウェアに身を包み競技用のバイクに乗ったアジア系の男が、ものすごい勢いで駆け下りてきた。

「うわあああ――、誰か、止めて、止めて、止めてー!!」

小太りで丸顔の男は、日本語らしき言葉で何事かを叫ぶ。

なぜブレーキを握らないのか不可解だった。自転車はまっすぐ湖の方向へ進んでおり、このままでは確実に水へ突っ込んでしまう。

「ちょっと、これを頼む」

最低限度の信用には足る人物だろうと判断し、まだその場にいた鴨居にバイクを預け、ジャックは駆け出した。湖の手前へ先回りして男を待ち構え、狙いをすまし坂を下って来た自転車のハンドルを摑んで止める――。

かなりの衝撃だった。腕から体全体に押す力が伝わる。後ろへ持って行かれそうになるが、地面に足を踏ん張り渾身の力で止めた。底に金具のついたシューズが芝を削いで二〇センチほど後退し、湖に転落する寸前でバイクは止まった。

息を整えたジャックは、真正面から自転車に乗った男を見る。遠くから見た印象と変わらず、赤ん坊のようなフォルムの男だった。色白で小太り、顔も丸くて気が弱そうだ。おそらく日本人だろうが、年齢はよく分からない。もしかしたらこれでも三十歳ぐらいなのだろうか？

眉を下げて泣きそうな表情をした彼は、ペダルに乗った右足を指差し何かを言った。言葉が通じず首を傾げると、意外にもネイティブに近い英語で言い直した。

「すみません。足がペダルから離れなくてパニックになって……」

男が乗っている自転車は、ＴＴ（タイムトライアル）バイクというトライアスロン専用のものだった。タイムを追求するため限りなく風圧がかからないように設計されていて、漕ぐ力を無駄なく使えるビンディングペダルは、シューズとペダルを固定できるようになっている。大会に出るレベルの選手には必須のものだが、転ばずに停止するには練習が必要だった。

バイク本体にも目を走らせたジャックは違和感を覚える。トップメーカーの凝ったデザインで、上位レベルの選手が使用する高価なものだった。男を見る限り、バイクに慣れているとはとても思えないし、ぶよぶよとたるんだ体も、引き締まったトライアスロン選手とはほど遠い。

外側へ足をひねるのだと実演しながらペダルの外し方を教えてやると、やっと外れたと呟き彼はバイクから降りた。

鴨居が後ろから追いついてきたため、ジャックは短く礼を言うと自分のバイクを受け取り、すぐに体に添わせる。トライアスリートにとって、バイクは時間をかけてカスタマイズする第二の体だ。何ものにも代え難いし、高価で盗難の危険がつきまとうため、常に自己責任で管理しなくてはならない。

心底怖かった様子でバイクの横にしゃがみ込んだ男をじろじろと見回しながら、鴨居は不思議そうに訊ねた。

「ビンディングの外し方も知らなかったんですか？　普段からスポーツタイプのバイクに乗っている人なら分かる筈ですけど」

心臓を押さえながら、男は顔を上げてふにゃふにゃとした笑顔を作る。

「普段というか、こういうバイクに乗ること自体初めてで……。ネットでオーダーした一式がホテルに届いたんで、四日後にここで行なわれる大会に出るため、試乗をしたところなんです」

想像を絶する答えに、ジャックは言葉を失った。

バイクを選ぶには知識豊富なサイクルショップ店員の助言が役に立つし、彼らと対話しながらカスタマイズしていくことが必要不可欠だ。ネットオーダーで済ませるなど無謀に近いし、その程度の認識の素人が大会に出るということが有り得ない。

「トライアスロン自体も初めてってことですよね……？　スイムもランも」

驚きを通り越し、呆れた顔で鴨居が訊く。

「そうですね。月に一回ぐらいランニングはしてるし、子どものころスイミングに通っていたから、水泳も何とかなるかなあと思って」

ようやく落ち着いたのか、挙母（ころも）と名乗った男は、立ち上がって悪びれることなく答えた。

鴨居の目は、もはや珍獣を見るそれになっている。

「失礼ですけど、挙母さんは、どうしてトライアスロン大会に出場しようと思われたんですか？　湖だから波もなくて比較的楽なコースではありますけど、オリンピックディスタンスですよ？　もっと練習してからにするとか、短距離の大会で慣れた方がよかったのでは？」

つかみ所のない笑みを浮かべていた挙母は、急に真剣な眼差しになり、ジャックと鴨居を見た。

「準備不足は分かってるんですけど、どうしても早急に出場したかったんです。あ、あの、理由を聞いてもらえますか⁉」

こちらが返答するより前に、彼は一方的に話し始めた。

「僕、隣の愛知県から来たんですけど、海外との交渉が多くて出張続きで、ここ一年、四歳の息子をほとんど構ってやれなかったんです。この前久しぶりに帰宅したら元気がなくて。妻によると、保育園で気の強い子にいじめられて、行きたくないって言ってるそうなんです。どうしたらいいか考えていたとき、テレビでトライアスロン大会の映像を見て。すごくかっこ良くて、僕がいいところを見せれば息子に何か伝えられるんじゃないかと出場を決めたんです。でも、やっぱり無謀なんでしょうか……」

トーンダウンすると、彼は不安げな眼差しでこちらを窺った。

無言のまま鴨居はこちらへ視線を寄越す。その目は、無謀な素人を一喝して止めることを期待しているように見えた。それを振り払い、ジャックは口を開く。

「出るか出ないかはお前自身が決めろ。そんなことも出来ない奴に、トライアスロンは無理だ」

怯えて身を竦める挙母に、さらに畳み掛けた。

「もう大会直前だし、これからビンディングのペダルに慣れるのは無理がある。さっさと町のサイクルショップに行って、ペダルをフラットに付け替えてこい。——靴の変更も忘れるな」

言い終えると、気圧されて返事も出来ない様子の彼を置いたまま、バイクを引いて歩き出す。

土手を登ったところで、後ろから鴨居が追いついて来た。彼は湖にいる挙母を振り返りながら話しかける。

「……あなたならビシッと言ってくれるかと思っていました。意外と親切なんですね。出場が無謀なレベルのずぶの素人なのに、帰れとは言わなかった。まあ、あの感じじゃ諦めざるを得ないでしょうけど」

「トライアスロンは誰のものでもないし、俺に大会に出るなと言う権利もない。出てみて自分のレベルに気づけば、練習しようという気になるだろう」

面白くなさそうに彼は目を眇めた。

「ずいぶん丸くなられたんですね。知り合いの外国の記者から、昔のあなたは自分にも他人にも厳しかったと聞きましたが」

ジャックは止まって彼を見た。

「もうこれ以上ついてくるな。練習の邪魔だ」

ようやく身軽になり足を踏み出すと、背中越しに声がした。

「応援しています。もう一度あなたが一番にゴールゲートをくぐるところを見たい。──

ファンとして」

口の中に苦いものが広がる。振り返ることなく、そのまま駐車場を横切って公道へ出た。しばらく歩いて誰もいないことを確認すると、バイクを電柱に立てかけ、脛まで覆っているスパッツをまくり上げる。

膝の上を横断するように出来た生々しい傷跡が露になった。

妻子と離れて自棄になっていた頃、薬の売人といざこざを起こし刺された傷だ。膝にナイフを突き立てられ、骨が割れ靭帯が断裂した。再建手術をしたが変形性膝関節症を併発し、医者からランは絶対にしないよう止められている。

自嘲の笑みがこぼれた。

「相手が素人だろうと、偉そうなことを言える筈がない……こちらこそ最後まで走れるか分からないんだからな」

＊

大会設備の設営作業を翌日に控え、事務局内でミーティングをしていた矢代の元に、来常湖キャンプサイトの管理人、津森から連絡が入ったのは、午前十一時すぎのことだった。

皆に待ってもらい内線で回って来た自席の電話に出ると、津森はいつもの飾り気のない口調で、キャンプをしていたカップルが消えたと言った。二つ残っていたテントのうちの一つ。女が缶切りを借りに来て、昨日はずっとテントに閉じこもっていたカップルだ。渋川の小さいテントの方は昨日のうちに撤収されていたが、彼らのテントやタープはまだそのままだったという。津森は時間を置いて外から何度も声をかけたが一向に応答はなく、警察を呼んで入口にかかっていた南京錠を壊し中を見たところ、彼らの姿はなかったそうだ。その後周辺を捜したが本人たちは見つからず、彼らの車とおぼしきものだけが駐車場に停めっぱなしになっていたという。

話を聞きながら、矢代の胸には嫌な予感が渦巻いていた。これであのキャンプサイトで消えた人間は三人だ。関の失踪と関わりがあるかは不明だが……。

「……矢代さん、どうしたんですか？」

浮かない顔で戻って来た矢代に進藤が訊ねた。共有しない訳にはいかないので、矢代はミーティングに集まっていた十二名のメンバーにありのままを伝える。

「いなくなった水道局の関さんも、駐車場に車停めたままだったのよね。なんだか不気味。神隠しでも起こってるみたい」

皆が驚きの表情を浮かべる中、首を傾げた小池がまっさきに口を開いた。他のメンバーたちも頷く。

——神隠し。まさにそうだ。矢代や津森がどれだけ捜しても、あの湖周辺で関を見つけられなかった。まるで煙になって消えてしまったかのように。

詳細はまだ分からないものの、矢代は今回のカップルも見つからない気がしていた。彼らは一体どこへ消えてしまったのだろう。キャンプ場を取り囲む山や深い森なのか、それとも——。

——この湖にオオメジロザメが迷い込んでいると聞いて保護しに来た。

渋川の言葉を思い出し、ギクリとする。牛尾が言う通り信じ難い話だが、もしもいたとしたら辻褄は合う。

「しかし、まずいですね。サメが食べてしまったなら、死体は残らないのだから。

点で我々は行方不明者がいることを把握している訳ですし、大会当日に選手や観客がいなくなるようなことがあったら、市の責任問題になりますよ」

珍しく真剣な顔をした進藤が、腕を組んで呟く。

「原因も分からないのに？　対処のしようがないよ」

ボランティアの代表として外部から来ている六十代の男性が顔を顰めた。

「あの辺は熊が出る訳じゃないですし、変質者でもいたりして」

髪を茶色に染めた、活発そうな学生ボランティアのリーダーが冗談めかす。副リーダーの青年も悪のりした。

「湖だし、『13日の金曜日』のジェイソンみたいなやつ？　ホッケーマスク被って、一人、また一人と……」

鉈を振り下ろす殺人鬼と被害者の真似をして、彼らは笑い合う。

「ちょっと君たち。ふざけないで」

見かねた小池が窘めた。

「……とりあえず、牛尾課長に報告して指示を仰ぐしかないですね」

進藤が労しげに矢代を見た。

ミーティングが終わり席に戻った矢代は、パソコンに向かい三日後の選手説明会で使う原稿のチェックをしていたが、どうしても手につかなかった。

渋川の話が頭にこびりついて離れない。もしも来常湖にサメがいて、関ら三人を食べたのだとしたら……。

たまらずウェブブラウザを開き、オオメジロザメについて調べる。イメージ検索した画面には、鼻先が丸く鋭い目つきの大きなサメの画像がいくつも表示された。

川を遡ったり湖に来たりするというぐらいだから何か大きな特徴があるのかと思ったが、いたって普通の姿で、人が『サメ』という言葉を聞いて思い浮かべる見本のようだった。紡錘形で無駄のない体は、背中側が灰褐色で腹の部分は薄い色になっている。トレードマークの背中のヒレに、目の横の五列の鰓孔。顔は丸っこいくせに恐かった。凶暴そうな口からは、ギザギザとした歯が覗いているし、小さな目は感情がなくて冷酷な感じがする。

今度はサイトの検索をし、生態についての文章を読んで情報を繋ぎ合わせて行った。作業を進めるにつれ、自分がいかに無知な先入観で渋川と話をしていたかを思い知ることになった。

彼女が言っていた通り、何十万とあるページのどれもが、オオメジロザメが汽水域や淡水域に進出できる『広塩性』について言及していた。サメは尿素やトリメチルアミンオキシド、ベタインといった物質により体内の浸透圧を高く保つことができるが、オオメジロザメはその浸透圧を調整して、淡水にも適応することができるのだという。その能力を用いて、彼らはアマゾン川やアフリカの川、果ては沖縄の市街地を流れる川にまで現れている。幅が広く深さもある川では、大きな個体も確認されているらしい。

ようするに、棲息可能な温度条件さえ揃えば、どの川や湖にいてもおかしくないのだ。

今年のこの猛暑。水温が上がっていれば、駿河湾の海や川、来常湖が条件を満たす可能性は十分ある。

荒唐無稽だと思っていたことが、どんどん現実味を帯びてきた。

のめり込むようにして画面を凝視する。マウスに添えた右手は不規則なリズムを叩きだしていた。

オオメジロザメの性格についての記述も拍車をかける。きわめて凶暴。行動は俊敏で、人間にとって最も危険なサメのうちの一種だという。

エアコンがよく利いているにもかかわらず、嫌な汗が脇を伝い流れていった。

今朝、仕事が始まる前に関の家へ寄って、慶子とさくらの様子を見て来た。

慶子は目に見えて憔悴(しょうすい)しており、そんな彼女から何かを感じ取っているのか、幼稚園へ行く準備を終えたスモック姿のさくらも、不安げな顔で人形を抱きしめ口数がすくなかった。

前日に義理の両親とともに市内の探偵事務所へ捜索依頼をしてきたと話したのち、慶子はさくらの髪を撫でながら言った。

『昨日、さくらの誕生日で、夫が予約していた人形が届いたんです。さくら、矢代さんに見せてあげて?』

さくらは、しかめ面で矢代に人形を突き出した。ピンクのドレスを着ている愛らしいものだった。

いなくなる直前、彼がこれについて話していたことが回想され、切なくなった。

常にスマホを握りしめ、夫の行方に関するどんな情報でも逃すまいとしていた慶子。

彼女にここ数日の情報を伝えるかどうか逡巡するが、やはり憚られた。まだ何の確証もないし、今の時点でこんな話をしたら余計な心労を増やすだけだ。

まとわりつき続ける嫌な予感を払拭（ふっしょく）するように頭を振って立ち上がり、矢代は牛尾がいる企画課へ向かった。

「まーた、おまえか。他に二人いなくなったからといって、大会に影響を及ぼすほどのことじゃないだろう。警察は何と言っているんだ？」

矢代がいる事務局とは逆の北向きの広い室内で、富士山が見える大窓を背に、牛尾は眉根を寄せた。

空は矢代の気持ちのごとく灰色に曇っており、山頂部分はすっぽりと雲に隠れている。

昼時にさしかかっていたため、席に着いている職員はまばらだった。

「残っていた免許証から家族に連絡したそうなんですが、双方の家族ともに一週間後に帰る事になっていると聞いているそうです。車や財布は残っているものの、スマホは無くなっていますし、まだどこかへ遊びに行っている可能性も捨てきれないので、今のところは静観するようです」

面倒そうに手許のノートパソコンを閉じると、彼はたるんだ瞼の下からこちらを見た。

「ならいいじゃないか。何の問題もない。冒険気分で森へ入っているのかもしれん。会場設営の邪魔なら、テントだけ片付けて管理事務所で預かっておけばいい」

自分も早く昼食に行きたいのだろう。鍵付きの机のキャビネットから財布を取り、彼は立ち上がった。今にも歩き出しそうな彼を、矢代は押しとどめる。

「待って下さい。でも常識で考えてありえないでしょう？　財布をテントに置いていなくなるなんて。森へ行ったとしても、二日も戻ってないならそれはそれで問題です」

「カップルなんだろう？　二人で一緒にいられりゃそれで楽しいんだよ。それに財布なんてものはでかくてもたつくから、俺も面倒なときはポケットに直接金を突っ込んで出かけるぞ？　責任者だからってそう気を揉むな。二、三日すればヘラヘラして帰って来るさ」

「でも」

腕を持ち上げ、彼は時計に目をやる。

「もう行くぞ。午後から招待選手の表敬訪問に立ち会うから忙しいんだ」

「……昨日の話、覚えてらっしゃいますよね？」

みるみる顔が険しくなり、ぎろりとした目で睨まれた。

「湖にサメがいるって話か？　矢代、お前まさかいなくなった三人が映画みたいにサメに食われたとでも言うんじゃないだろうな」

「そうは言っていません。何の確証もないし。ただ、可能性の一つとして留意しておくことは必要だと言いたいだけです。あの湖周辺で関とカップルが行方不明になっているのは紛れもない事実ですし、万が一、本当にサメがいるとしたら大会の運営にも支障が出ます」

あからさまに憤怒の表情を浮かべ、牛尾は言い放った。

「そんな馬鹿なことは万が一にもない。変なことを言うな。この大会には市の税金が注ぎ込まれているし、スポンサーだっているんだ。大会の遂行は我々の使命だ。天変地異以外では絶対に中止になど出来ない。お前も頭を使え。くだらんことで騒ぎ立てて、仕事をやりにくくしてどうする」

「でも、選手や市民の安全が……」

反論しようとする矢代を押しのけ、牛尾は出入口へ向け歩き出した。

「絵空事はたくさんだ。もうその話は聞きたくないから、二度と口にするな！」

企画課を出た矢代は、一旦事務局へ戻り車のキーを取ってくると、来常湖へ車を走らせた。牛尾の言葉ももっともではあるが、どうしても釈然としなかったからだ。

いつものように、キャンプサイトの駐車場へ車を停めて外へ出る。

曇っているのに、蟬の声はここ数日よりも活発だった。直射日光がないだけ楽だが、その分蒸し暑い。

キャンプサイトへ移動すると、芝生の広場の向こうにある森の際には、カップルのテントが設営されたままになっていた。

訝しんで矢代は目を細める。一昨日缶切りを借りに来た女によると、彼氏はキャンプマニアだということだった。拘って道具一式揃えるとかなり高額になる筈だ。そんな男が大事なものを放り出して遠くへ行くだろうか……？

「おう矢代、来てくれたのか。丁度良かった。テントのこと相談したかったんだよ」

管理事務所の扉を開けると、弁当を食べていた津森が顔を上げた。矢代にスツールを勧め、麦茶を入れてくれる。

「警察が財布だけ預かってくれたんだけど、片付けは明日まで待った方がいいかな。もしかしたら戻ってくるかもしれないし」

よく冷えた麦茶を三分の一ほど飲むと、喉や胃に染み渡った。矢代は首を振る。

「それだと困ります。朝一で業者のトレーラーが入って、ボランティアがコースや観客エリア用の資材を運ぶことになってるので。今日中に片付けお願い出来ますか？」

箸の先を上げて、津森は頷いた。

「はいはい、分かったよ。しかし、どこ行ったんだろうなあ、あの二人。昨日俺らがテントを見た時にはもういなくなってたってことだよな。関もだが、ここから車もなしに行ける場所なんてないし」

「湖は見回ってくださったんですよね？」

「うん、今日も見た。別に何もなかったよ」

綺麗に巻かれた卵焼きを持ち上げ、彼は答える。

ぐうと腹が鳴って、矢代は昼食を食べていないことに気づいた。事務所の出入り口付近は売店になっており、一番前に並べられたカレーパンが目についたため、買って食べることにする。

二杯目の麦茶を入れてもらい、油っこいパンを齧りながら改めて訊いた。

「津森さん、湖で変だと思ったことはありますか？　……大きな魚がいたとか」

彼は大声で笑う。

「それ、あれだろう？　サメがどうこうっていう。あの小さいテントにいた背が高い女の人、学者なんだってなあ。池にカメラと餌仕掛けてたから話しかけて訊いたんだ。大会直前だってのにお前が許可したっていうから驚いたよ。生憎だけど、俺は大きいのっつったら湖の主の鯉ぐらいしか見たことない。ただ……」

「ただ？」

いつもの豪快さを引っ込め、津森は急に神妙な顔をする。

「馬鹿にされそうだから言わなかったんだけど……一ヶ月とちょっと前ぐらいからかなあ、なんか怖いんだよ。早朝に出勤して、まず湖の周りを掃除するだろ？　そのとき湖から誰かに見られてるような感じがするんだよな。もちろん振り返っても何もないし、ただの勘違いだと思うけど……」

思い出した様子で顔を曇らせたのち、彼は照れ隠しにわざと笑顔を作ってみせた。

十分かからずに食べ終えた矢代は、彼に礼を言って外に出る。北東から生暖かい風が流れてきて、昨日と同じ嫌な臭いが微かに鼻を掠めた。意識して思い切り息を吸い、気のせいでないことを確認する。

倉庫に置いてあった生ゴミは、今朝回収されたはずだ。この管理事務所前に立っていて臭いがこちらから来たということは、湖の方に何かあるということになる。

くんくんと臭いのもとを辿って行くが、湖畔周辺には特に何もなかった。念のため水辺も覗き込んでみるが、魚や動物の死骸などもない。

腕を組み考える。この周辺で自分が捜していない場所と言えば、岸から数メートル先にある浮島ぐらいだ。あそこで小動物でも死んでいるのだろうか。

水面（みなも）から顔を出した大小の岩が、飛び石のように岸から浮島へと連なっていた。しかし、それぞれの間隔が微妙に開いているため、渡るなら濡れる覚悟が必要だ。

捜索漏れがあるのも気になるので、矢代は行くことにした。距離を目測し、最初の岩へ飛び移ろうとジャンプしかける――。

別のものに意識が引き寄せられたのは、そのときだった。

「うわっと」

急ブレーキをかけ、目を凝らして湖の中心部を見る。柔らかな風にさざめく水面に張り付き、細長く揺れるものがあった。曇った空の下、わずかな光を照り返し、不自然なオーロラ色を放っている――。

油膜だ。水質検査の中で汚れの指標にもなっている重要な項目。この前の検査結果では出ていなかったのに。

「どうしてあんなものが……」

血の気が引く。浮島へ渡るのを後回しにした矢代は、管理事務所で双眼鏡を借り、油膜の出所を見つけるべく、細長く途切れがちな水上の道を、陸から辿って行った。

曇天は一向に晴れる気配がなく、蟬の声だけが勢いを増していた。

一時間ほど時間をかけて捜索した矢代は、ようやく油膜の出所を突き止め、北の森――右を向いた鴨の後頭部のあたりへやってきていた。か細く水面を漂っていたオーロラ色の糸は、奥まった岩の隙間からじわじわと染み出ていた。本当にすこしずつ、蚕が糸を紡ぐように流れ出している。

這いつくばって淵の中を覗いてみるが、暗くてよく分からなかった。スマホにライトが付いていたのを思い出し、照らしてみるかと体を起こす。

「矢代サンじゃないか。何してるんだ？」

びくりとして横を向くと、見覚えのある編み上げブーツが目に入った。その上には迷彩柄のカーゴパンツが続いている。体を反らし見上げると、相変わらず化粧気のない渋川が、こちらを見下ろしていた。

矢代が答えるより早く油膜に気づいた彼女は、にやりと笑ってしゃがむ。

「――なるほど。やるじゃないか。湖の汚染源を見つけたのか」

こちらを向こうとした渋川の目が、矢代へ向けられる前に止まった。表情が一瞬で凍り付く。視線を辿ると、彼女の瞳は、淵から空へ向かって生えている木の枝に釘づけになっていた。

矢代は、枝に目印のような薄い青色の紙テープが付けられていることに気づいた。まさか、誰かがすでに油膜の出所を見つけていたのだろうか。

岸から身を乗り出して紙テープに触れながら、渋川は呟いた。

「……ウィルのだ。回収し忘れても一ヶ月もすると分解される紙で出来ているテープ。昆虫採集でたまに使っていた。ここへ来た彼は、水が汚染されていることをちゃんと分かっていたんだ。汚染源も特定していた……」

渋川の目が潤んでいるように見え、矢代はどきりとする。ウィルという人は彼女にとってよほど大切なのだろう。それなのに、彼の話をするとき寂しげな表情をするのが不思議だった。

渋川が持っていたライトを使って、三十分ほど二人で淵の観察をしたのち、近くの木の根元へ座り、互いに持参した飲み物を手に休憩した。

お茶を飲みながら、サンプル容器に入れた汚水を光にかざし渋川は説明する。

「なんらかの有機物質と油分が混ざったもの——。おそらく工場廃水だと思う。見たところ、淵はそう深くない場所で終わっているから、土中から染み出ているんだろう」

「土の中から？」

「ここらへんは山からの水脈があちこちに走ってるようだから、汚染物質はそれを通ってきたんだ。水脈図があれば、それを辿って汚染物質を垂れ流している場所へたどり着ける。管轄している課に言えばすぐに特定できるだろう。あの量じゃ、もう向こう側で止めている可能性が高いが」

「なるほど……」

頷きながら、矢代は渋川を少し見直していた。面倒な問題を持ち込んだ胡散臭い女学者だと思っていたが、彼女のおかげで来常湖の富栄養化問題解決の糸口を掴むことができた。庁舎へ戻ったらさっそく水道局へ知らせようと思いつつ、疲れを感じて背後の木にもたれる。懸念が一つ片付きそうなのに、心の中では別の不安が頭をもたげていた。

もしかしたら、関もこのことに気づいてトラブルに巻き込まれたのでは——。

慌てて首を振る。サメに食われたのではと考えたり、陰謀で殺されたのではと考えたり、最近の自分は妄想が先走り過ぎだ。

息を吐き、矢代は渋川へ目をやる。やはり不思議な人だ。鍛えているのか、贅肉がないし所作のひとつひとつにも無駄がない。どう見ても勉強だけしている普通の学者とは思えなかった。

「……そっちは？　サメは餌に食いついたのか？」

手許にあった小石をつかみ、彼女はつまらなそうに湖へ投げる。

「映像が撮れたかと言えば、ノーだ。餌は一部外れていたが、サメかどうかは分からん」

「でも、オオメジロザメは獰猛で、血の臭いがすればすぐに襲いかかるんだろう？」

「湖は広いし、岸から近い場所にしか、カメラをセットできなかったからな。ボートを使用する許可をもらえれば、湖の中心部へ仕掛けられるんだが」

もの言いたげな視線。先ほど作業を手伝ってもらったことだし、却下することはできなかった。

「分かったよ。許可する。ただし明々後日にはトライアスロンの巨大ブイを設置したり、救護班のダイバーが事前練習したりするから、それまでには完全に撤収してほしい」

意外だと言わんばかりに、渋川は目を見開いた。

「どうしていきなり協力的になったんだ？　キャンプサイトのカップルが消えたからか？」

「早耳だな。もう知ってるのか」

「朝来ていた警察に、彼らの件で話を聞かれたんだ。管理人の話じゃ一昨日の夜以降、誰も彼らの姿を見てないそうだが、その夜は疲れて熟睡していたから何も知らない。私のことがよほど不審者に見えたのか、疑いの目で見られて困ったよ。あんたと同じように電話で大学に在籍確認して、やっと解放された」

堪えられず、矢代は笑う。本人に怪しいという自覚はないらしい。

「何がおかしい？」

「いや、ただ、あんた変わってるって言われないか？　格好もだけど、やたらキャンプに慣れてたり、ほら俺と最初に会った日もいきなり後頭部に工具みたいなの突きつけて」

「自然科学の分野なら野外キャンプに慣れた学者はたくさんいるし、警官に疑われるのはみんな似たり寄ったりだ。あんたの頭に突きつけたのは、あんな人気(ひとけ)のない場所で人のリュックサックを漁ろうとしていたから、つい昔の癖で……。体に染み付いた習慣がなかなか消えなくて私も戸惑っているんだ。多少は事件などもあるが、日本は天国のように安全だから」

その大きな態度でどこが戸惑っているのだと思いながら、矢代はさらに訊ねた。

「一年前に着任したたって言ってたけど、それまでは？」

「両親は日本人だが、生まれも育ちもアメリカだ」

「よほど治安の悪いところだったとか？　前職は警官？」

この若さで准教授なのにそれもおかしいなと思っていると、彼女は肩を竦めた。

「職と数えていいのか分からんが、二年間州兵をしていた。大学の奨学金目当てで入隊して週末の訓練に出るだけでいいかと思っていたら、運悪く紛争が始まり中東に行かされ、治安パトロールをするはめになった」

自分の生活とはかけ離れすぎた話に啞然とする。同時に、彼女に覚えていた違和感が全て腑に落ちた。無駄のない動作も、ぞんざいな口調も、ある意味当然なのかもしれない。

「なぜ、急に日本の大学で働くことにしたんだ？」

渋川は空を見上げる。灰色の雲を映した瞳には、悲しみが滲んでいた。

「私は博士号を取った後、アシスタント・プロフェッサーとして教壇に立っていたんだが、いろいろあってアメリカを離れたくなったんだ。ちょうど、久州大学が海洋生物学の准教授を募集しているのを知って応募し、採用された」

彼女が言った「いろいろ」に、悲しげな目の理由が含まれている感じがしたが、これ以上踏み込むのは憚られた。どう相槌を打とうかと逡巡していたところ、ピピッと腕時計が鳴った。

すでに十四時を回っている。いまごろ庁舎では、市長が市のマスコットの着ぐるみとともに、招待選手らの表敬訪問を受けているだろう。進藤と小池に任せてあるから問題ないものの、他の仕事もあるので矢代も戻らなくてはならない。

立ち上がり、矢代は尻についた土を軽く払った。

「調査のことだけど、可能な限り協力するよ。あんたの言うことを全面的に信じた訳じゃないけど、この周辺で三人も行方不明になってるし、万が一サメがいたら大変なことになる。サメがいるというなら、証明してほしい。大会が始まる前に」

いつもの不遜な顔に戻ると、彼女は自信たっぷりに笑った。

「いるから証明する。――絶対に」

＊

矢代と別れたのち、渋川は湖の管理人の元へ行って事情を話し、湖の中心部へカメラと餌をセットするため手漕ぎのボートを借りて、湖へ漕ぎ出した。

水上も、地上と変わらず暑かった。雲間から太陽が顔を出し、水面が強烈な光を照り返すのでサングラスをかける。汗が滝のように流れ出るため、持って来た飲み物でこまめに水分補給した。

周囲の森からは控えめな蟬の声が響き、他は自分がオールで水を漕ぐ音しか聞こえない。

脇から水の中を覗き込むが、透明な水の中には小魚がいるだけで、大きな魚影は見つからなかった。

十分ほどかけて桟橋から近い湖の中心部へたどり着き、漁師が使うブイに取り付けた魚の餌とカメラを沈めた。

しばらくその場で見ていたが、オオメジロザメらしきものが近づいてくる気配はない。他の仕掛けと同様、小振りな魚が寄って来るだけだった。

鏡のように光る湖上で、文字通り渋川は一人ぽっちだった。

違和感を覚え、周囲を見回す。

なんの変哲もない空、穏やかな湖面、それを取り囲む深緑の森――。

何かがおかしかった。自分が知っている自然の景色ではない……。

原因が分からずじっと考え、しばらくしてようやく分かった。

この湖には、魚を獲る鳥の影や泳いでいる亀の姿がないのだ。それどころか小魚以外の生き物の気配がない。猛暑のせいかもしれないが、不気味だった。

目を細め、渋川は呟いた。

「何かに怯えているのか……？」

一日はあっという間に過ぎていった。

キャンプ場から引っ越した安いビジネスホテルへ戻ると、机の上に置かれたデジタル時計は20：30を示していた。カーテンを開けたまま出て行った窓の外には、駅前の繁華街の灯りが煌めいている。

あまり明るいとは言えない間接照明をつけると、渋川は靴を脱ぎ、ベッドの上に座った。持ち帰ったリュックサックからパソコンを取り出し、今日録画してきた水中カメラの映像を並べて表示する。これまでのものに加え、湖の中心部二点にもブイで吊るしたので、カメラは合計六つとなった。

コンビニで買ってきたサンドイッチと野菜ジュース、ビールを並べて置き、夕食を頬張りながら倍速で再生していく。

さすがに十時間分の映像を確認するのは骨が折れた。少しの変化も見逃さないよう目を凝らしていると、乾燥と疲れで次第に瞼が落ちてくる。ほとんど成果もなく、どのカメラも湖底を映し出しているだけだった。石が転がる殺風景な景色も、餌の切り身に近づいて来てふやけた肉をついばむ小魚もだいたい決まっている。

あくびをして、渋川は目をこすった。

それでなくても野外での作業は体力を消耗した。ここ数日、太陽光を浴び続けていたのも疲労の原因だろう。全身が休養をほしがっていた。気力を振り絞り、画面を見続ける。

「なぜ、お前は餌を食いにこないんだ……？」

英語で呟く。つくづく不思議だった。広い湖といえども、二日間に亘り血を滴らせる餌を仕掛けたのだ。どれか一つには気づく筈だ。

院生だった頃、マイアミビーチ沖で調査のためフィッシングツアーのクルーザーに同乗したことがある。ジギングを始めると、すぐに客の一人の竿にあたりがあり、青い海の中から細い胴体を銀色に光らせた巨大なワフー（カマスサワラ）が上がってきた。さっそくの釣果に船上は盛り上がり、順調にリールを巻いて引きつけると、クルーが細い銛で頭を突いてとどめを刺した。

ここまで来ればもう釣ったも同じとインストラクターが網を用意し掬おうとしたとき、体長二メートルほどのオオメジロザメが船底から急浮上してきたのだ。口を大きく開けて顎を飛び出させると、それはワフーの胴体に食いつき、網ごと半身を引きちぎって消えて行った。

それまで周囲に気配すらなかったのに、ワフーの血の臭いや断末魔の音に感づくや素早くやって来たオオメジロザメ。そんな彼らだから、餌とカメラですぐに存在を証明出来ると考えていたが、甘かった。警戒心の強さのせいか、空腹でないせいか。どちらにせよ、ここまで出て来ないというのは想定外だった。

あまりのんびりとしてはいられない。矢代が言い渡した期限は明々後日までで、その翌日にはトライアスロン大会が開催される。

閉じようとする瞼を懸命に押し上げながら、六分割された画面を見る。

下段の真ん中。今日ボートで湖の中心部に設置したばかりのカメラが揺れ画像が乱れた。目を凝らす。パソコンを引き寄せて膝の上に乗せ、その映像だけをフルスクリーンで映し出し、繰り返し再生した。

「一体何だ……？」

何かがカメラの背後から来てぶつかったようだ。映像が砂嵐のように乱れたのち、水中に気泡が生じてカーテンとなり何も見えなくなる。その向こう側を大きな影が横切ったように見えた。水が赤くなっているので、多分餌を食べたのだ。

画像が元に戻ると、ワイヤーに引っ掛けられていた三〇センチのカツオのぶつ切りは無くなっていた。

「いる……何かが」

口元が弛む。決定的なものは映っていないし、これでは証拠にならないことは分かっていたが、少しだけ前進したことに喜ばずにはいられなかった。

祝杯のつもりでビールを開け、その後の映像も確認しようとしていたとき、メールの着信音がした。スマホを見ると、送信者の名を記したポップが表示されている。開いてみると、昨日、虫瘤を送ったばかりの静山大の昆虫学者——堤(つつみ)という男だった。改行のない十行ほどの文章が表示された。

虫瘤が今日到着したこと、一目見てタマバエの一種で日本のものではないことが分かったことが記されている。彼の見立てではおそらく南米の種で、これが日本にいることが分かると、検疫や農業上の問題になりかねないという。詳細な同定はこれから行ない、数日中には分かるだろうから、暇があれば研究室に来て欲しいとのことだった。

ウィルの友人だけあって、文面から実直な様子が見てとれた。迅速に確認してくれたことへの感謝と、時間を作って顔を出すことを伝え、渋川はスマホを置いた。

湖の映像に戻ろうとしたとき、今度はパソコンにビデオ通話の着信があった。

応答ボタンをクリックするなり、コーヒー色の肌の中南米系の男性の顔が表示される。アフリカでザンベジ・シャーク(ザンベジ川に棲息するオオメジロザメの別名)の研究をしている、同業の海洋生物学者エンゾだった。ドレッドヘアに、サメの絵が描かれた黄色いタンクトップ。言われなければ絶対に学者だと分からないだろう。

『ハイ、マリ。元気か？　メール見たよ。マウント・フジの傍でブル・シャークの捕獲をしようとしてるんだって?』

いつも陽気な彼は、肩をいからせリズムを取りながら開口一番に言った。

「ああ、ちょうど助言が欲しかったところなんだ。しばらく連絡がつかなかったが、どこにいるんだ?」

彼の背景に映っているのは、どこかのビーチの傍の東屋だった。

『どこだと思う? KZNSBに来てるんだ。ホホジロザメと思われるシャークアタックがあったから、これから調査に同行する予定なんだ』

KZNSBとは、クワズル=ナタル・シャークス・ボードのことだ。南アフリカ共和国の東側、ダーバンという都市から少し北上した場所にある機関で、調査と教育の役割を兼ねており、アフリカで頻発するサメの被害防止に貢献している。

「へえ、そこは行ったことないな。どんな感じだ?」

彼は笑って肩を竦めた。横広がりの艶やかな鼻が膨らむ。

『でかいモールもあるし、病院も高級住宅地もあって悪い意味でアメリカとそう変わらないな。海沿いは開発されてなくて、ただただ海岸が広がってる。女性の一人旅はお勧めしないが、マリならきっと大丈夫だ。――それで状況は?』

学生の頃、とある合同調査で知り合い、それ以降ずっと交流が続いている彼とは、気の置けない仲だった。ビールを飲みつつ気楽にこれまでの調査内容を話した。

いつもの軽いノリでアドバイスをくれるかと思ったが、予想に反して彼の表情はだんだんと曇っていった。見た目や所作が楽観的なので忘れがちになるが、全てのことに整合性を求める優秀な学者なのだ。

眉間に皺を寄せ、彼は真剣に考えている。

『たった周囲四キロの湖で、六箇所に餌をセットしても現れないのか。それは妙だな』

「死んだ魚なのがいけないのかな？　あの程度の広さでも聴覚に訴えないと餌の場所が分からないのかもしれない」

『いや、この広さの中で泳ぎ回っているとすれば、どこかで血の臭いを嗅ぎ付けて十分たどり着ける筈だ。……何かおかしいな』

彼はパソコンのキーボードを叩き何かを調べ始める。結果を見て、机に肘をつきしばらく考え込んでいた。

『……マリ、このキツネ・レイクは人工の溜め池で大型魚はほとんどいないようだな。ブル・シャークがどれぐらいの大きさの個体なのか分からないが、二・五メートルの成体だとすれば、数日に一回餌を狩るにしても、数十キロからの餌を必要とする。ここでそれが賄えるのか？』

「成体とは限らないし、ギリギリ大丈夫だろうと試算したが……。それに、周辺で三人が行方不明になってる。それを合わせれば足りる筈だ」

渋い表情の彼は、長い指でさらにパソコンを操作する。

『それはあくまでもこの数日間の話だ。恒常的に魚が供給されないと厳しい。あとは、進入経路だね。今初めて位置関係を確認したんだが、この湖から流れ出た水はオグラ川、シバ川、フジ川と合流してスルガ湾に注ぐわけだけど、ザンベジやミシシッピ、アマゾンみたいな大河と違って、上流に行くほど川幅が狭く浅くなる。途中にはダムもあるようだし……俺の結論を聞きたい？』

こちらを見た彼に頷いた。良い内容ではないだろうが。

『気を悪くしないでくれよ。どう考えてもこの川を遡るのは難しいし、ここにはブル・シャークはいないんじゃないかと思う。奴らはピラニアと同じで獰猛だ。警戒しているにしても、数日間ずっと餌に食いつかずにいられる訳がない。人が消えているというが、食い残しも見つかっていないんだろう？　君は最初からサメがいるものと決めてかかってるけど、その根拠はなんだ？　ウィルのメールだけなんじゃないのか？』

「………」

手に力が入り、ビールの缶がぐしゃりと潰れた。椅子の背に体を預け、彼は呆れたように息を吐く。

『図星か。俺が口を出すことじゃないかもしれないが、君はウィルを妄信し過ぎだ。学生の頃からウィル、ウィル、ウィル……ウィルのことになると宗教に入ってるみたいだ。君は学者なんだから、事実やデータを基に判断すべきだろう。これじゃあ神話をもとにトロイを探したシュリーマンと同じだ』

はらわたが煮えくり返るのを抑えながら応える。

「……何がきっかけかなんて、どうでもいい。シュリーマンは結果としてトロイと思われる遺跡を見つけた。私はウィルを信じる。彼が嘘をついたことは一度だってないし、こんな嘘をつく理由もない」

処置なしといった様子で、彼は両の手のひらを上へ向けた。

『彼から久しぶりに連絡があったからって、冷静さを欠いてしまってるんじゃないか？君らしくない』

エンゾとは、彼の妻やウィルも交えて交流していた。ここ二年、渋川がウィルから避けられていることも当然知っている。

「どうしても、やり遂げたいんだ。彼の直々の頼みだから……」

小刻みに頷いたのち、彼は労しげな眼差しを向けた。

『君がどうするかは君の自由だ。気が済むまでやればいい。また何か相談したくなったら連絡してくれ』

「すまない。ありがとう……」

通信が切れるなり、パソコンを脇に避けて渋川はベッドに横たわった。

最悪な気分。薄暗い天井を見上げながらゆっくり目を閉じると、すぐに眠りの中へ落下した。

夢で待ち構えていたのは、巨大なシャンデリアがいくつも吊るされた大きな会場と、贅を凝らした料理が立体的に盛りつけられた立食のテーブルだった。たくさんの人で埋め尽くされ、あちこちで笑い声が上がっている。

四年と少し前に出席したパーティーの記憶だと、すぐに分かった。

生来パーティーなどというものは苦手で出ないが、ウィルの妻リーザの祖父の退官パーティーで仕方なく出席したからだ。

顔を出すことだけが目的だったので、ウィル夫婦と話したらすぐに帰ろうと思ってきょろきょろしていたところ、三十分ほどしてようやく彼と会うことが出来た。

『マリ、来てくれたんだね。ありがとう』

いつもと違う高そうなスーツを着た彼は、こちらの顔を見るなり花が咲いたように笑った。

『ちゃんと顔は出したからな。それにしてもすごいな。大学教授のパーティーとは思えない』

周囲を見回しながら言うと、ウィルは肩を竦めた。

『知っての通り彼女の一族は、豪腕で実業家としても手広くやってるから』

大学卒業後、それぞれ別の大学で研究しながら講師をしているころだった。ウィルは配属先の教授の娘、リーザとホームパーティーで知り合い結婚して、一年が経とうとしていた。

『最近はどう？　マリなら確実にテニュアが取れると思うけど』

アメリカの多くの大学では、博士号を取った研究者はアシスタント・プロフェッサーとして就職し研究をするが、その雇用は非常に不安定だ。安定させるにはテニュアという審査に合格することが必要となる。不合格となれば大学を去らねばならない上、次の就職先を見つけることも難しく、事実上研究者としての死刑宣告だった。不合格になる割合は理系でもせいぜい二〇パーセントほどだったが、日々の授業や研究に気を抜くことはできなかった。

『普通にやっていれば大丈夫だろうと思うが……あとは担当の教授次第だな』

あまりソリが合わない教授を思い出し溜め息をつく。少しだけウィルが羨ましかった。優秀な学者なので異議はないが、リーザが妻である彼は、その後ろ盾で絶対にテニュアを逃すことはないだろうからだ。

『それより、ネッドの進学はどうなったんだ？』

ウィルには年の離れた弟がいた。父親を早くに亡くしたため、ウィルの実家の家計は苦しく、ずっと彼が援助をしているという話を聞いていた。

『奨学金つきで行けることになったよ。ちょっと離れた場所で……寮に入ることになる』

『そうなのか、それは良かったな』

喜んでいるだろうと思ったのに、彼はなぜか唇を噛み複雑な顔をしていた。

どうしたのか訊ねようとしたところ、笑顔の若い男性が声をかけて来た。

『ここにいたのか。あっちに同期が集まってるから来いよ』

現在の職場の同僚だろう。強引に腕を引っ張られながら、ウィルは言った。

『マリ、ごめん。またあとで』

去って行く彼を見送ったのち、ウェイターの盆からシャンパンを取って飲んでいると、誰かが隣にスッと立った。

目をやって驚く。栗色の髪に水色の瞳の美人――ウィルの妻のリーザだった。上品な紺色のカクテルドレスに身を包んだ彼女は、巻いた美しい髪と同様にふわりと笑む。

『久しぶりね。元気？』

『君も元気そうだ』

『あなたが来てるなんて知らなかった。ウィルも教えてくれればいいのに』

ウィルの妻であるにもかかわらず、これまで彼女とはあまり話す機会がなかったため、返答に困る。他の友人らとは夫婦で集まるのに、ウィルはいつも彼女を連れて来ない。東洋の仏像のように、見透かすことの出来ない笑みを浮かべる彼女を目の前にすると、その理由が少し分かる気がした。

『いいパーティーだ。親子三代で学者なんてそうそういないし』

当たり障りのないことを言ったつもりだが、反応はなかった。

離れた場所で同僚と話しているウィルを見ながら、彼女は口を開いた。

『私の周りは学者だらけ。祖父も父も兄もウィルやその同僚も――マリ、あなたもね。学者、学者、学者……まるで学者の大安売り。そうじゃない私には別の世界の住人に思える。皆でよってたかって私には分からない専門的な話をするし』

『……そんなことはないだろう。同じ人間だし、研究以外の話だってする』

相変わらず返答はなく、彼女は微笑んでこちらを見上げた。

『私さいきん面白い本を読んだのよ？　男と女の間に友情は成立するかがテーマなの。とても興味深かった。あなたはどう思う？』

『成立するだろう。私だって男の友達はたくさんいる。彼らとの間にあるのは友情以外の何物でもないと断言できる。君にだっているんじゃないか？』

『いない』

急にリーザは声を荒らげた。

『私にはいない……。あなたとは違うから』

目を丸くしていると、彼女は渋川が持っているグラスを奪い、一気に飲み干した。音を立てて傍のテーブルへ置くと別れも告げずに歩き出す。

数歩進むと、彼女はゆっくり振り返った。

無機質にじっとこちらを見つめる人形のような貌(かお)。意味が分からず、渋川にはただ見返すことしか出来なかった。

＊

深夜を回ると、地表を覆っていた分厚い雲が流され綺麗な月が現れた。周辺の森や湖は美しく照らし出され、微風でさざ波だった湖面は鱗（うろこ）のように輝いている。虫たちも眠りにつき、まばらに声が聞こえるだけの中、とある場所が生き物たちによって混雑していた。

湖の南側にある浮島だ。

雑草が生い茂る島の中心に、二日前の夜、大きな肉の塊が飛び込んできたのだ。

ニンゲンの死体だった。胸に布をあてただけの裸同然の格好をした若い雌。どうやら湖であの恐ろしい生き物に襲われたようで、仰向けに転がる体の下半身はすっぱり切り落とされていた。

二日間も昼間の高温に晒されていたため、腐って泥人形のように見える。ハエがせわしなく飛び交い、目や肌のあちこちに穴が空いていて、そこから蛆（うじ）たちが肉を貪り食っていた。髪だけは綺麗なままだが、顔の一部は骨が露出しており、もはやどんな顔だったのかもよく分からない。

いつもはキャンプ場のゴミを漁っているネズミたちも、飛び石を伝って出張して来ていた。丸々と太っている彼らは、どの生き物よりも貪欲に死体を齧って行く。

臭いにつられ、亀たちも遅ればせながら肉をついばみに来ていた。腐肉は好きではないが、最近は水にもうかうか入れないし、餌も少ない。生きるためにこの機会を逃すことはできないのだ。

ひと月と少し前の大雨の日、突然やって来て湖を支配してしまったあの恐ろしい生き物のせいで、亀たちは岐路に立たされていた。別の一群は、もうこの湖を捨てることに決めたようで、昨夜ここから近いところにあると思われる水場を求めて北東の森へ移動していった。今いるのは、残ることを決めたものたちだ。

月明かりのもと、生き物たちの食事は黙々と続けられる。

隣にいたネズミが「ギュッ」という声を上げて急にいなくなり、一匹のミシシッピアカミミガメは、ゆっくりと振り返った。

ネズミは宙に浮いていて、その尻には口を裂けんばかりに広げた大きな蛇――アオダイショウが食らいついていた。ネズミは手足をばたつかせキューキュー鳴くが、傍にいる仲間は一顧だにしない。闇に溶けそうなダークグレーの蛇にくわえられ、哀れなネズミは草むらの奥へと消えて行った。

次に現れたのは、しばらく姿を見なかった鳥だった。

ミサゴだ。本来、夜は活動せず魚しか食べない彼らも、空腹に耐えかねやって来たらしい。上空を繰り返し旋回したのち、肉の上に降り立つ。猛禽類の登場に、ネズミたちが蜘蛛の子を散らすように逃げて行った。

玉座についた王のごとく残った亀たちを睥睨すると、まるでこの肉は自分のものだと言わんばかりにミサゴは大きく一鳴きする。

少し怯んだものの、亀は目の前の肉に集中することにした。よほど肉が惜しいのか、ネズミたちも一匹二匹と様子を見ながら戻って来て、ミサゴの方を窺いながら肉を食み始める。

もう一度ミサゴは強く鳴いた。震え上がったネズミらが後退すると、鋭い鉤爪のついた足で肉を摑み、ジャンプしながら引っ張る。羽を広げると大きく見えるものの無理だろうと思われたが、だいぶ量が減っているため、肉はゆっくりと動いた。ハエたちが騒がしく追従していく。

恨めしそうに見ている亀やネズミたちをよそに、ミサゴによって肉は浮島の端まで持ち去られてしまった。

「――お、ミサゴだ」

湖とキャンプサイトを隔てる土手の植え込みに身をひそめた鴨居は、暗視可能な双眼鏡を覗き込み、歓喜の声を上げた。

学生時代、野鳥が好きな友人とよく輪行へ出かけたため、鳥にはそこそこ詳しい。

水中の魚を獲るため魚鷹(うおたか)とも呼ばれる猛禽類で、アメリカの軍用機の名前にもなった。バードウォッチングに来た訳ではないが、この時期に頻繁に見ることができる鳥ではないのでラッキーだった。

双眼鏡を覗いたまま、もう片方の手でウイスキーの小瓶を開けて飲む。腕時計を見ると、午後十時を指していた。

ここへ来たのは、妻の実家を抜け出し息抜きをするためだった。出張で長く自宅を不在にしたことへの穴埋めだとしても、一週間も滞在することにしたのは失敗だった。妻の命令で、義理の両親や兄妹の前では都会から来た完璧な男を演じなくてはならず、息が詰まる。それに――。

家を出る直前、娘の習い事を増やすかどうかで口論したことを思い出し、もう一口ウイスキーを呷(あお)った。どうしてああも見栄っ張りで、何かにつけて支配的なのだ。義理の両親も彼女にそっくりだ。自分では絶対に出さないくせに、金がどこかから湧いてくるとでも思っている。少しは引くということを知らないのか。

東京にいるときから家庭の居心地が悪く、ストレスを感じては夜の公園を訪れ、いつのまにか双眼鏡を使ってカップルを覗くようになっていた。見つかって警察に突き出されれば身の破滅であることはよく分かっているが、だからこそスリルと背徳感が嫌な気分を吹き飛ばしてくれる。ごくたまに良い写真や動画が撮れ、アングラの雑誌やサイトに売って一儲けすることもあった。

今日来てみると、一昨日まで音楽をうるさくかけていたカップルのテントは、もうなかった。他にカップルはいないかと植え込みに隠れ周囲を見回していたところ、夜空を旋回し、浮島へ舞い降りるミサゴが目に入ったのだ。

全体的にこんもりと繁っている藪のせいで、姿は見えなくなってしまった。もしかしたらあそこに巣があるのかもしれない。

「ちぇ」

諦めかけたとき、ミサゴが威嚇の声を上げた。外敵でもいたのだろうか。よく見ようと双眼鏡の倍率を上げる。もう一度声が聞こえたかと思うと、藪がガサガサと揺れて羽を広げた状態のミサゴが移動しているのが見えた。足元が重たげで何かを運んでいるようだ。やがて草を掻き分け浮島の端へ全身を現すと、運んでいたものを食べ始めた。

「何を食ってるんだ?」

月明かりがあるとはいえ影になっていて暗いので、最初はよく分からなかった。大きな肉の塊——ミサゴがついばむと伸びて千切れる。この池にいるヘラブナやアマゴ、キツネやタヌキなどいろいろ思い浮かぶが、それにしては大きすぎた。まさかあんな場所に鹿が入り込む訳はないだろうし――。

さきほど威嚇したものが後ろから追って来たようで、ミサゴは振り返り羽を大きく広げる。肉をさらに端まで移動させた。断面だった肉は角度が変わり、人間の腕のようなものがだらりと崖に垂れ下がる。

実際、それは人間の腕だった。腕と、頭、胴体――粘土色の肉塊が上半身の形状と一致し、ごくりと唾を呑む。

「げっ。なんであんなものが……」

警察に通報しようと右手でポケットのスマホをまさぐり、ハッと我に返った。写真に撮って死体画像専門のサイトに売れば金になるかもしれない。それに、こんな時間になぜここにいたのか警察に訊かれたら、どう答えるのだ。

息を整えゆっくりと周囲を見回す。夜のキャンプサイトには外灯が点々と佇んでいるだけで、幸いなことに誰の姿もなかった。ウイスキーの瓶を尻ポケットに収め植え込みから立ち上がると、鴨居は一眼レフのカメラを肩から下げて浮島へ向かう。

いくらになるだろうかとニヤニヤしながら土手を下りている途中、はたと気づき立ち止まった。

もしも、あの死体が他の人間に見つかり通報されたら、トライアスロン大会は中止になるだろう。そうなると、せっかく復帰したジャック・ベイリーの勇姿を見られなくなる。それだけはどうしても耐えがたかった。

ここ数日、鴨居は彼が練習する姿を遠巻きに観察していた。スイムとバイクは現在のトップ選手と遜色ないぐらいよく仕上がっている。身に纏うオーラもコナで優勝したときと変わっていなかった。むしろ年齢相応の落ち着きを得て、さらに純度を増したようにも見える。

新入社員のころを思い出す。音楽誌の担当をしたかったにもかかわらず、アイアンマガジン編集部に配属された鴨居は腐っていた。辞表を出そうか迷っていたとき、先輩について取材したのが、ジャックが優勝したあのレースだった。仕事柄たくさんの上っ面な言葉を書き散らしてきたが、「神がかる」という言葉の意味を、あのとき初めて体感することができたのだ。地面を蹴りまっすぐ前を見て走る彼の姿に、魂をがっしりと摑まれ、揺さぶられた。それからこの競技の魅力に取り憑かれ、のめり込んだのだ。彼という選手と出会わなかったら今の自分はなかっただろう。

「死体さえなければ、大会は行なわれる……」

「……まずいな」

浮島が目前に見える岸へたどり着くと、鴨居は腕を組み死体をじっと眺める。

ここからの距離は六メートルほど。間に飛び石のような岩がいくつかある。これを渡れば、なんとか行けないことはないだろう。

――死体を一旦浮島の中心部へ隠して、大会が終わったら匿名で通報すればいい。

心を決めた鴨居は、カメラとスマホを水に落としてだめにしないよう、傍にあるサツキの植え込みの下に隠す。

夜の黒い湖面から頭を出す小さな岩へ慎重に足を掛けた。尖っているが、ちゃんと踏み台の役目は果たす。勢いに任せて岩から岩へと飛び移る。思いのほか簡単に、浮島の裏手へ来ることが出来た。緩い傾斜になっている場所へ取りつき、這うようにして一・五メートルほどの高さを登る。

四畳ほどの平らな浮島は、一面藪で覆われていた。掻き分けて先ほど岸から見た場所へ移動すると、周囲には堪え難い腐臭が充満しハエの羽音が響いていた。鴨居の姿を見るなり、簒奪者だと思ったのか、死体の上にいるミサゴが羽を広げて威嚇してくる。近くで見るとかなり大きく迫力があった。鋭い鉤爪がついた太い足や固い嘴で攻撃されたら相当痛いに違いない。

「ちょっ、そう怒るなよ、俺はこれを見つからないよう移動させたいだけだから。その後お前が好きなように食べればいい」

鳥に向かって言い訳しながら死体を見下ろす。黒いビキニを着ており、長い髪が流行の色に染められているため、若い女だと思われた。腐って表情も分からないし、蛆が湧き小動物やミサゴに食い荒らされていて、ひどい有様だ。

「……朝には紅顔ありて夕べには白骨となる、か。生きてる頃はピチピチだっただろうに、こうはなりたくないもんだな」

カメラを置いて来たことを後悔しつつ、猛烈な臭気に辟易して腕で鼻を押さえる。どうにかして死体を移動させなくてはならないが、手で触るのは御免だ。

周囲を見回すも、当然の如くこの浮島に木の枝などはなかった。靴底で押して移動させることにして、こちらを睨みつけるミサゴを刺激しないよう、ゆっくりと歩を進める。

警戒の声を上げ、ミサゴは飛びかかってきた。

「うわっ」

両腕で顔をガードしながら鴨居は後ずさる。半円状の固い何かを踏みつけ、バランスを崩し尻餅をついてしまった。土の層が薄いため、岩に当たり鈍い痛みが走る。

「痛……」

地面に手をつき上体を起こす。何を踏んだのか気になり、足元を掻き分け拾い上げると、亀だった。顔の横に赤い模様があるありふれた種だ。よくよく周囲を見回すと、あたりには同じ亀が二十四ほど集まっている。死肉を食べに来たのだろうか？

手にした亀へ目をやる。眠たげな瞳でこちらを見るなり、甲羅の中へ隠れてしまった。

「このやろう。お前のせいでこけたんだぞ」

腹立ち紛れに湖へ投げる。一秒後、ぼちゃん、と水音がした。

「そうだ」

手近にあった他の亀を掴むと立ち上がり、鴨居は死体の腹の上に仁王立ちするミサゴへ投げつける。さすがのミサゴも、ぶつけられてはたまらないと飛び上がった。

爽快感が沸き上がり、口元がほころぶ。小学生の頃に戻ったようだ。祖父母の家へ遊びに行き、いとこたちと秘密基地の傍にいた蛇に石を投げて殺した。——あの時と同じ。

舞い戻ったミサゴに、手当たり次第落ちている亀を投げつける。連投にうんざりしたのか、ミサゴは強く羽ばたいて上空へ避難した。

すかさず鴨居は崖の際にある死体へ近づく。足を伸ばし、なるべく接触面が少なくなるよう肩に踵（かかと）を引っ掛け、浮島の真ん中へ来るよう引き寄せた。腐った肉と骨の感触が伝わりぞわりとする。吐きそうになりながら、また亀を踏まないよう気をつけて作業を続けた。

ミサゴが反撃を始めたのは、死体を三〇センチも動かしたときだった。音も立てず滑空してきたかと思うと、鴨居の頭部に鋭い鉤爪でいきなり攻撃をくわえる。

「うわっ！　やめろ！」

手で振り払うも、ミサゴは羽ばたいて滞空しながら蹴るのをやめなかった。

たまらず鴨居はしゃがみ込む。顔を覆いながら亀を投げつけようと手探りで足元を探ったところ、指先が何かに触れたため、一気に掴んだ。

これまでとは違う感触。固い甲羅ではなく、ひやりとした弾力のある肉。手の中でうねうねと蠢く——。

引き寄せて見たそれは、丸まった黒い蛇の胴体だった。何かを呑み込んだ直後なのか、一部がぷっくりと膨らんでいる。シューという威嚇音がして、鎌首をもたげた顔が現れた。

鴨居を敵と見てとった蛇は、素早く手の甲へ嚙み付く。

「うわああっ！　痛い！」

振り払って立ち上がる。しかし今度はミサゴが待ち構えていた。上から再び執拗に襲われる。

「もうやめてくれ！　分かったから頼む！」

パニックで足踏みした鴨居は、死体の腹を踏み抜いてしまった。沼に嵌ったような感覚に、全身鳥肌が立つ。

みぞおちあたりに呑み込まれた足は、肋骨に引っかかり囚人の枷（かせ）のように外れなかった。闇雲に足を動かし、滑稽なダンスをする格好になる。

「なんだよ！　外れろよ！」

浮島全体を覆う背の高い草は、どこまでが地面かを巧妙に隠してしまっていた。亀を避けながら足を踏み出した鴨居は、崖から落ちそうになり、すんでのところで堪える。一瞬湖面が見えて血の気が引いた。落ちたところでただの水だが、自分の意思以外で濡れるのが嫌なのは人間の本能だ。死体だって湖にあれば見つかってしまうし、また浮島に戻すのは骨が折れる。

何とか踏みとどまったことに安堵し、胸をなで下ろす――。

存在を忘れていたミサゴが急降下してきたのは、そのときだった。美しい翼を広げ鴨居の頭上まで降りてくると、さっと体勢を変え、魚を捕らえる格好で足の爪を広げる。

ゴッという鈍い音を立て、渾身の力で鴨居の側頭部を蹴りつけた。

バランスを崩した鴨居は、目を見開いたまま宙を掴むようにしてスローモーションで湖へ倒れて行く。

足に引っかかった死体も一蓮托生だった。一体と半分の人間の体は湖に落下し、月に輝く湖面に大きな水しぶきと波紋を作り出した。

崖の際にいて一部始終を目撃していた亀は、首を伸ばしニンゲンが落ちて行ったあたりを見下ろした。

ニンゲンはすぐに水面へ顔を出したが、あの恐ろしい生き物が東の方から大きな白波を立ててやってきたのち、すぐに沈んで見えなくなった。雌の死体も二度と浮かんでくることはなかった。

貴重な肉を失ったにも拘わらず、ミサゴは勝利を宣言するかのように上空を旋回し、けたたましく鳴いている。途中でニンゲンから離れて難を逃れたのか、水に落ちた蛇は泳いで浮島にたどり着き、また這い上がろうとしていた。

食べ物も無くなったことだし、もう浮島にいる理由はなかった。もとの水辺に戻ろうと、亀はゆっくり首をめぐらせる。

さきほど、あのニンゲンが発した声が妙に耳に残っていた。意味があるのかどうかも分からないが、何か大事なことのような気がしたのだ。

でも、もういい。ニンゲンはあの恐ろしい生き物に食われて死んでしまったのだから。

のそのそと、亀は歩き始めた。

——アシタニハコウガンアリテ、ユウベニハハッコツトナル……。

3 days before

とうとう、大会の会場設営日を迎えた。

昨日よりもさらに分厚い灰色の雲が、来常湖周辺の空を覆っている。キャンプサイトの駐車場には早朝から続々とトレーラーが入り、機材や設備を搬入しては出て行った。道路の規制は当日しか出来ないのと雨の予報が出ていたので、この日は会場周辺の清掃とメインの舞台の骨組みやトランジションエリアや観客エリアの柵の取り付けだけ行なうことになっていた。

ボランティアのチーム分けやタイムスケジュールは予め決まっており、彼らを監督するため矢代は現場責任者として忙しく動き回っていた。

事前に綿密な打ち合わせをしたにも拘わらず、現場に出ると齟齬が出たりあれこれトラブルが発生する。そういったものの調整でとにかくめまぐるしかったが、役所で机に向かっているとどうしても関のことを考えてしまうため、それよりはよかった。

慶子とは変わらず密に連絡を取り合っているが、雇った探偵事務所にも進展はまだ無いとのことだった。日に日に暗く、か細くなっていく彼女の声に、何も出来ない自分が歯がゆい。

進捗がないのは消えたカップルについても同じで、今日になってもまだ戻って来ておらず、行方は杳として知れなかった。連絡がまったく取れないことから、彼らの親もさすがに焦り始めたようで、今日の午後、管理事務所や不二宮警察署を訪れることになっている。

顔見知りの水道局の職員が矢代の元へやってきたのは、設営の合間にキャンプサイトの木陰で昼休憩を取っているときだった。

予定通りに行かない部分はいくつかあったものの、日差しがないため全体の作業は予想以上にスピーディに進んでいた。気温が上がりすぎたら午後は作業を中断するつもりだったが、それもしなくて済みそうだったので、朝から緊張していた矢代はようやく少し気を弛めていた。

半袖のシャツとグレーの作業ズボンに身を包んだその男性は、わざわざ人のいない湖畔へ矢代を呼び出した。

「どうしたんです？」

首からかけたタオルで汗を拭きながら訊くと、矢代より五つほど先輩にあたる彼は、渋い表情で言った。

「湖の汚染物質の件だけど、今、該当する場所を確認して来た。汚染水が出ているのはあそこで間違いない」

彼の手には、水質検査用のサンプルケースがぶら下がっている。

あの淵のことは、昨日市庁舎に帰ってからすぐに水道局へ報告していた。こうしてすぐに見に来るということは、やはり重要事項なのだろう。

周囲を憚るように目を走らせ、彼は言いにくそうに口を開いた。

「それで――。悪いが、しばらくこのことは口外しないで欲しいんだ」

「はあ？」

抗議も込めて思い切り眉根を寄せると、彼は開いているポケットに手を突っ込み俯く。

「上の命令なんだ。時が来たらちゃんと対処するから、時間を置いて欲しい。……分かってくれるよな？」

「何言ってるんですか、分からないですよ。なぜです？　うちの市は水が生命線でしょう。それが汚染されてるのに。関だってものすごく気にして……」

「お前の気持ちは理解できる。俺だって本当はすぐにでも断罪してやりたい。でも……トライアスロン大会の成功にも関わってくることなんだ」

対岸にある淵へ目が引き寄せられた。汚染物質の源を暴くことが、大会にどう響くというのか。しばらく考え、渋川が言っていた水脈図のことに思い当たる。地下に出来た水の通り道をストローにしてやって来た汚染物質――。

「……メイケン製薬の工場から出ていたんですね？」

汚染源が大会の成否に関わっているとしたら、それしかなかった。資金難で開催が危ぶまれたトライアスロン大会を救ってくれた、地元の大スポンサー。新工場は、たしか数キロしか離れていない昼霧高原で稼働している筈だ。

参ったとばかりに、彼は五分刈りの頭を掻く。

「うちの部長が牛尾課長と相談して、事実を公表するなら大会が終わってほとぼりが冷めてからにすると決めたんだ。お前も組織の一員なんだから、この選択が正しいことは理解出来るだろう？　真相を究明してペナルティを与えるとしてもタイミングがある。今見て来た感じだと、もう向こうも気づいて垂れ流しはしていない様子だし、幸いにも汚染度は取り返しがつく程度だ。湧き水で水質は徐々に回復していく。……何も問題はないんだ。ただ時を待てば」

馴れ馴れしくこちらの肩を叩き、じゃあと言って彼は去って行った。

残された矢代は、ぼんやりと湖を眺める。曇った空を映し、今日の水面は濁っているように見えた。

いい年齢の大人だし、彼の話を別段理不尽と考えているわけではない。上手く物事を進めるための処世術だし、頭では理解している。だが、虚しさだけはどうしようもなかった。

さまざまなしがらみのために、自分たちはこうやって正義を放棄するのだ。

午後の作業も順調に進み、十六時にはその日の分が終了した。こまごまとした仕事はまだ残っていたが、後から庁舎に戻って片付けることにし、矢代は堰堤で作業しているのが見えた渋川の元へ向かった。

木の根元に腰を下ろした彼女は、厳しい表情で膝の上に開いたノートパソコンを眺めていた。矢代の姿を見ると、さらに表情を険しくする。

「サメはかかったのか？」

訊ねると、画面に視線を落としたままぶっきらぼうに答えた。

「昨日湖の中心に浮かべた仕掛けのうち、一つのカツオが無くなっていたが、カメラには気泡と大きな生き物の影しか映っていなかった。今日も餌をつけ直してリアルタイムで見ているが、まだサメの姿は捉えられていない」

普段は鷹揚に構えているくせに、今日はぎすぎすとして余裕がなかった。画面を見る表情にも、焦りの色が見える。

息を吐くと、彼女はパソコンを閉じてリュックサックにしまい、立ち上がった。

「どこか行くのか？」

「ここでじっと見ていても仕方ない。他に出来ることもないし、駿河湾の河口からルートを辿ってサメが侵入出来ることを確認してくる」

くるりと背を向け歩いて行く彼女を、矢代は呼び止める。

サメがいるのかいないのか、はっきりさせたかったからだ。自分の目でサメがこの湖へ来られないことを確認すれば安心して仕事ができるし、消えた関やカップルについても余計なことで気を揉まなくて済む。

「――俺も連れてってくれ」

空を覆う雲はさらに厚みを増し、今にも雨が降りだしそうだった。

ヘラブナ釣りの人がよく使用している北側の駐車場まで歩き、停めてあった渋川のレンタカーに同乗させてもらう。

車高がある広めのＳＵＶ。助手席には機材を入れるボックスなどが散乱していたため、矢代は後部座席に座る。渋川は無言でエンジンをかけ、車は来常湖を出発した。

オーディオからは、どんな音も流れていない。彼女が不機嫌なのは理解していたが、静けさが気詰まりで矢代は口を開いた。

「どうしてサメは見つからないんだと思う？」

しばらく沈黙したのち、彼女は答えた。

「……さあな。私には分からない」

それ以上は何も訊かない方が賢明だと、口をつぐむ。

車は、湖の東側に沿うように延びる一般道へ出る。もっと豪快な運転をするのかと思ったが、意外なほど安全運転だった。ホッとしつつ、矢代は窓の外へ目をやる。

今更ながら、調査へついて行こうとしている自分に驚いていた。渋川についてもそうだ。数日前に現れサメがいると言い出したときは、頭がおかしいんじゃないかと思ったが、今では学者としての彼女にある程度の信頼を置いている。サメがいるかどうかは不明だが、真摯に調査していることは伝わっていた。――悪い人間ではない。

先ほどの水質汚染の公表に関する話のあとだと、羨ましくも思えた。彼女にだっていろいろあるのかもしれないが、信じたものを一直線に追いかけるひたむきさは、今の矢代には眩しく見える。

次に口を開いたのは、渋川の方だった。思い出したように質問する。

「……そういえば、湖から出て北東へ向かう道路は、立ち入り禁止区域になっているが、その先はどうなってるんだ？」

「ああ、あっちは県有林になってる。そう遠くない場所に、池がいくつかあるって聞いたことがあるな。この辺は湧き水が多いし、雨で流れた水の行き場も少ないから」

「へえ……」

フロントガラス越しに外を見ていた矢代の目は、対向車線をやって来た一台の車に引き寄せられた。最近街でたまに見るケバブ屋台の車両だ。中東の外国人が仲間同士でいくつかの屋台を経営していて、ほとんどは正規の手順を踏んで保健所の営業許可を取っているものの、一部許可を取っていないものがあると、市民から通報を受けたことがあった。

運転しているのはやはり中東系の男だった。こちらの車が近づくにつれそわそわし出したかと思うと、すれ違う際わざと顔を背けた。

振り返り、スピードを上げて走り去って行く屋台をリアガラス越しに眺めていると、突き当たって渋川と話題にしたばかりの県有林の方へ曲がって行った。

「何だあの車？　あんなところに何の用があるんだ……」

最近増えているという森への不法投棄。外国人だからと決めつけるのは早計かもしれないが、すれ違ったときの態度といい、どう考えても疑わしかった。

「気になるようだな。戻るか？」

背中越しに渋川が訊く。

「……いや、いい」

首を振ると、矢代は元通りに座り直した。

森へ行くのを見られた以上、向こうも警戒するだろうから現行犯で取り押さえられるか分からないし、そもそも県の管轄なので矢代にできるのは通報することだけだ。トライアスロン大会まで時間がない今、構っている暇はない。

山を下った車は市街地を南へ進み、五十分ほどかけて調査の開始地点となる不二川の河川敷へ到着した。ここから来常湖まで川を遡っていき、サメが通れるかどうか確認するのだ。

この地域で生まれ育った人間なら一度は訪れたことがある場所だが、車から降りた矢代は一面に広がる駿河湾に改めて感嘆した。どんよりと曇ってはいるものの、雄大な景色が遠くまで見渡せる。

ぼんやりとした水平線を遠くに描く海は、灰色に時化ていた。強い風も吹いていて、荒い大きな波が打ち寄せては、消波ブロックに弾け波の花を散らしている。南アルプスの山々を源流とする不二川は、大きな川幅をもって緩やかに海へと流れ込んでいた。

河口から二キロほど奥まった位置に架かっている鉄道橋の上を、東海道新幹線が東京方面へ向け走って行く。どうせならと富士山にも目をやるが、半分より上が雲に隠れて見えなかった。

「河口は地図で見るより広く感じるな」

横に立ってスマホを眺めていた渋川が呟く。

「いちおう日本一の河口幅だから」

矢代が応えると、彼女は視線を川へと移し表情を崩した。この日始めての笑顔。

「この幅と水深ならオオメジロザメが進入しても不思議じゃない。とりあえず、幼体と成体両方の可能性を考えながら、検証していこう」

車へ戻り、サメのルートをトレースすべく、川沿いの道をゆっくりと北上して行く。

途中、渋川は浅瀬や小さな段差を見つけては車を停め、深さや幅をメジャーや棒で計測し、サメが通れるかどうか検証していた。

調査は順調に進み、河口がある不二市から、北に隣接する不二宮市へ入る。

市境から六キロほど北西へ遡上したところで、これまで辿って来た不二川に流入する河川が現れた。支流の柴川（しばがわ）だ。

水の流れを逆の方向から見ると、来常湖から流れ出た水は、まず傍を流れる小倉川（おぐらがわ）に入り、そこから今度は柴川へ注ぐ。そして最終的に不二川へ流れ込み、駿河湾と直結する河口へ向かうことになる。

予習を済ませているのだろう。渋川は迷うことなく、来常湖へ向かう柴川方向へハンドルを切った。

市街地や郊外を通り過ぎ、あたりは山間（やまあい）の様相を呈していた。支流だけあって柴川は川幅が狭く、一部水深も浅くなっている。無理なのではないかと思われる場所が何度も現れ、そのたび車を降りて確認しなくてはならなかった。

さらに北上すると、川はまた違う顔を見せ始めた。完全に山道となり、車は傾斜を登る。上流へ向かうにつれ今度は水量が増し、川の流れも急流へと変わった。これまで渋川はぎりぎり通過可能の判定をしていたが、ここから先は岩もあるし厳しそうだ。

「……もしも、サメが通れなかったらどうするんだ？」

無言になりがちな車内で思わず呟いてしまった。しまったと思ったがもう遅い。

前方に目を向けたまま、渋川は冷静に答えた。

「いないことが証明されたら、ここを去るだけのことだ。今回の調査は全て私費で賄っていて、研究費が出ている訳ではないから何の問題もない。サメを運搬するための大型活魚トラックを押さえてくれている水族館の知人には謝らねばならないが」

矢代は頷く。不思議と嬉しいとは思わなかった。厄介ごとはなくなるが、湖から彼女がいなくなるのは寂しい気がする。

「ここにサメがいると教えてくれた人とは、連絡取れないのか？　その人は何を根拠に、オオメジロザメの存在を確信したんだろう」

彼女の背中が強ばるのが分かった。

「ウィルとは連絡が取れない……。ずっとそうだ。私が出したメッセージに返信はないし、電話も繋がらない……二年前からずっと。今回だって、どうにかコンタクトを取ろうと試みたがだめだった」

「なぜ？　親友なんだろ？」

「私と距離を置きたかったんだろう。理由は分からないが……」

「でも、サメのことだけは連絡して来たのか。都合のいいときだけ利用するんだな」

他人事ながら腹を立てると、車はすっと路側帯に滑り込んで停まり、彼女は憤怒の表情で振り返った。

「ウィルのことを悪く言うな！　彼は狡賢い人間とは対極にいるタイプだ。深い事情があるんだ。きっと……」

いつも沈着な渋川らしくなかった。前に向き直るとハンドルに抱きつくように突っ伏し、口元を押さえる。苦しいのか呻く声が聞こえた。

「おい、大丈夫か……？」

慌てて外へ出ると、矢代は運転席へ回ってドアを開ける。

顔は真っ青で、目はうつろ。今にも気を失いそうだった。

「……心配ない。いつもの発作だ。この程度なら多分失神はしない……」

過呼吸でもなさそうだし、一体何の病気なのだろう。不思議に思いながら、矢代は彼女に肩を貸して、気分転換させるためすぐ傍に見える河原へ下りた。

深い森に囲まれた渓流。川の水が岩の間を滔々と流れる音が心地よかった。雨の兆候か、曇り空の下を、鳥たちがさえずりながら忙しく行き交っている。

大きく滑らかな石の上に横たわっていた渋川は、しばらくすると上体を起こし、矢代が脇に置いておいたミネラルウォーターを口にした。

離れた場所で見守っていた矢代は安堵する。立ち上がると、彼女は確かな足取りでこちらへやって来た。

「もう回復した。取り乱してすまなかったな」

首を振って矢代は腰を上げる。

渋川は目を細め、周囲の景色を眺めた。

「人間は脆いものだな。いくら自分が強いと思っていても、心がこうやって勝手に反乱を起こす。昔はこんな風じゃなかったのに」

その顔には、悔しさよりも悲しみが強く滲んでいる。

「……それも含めて人間なんだろう。さっきは悪かった。あんたの大切な人を悪く言って」

言葉を選びながら応えると、彼女は苦笑した。

「彼のことになるとすぐにムキになってしまうんだ。ある人には、ウィルという宗教に入っているようだと言われた。悪い癖だな」

「長い付き合いなのか？」

「彼も奨学金目当てで州兵に志願し、紛争地域で同じ部隊に配属されたのが最初だから、もう十年以上だな」

無二の親友というものなのだろう。彼女の絶望が理解できて、矢代はただ頷いた。

「行こうか」

河原の石を渡り、車を停めた場所へと戻る。途中、斜面を登ろうとした渋川が立ち止まった。

ある場所をじっと見ながら呟く。

「実はサメの遡上ルートでネックになっている点が二つある。それを越えられない限り、サメは絶対に登って来られないんだ。……その一つがあれだ」

視線を辿ると、上流に茂る木々の向こうにコンクリートの巨大な建造物が垣間見えた。

矢代が訊ねる前に、彼女は口にする。

「――ダムだ」

その建造物は、川の名を冠して小倉川ダムと名付けられていた。

うねる細い山道を車が近づくにつれ川幅が不自然に広くなり、急峻な山の地形を利用して造られたダムの威容が露（あらわ）になる。

先行きを予感させるように、空は黒い雲に覆われていた。

全容を目にした矢代は唸る。貯水量こそそれほど多くはなさそうだが、コンクリートで上流を塞（せ）き止めて造られたそれには、三〇メートルほどの圧倒的な高低差があった。今は水が放出されておらず、きつい傾斜の放出スロープは乾いているが、水があったとしてサメが登れる筈はないと思われた。

ダム管理事務所の駐車場へ車を停めて降りる。

フェンスの看板に、ダムの概要が記されていた。正式名称は小倉川農地防災ダム。静岡県が管轄している洪水防止のためのダムのようだ。

「こんな高低差じゃ、もう無理じゃないのか？」

昭和に建てられたような三階建ての古い管理事務所へ向かい歩きながら訊くと、渋川は薄く笑った。

「可能性はなくはない。人間は、生きものに優しくないようで、優しかったりするからな」

「？」

大股でつかつかと歩いて中へ入るなり、彼女は受付に座っていた事務員風の中年女性に話しかけ、詳しい説明ができる人を出して欲しいと告げる。普段は人など来ないのか、渋川の風貌が珍しかったのか、女性は目を丸くして数秒のあいだ固まっていた。

受付の前でしばらく待っていると、若草色の作業着を着た真面目そうな若い男性が出て来た。県の職員だろう。不思議そうに渋川と矢代をかわるがわる眺める。

「ダムについて詳しく知りたいということで、どんなことでしょう？」

「訊きたいのは一つだ。このダムに魚道（ぎょどう）はあるか？　あるならどんな構造か知りたい」

驚いてはいるものの、彼の目の奥が光るのを矢代は見逃さなかった。

「あります。ホームページにも掲載していないのに、よくご存知でしたね」

矢代は渋川と顔を見合わせる。心なしか、彼女がホッとしているように見えた。

「――ダムで言うところの『魚道』は、魚が通りにくい場所に人間が補助的に作ってあげる道のことを指します。高低差をゆるいスロープに変えて魚が上流へ登れるようにするわけです。人間用のバリアフリーのスロープと同じで、傾斜を甘くするぶん長さが必要となるため、その距離をどう稼ぐかが重要となるわけです。この小倉川ダムの魚道は全面越流型階段式魚道といって、ダムの横の斜面に長いくねくね道のゆるい階段水道が張り付いているものになります。柴川水系やこの小倉川には、鮎などの遡上したり降海したりする魚がいますから、地形や状況が似ている北海道の様似ダムをモデルに設計したんです」

案内されて管理事務所の裏手の扉から出ると、ダム頂上の端へ出た。コンクリートの枠で地面が覆われ、大量の水が塞き止められている。落下防止用の柵が渡されており、そこから下に流れる川を見下ろすと、あまりの高さに足が竦んだ。

「右手をご覧下さい。斜面を這うようにして、下と上を繋いでいる水路が魚道です。一〇〇メートルほど先の川の側面に、この水路が川と接している場所がありますよね。あそこが魚たちの入口です。あの道をぐるーっと通って、ゆっくりゆっくり高い場所を目指す訳です。十分の一の勾配なので、魚道の長さは三〇〇メートルあります」

男性は指差してルートを説明する。

「道自体はどういう構造になってるんだ？　深さは？」

渋川が訊ねると、こちらへと言って彼は屋上を移動する。上がって来た魚道がダムに突き当たる場所に、コンビニぐらいの大きさの平屋の建物があり、魚道観察室と書かれたプレートが掲げられていた。

「ここでは、魚道の一部の側面にアクリル板が張られていて、魚が遡上する様子を横から見ることができます」

中へ入ると、薄暗い室内の奥に大きな水槽が現れた。巨大な側溝をサイドから観察できるようになっていて、左側がわずかに低くなっており、右から左へ水が流れている。水面から一〇センチほど下の場所に、ハードルのような隔壁が作られている場所があり、男性はそれを示した。

「この隔壁が、階段の段差です。これがあることで水の流れによどみができ、魚は登った段に留まることができるんです。ああ、魚道の幅は一・五メートル、深さは平常時で約七五センチメートルです」

アクリル板の目の前に立った渋川は、水槽を凝視しながら顎に手を当てた。

「七五センチか……」

「深すぎても浅すぎてもだめなんです。塩梅が難しいところで」

矢代も彼女の隣で水槽を眺める。枯れ葉などが浮いた水は少し濁っているが、近くで見るとダイナミックに流動していた。微細な気泡が散らばる中、小さな魚が流れに逆らい、右側の上流を目指している。水の勢いに負けてしまうものもいたが、何度でも体勢を立て直し、切りかきのついた場所から果敢に隔壁を乗り越えて行った。

「すごい!!」

板に張り付き、周囲も気にせず矢代は叫ぶ。このときめきは何だろうと考え、子どものころ田んぼや用水路で魚を見つけたときと同じだと思い出した。

「面白いですよね。たまに親子連れが見学に来るんですが、お子さんよりも夢中になってるお父さんもよくいますよ」

自分より若そうな男性に微笑んで言われ、バツが悪くなり苦笑する。彼は黙っている渋川にも目を向けた。

「他にも何か質問はありますか？」

腕を組み考え込んでいた彼女は、改めて男性に向き合った。

「急にやって来てこんな質問をして申し訳ないが、物理的に可能かどうかで答えて欲しいことがあるんだ。私の判断だと主観が混ざってしまいそうだから」

男性は目を瞬かせる。だが、最初から妙なことばかり訊く渋川に、心構えが出来ていたのだろう。どことなく挑戦的な笑みを浮かべた。

「どうぞ、なんでもお答えしますよ」

ダムの管理事務所を出た車は、来たときよりも快調に山道を走っていた。

渋川の背中から発せられる空気は、来常湖を出たときとは比べ物にならないぐらい和らいでいる。今にも雨が降り出しそうな車窓の景色を見ながら、矢代は先ほどの県職員とのやりとりを回想した。

『この魚道を大型の魚類……そうだな、体長〇・五から二メートルぐらいの魚が登ることは可能か？』

渋川の口から発せられた突拍子もない問いに、彼は動じることはなかった。時間を下さいと言って出て行くと、二十分ほどして戻って来た。他の職員と図面を見たり、流水量などを計算して来たという。

最終的に彼の口から出た回答は、水量が多い日なら、物理的には不可能ではないというものだった。ただし、隔壁を乗り越えるのに腹を擦るし、かなりの体力を消耗するだろうから現実的には難しいのではないかという注釈付きで。

矢代は、雨で増水した魚道を登るオオメジロザメの姿をイメージしてみる。どれぐらいの大きさか分からないが、とにかく上を目指し、一段一段隔壁を乗り越えていく……。

考えれば考えるほど不可解な話だ。なぜサメがそこまでする必要があるのだ。そんな面倒なことをして小さな川魚しかいない川を遡るよりも、大きな餌がたくさんいる駿河湾で過ごす方が、よほどいいではないか。

一方、物理的に不可能ではないという結論に後押しされ、渋川は上機嫌だった。リズムに合わせてハンドルを指で叩き、鼻歌まで出ている。

「もう一つネックになってる場所があるって言ってたけど、どこなんだ？」

「少し先にある落差工(らくさこう)だ。ウェブの衛星写真では高低差がありそうだから心配だったんだ。さっきの若者から流水量が増えれば落差が狭まり大丈夫そうだと聞いたから、こちらもいいとは思うが」

図々しくも、彼女は増水時に魚が乗り越えられるだろう高さについても質問していた。自分の専門ではないことは、とにかく詳しい人間に聞き倒すのが学者というものらしい。

溜め息をついてシートに背を預けると、バックミラー越しに視線を感じた。

「もう、いつもの仏頂面に逆戻りか？　さっき魚を見てるときは、いい顔してたのに」

そんな顔をしているだろうかと、ミラーで自分を確認する。

確かに、いつからか、ああいうワクワクとした気持ちを感じることは少なくなっていた。だが、大人になったらそれなりの振る舞いが求められるのだ。いつまでも子どものように虫かごを提げ、網を振り回している訳にはいかない。

心を読んだように、彼女は言った。

「好奇心を持ち続けるのは別に学者の特権じゃないぞ。仕事をして家庭を持っても個人的に研究している人はいる。むしろ私費でそうしている人の方が、研究費で首に縄を付けられている学者よりも自由だったりする」

「じゃあ、なんであんたは学者をしてるんだ？」

ふてくされて訊くと、ミラーに映った口がにやりと引き上げられた。

「上手くやれば、他人の金で自分の興味あることを研究出来るからに決まっているだろう。個人ではとても出せない額の金を使ってな」

気が抜けて、矢代は腹を抱え笑う。

急に真剣な表情になり彼女は続けた。矢代に話しているというよりも、自分に言い聞かせているようだった。

「一人の人間が一生のうちに出来ることは少ない。学者だってそうだ。自然の叡智と独創性は計り知れない。死ぬまでずっと研究したって、解明出来るのは無限に広がる宇宙というジグソーパズルの、ほんの一ピース分にも満たないだろう。でも、私はどうしてもそれをデザインしたものに近づきたいんだ。たとえ、マクロで見たら一ピース分以下でも。宗教というものにまったく興味はないが、私にとってはそれが神に祈るという行為と同じなんだと思う」

「……」

圧倒されて、矢代は彼女の後ろ姿を見つめた。

ただただ羨ましかった。そうやってライフワークを確信し、まっすぐに行動している彼女が。

ついに空は泣き出し、フロントガラスにポツポツと雨粒が落ち始めた。ワイパーがそれらを蹴散らす中、車は緩やかに山道を走り続けた。

次に停車したのは、渋川が話していた落差工のある河原だった。

空は薄暗く、雲のシルエットが速く流れている。雨は降っているが傘をさすほどではなく、草むらを抜け川へ向かった。

水辺には先客がいた。五十代ぐらいのポロシャツ姿の男性と、二十代半ばのTシャツの若者という、親子なのか他人なのかよく分からない取り合わせの二人が、落差工の上流二〇メートルあたりに石で堰を作り魚を追い込んでいた。自分のことは棚に上げて、こんな時間までやることだろうかと矢代は気になったが、渋川は気にする様子もなく、草が生えた河川敷をずんずんと歩いて行く。

初めて名称を知ったが、落差工というのは川にある段差のことらしい。水で川底の土が掘られるのを防いで、河川の勾配を安定させるために作られているのだという。

渋川が計測したところ、この場所にあるものは底からの高さが、一二二センチだった。水深は四〇センチ。約八〇センチもの落差があると通常の魚では登るのが難しいが、増水すればその限りではない。

雨が強くなり、川の表面にいくつもの波紋が広がる。靴とズボンごと足を水に浸した渋川は、ホッとしたように呟いた。

「――大丈夫だ。これならサメは登れる」

数メートル離れた岸から、矢代は声を掛ける。

「これでもう調査は終わりか？」

「そうだな。あとはほぼ無理な所はない。来常湖へ戻ろう」

視線を感じたのは、そのときだった。目を向けると、先ほどから魚を獲っていた二人の男性がじっとこちらを見ていた。渋川も彼らの方へ顔を向ける。

不思議に思い突っ立っていたところ、彼らはこちらへ向かって歩いて来た。

雨足が急速に強まり、髪や服が濡れて行く。河川敷の草や地面を雨が打つ音が響いた。

二人は矢代たちの前で立ち止まる。麦わら帽子を被り、柄の長い網と魚を入れたバケツを手にした姿は、まるで夏休みの小学生のようだ。

「君たちは、何を調べてるんだい?」

年嵩の男が言った。怪しさに身構えていたものの、恰幅のいい柔和なごく普通の男性だった。たれ気味の目は、渋川が手にした水深を測るための棒とメジャーに向けられている。

「魚が通れるか確認していたんだ。それが何か?」

警戒する様子もなく、渋川は答える。

矢代は、よく日に焼けた若い青年が持つ、バケツの中を見た。雨の水紋が幾重にも広がる水面下に、大きいものから小さいものまでたくさんの魚が泳いでいる。

「ははあ、なるほど。ここはこんな落差工が作られているのに、魚道がないからねえ。でも問題ないよ。あっちの河川敷に植物が生えていない場所があるだろう? ある程度雨が降れば、あちらにも流れができて魚たちは登れる。言わば天然の魚道だな」

落ち着いた説得力のある語り口に、矢代は驚いた。ただの近隣住民かと思ったが違う。佇まいが、なんというかいかにも――教師っぽい。

「失礼だが、どんな魚を想定して計測していたんだね？」

ここへ来てようやく疑問を抱いたらしい渋川は、じっと彼を観察しながら返した。

「――オオメジロザメだ」

大きく目を見開いてバケツを取り落とすと、彼は隣にいた若者と顔を見合わせた。

「可児君」

「すごい偶然っすね」

二人は互いに頷く。

一体何なのだと思っていると、年嵩の男性の方が尻ポケットから湿ってくしゃくしゃになった名刺を取り、こちらへ差し出した。

「さっき尻餅をついてズボンが濡れてしまったので申し訳ない。私はこういうものなんだ。なぜあなたがオオメジロザメの調査をしているのか、話してもらえないだろうか？」

矢代は、渋川が受け取った名刺を横から覗き込む。

雨粒がどんどん落ちる小さな名刺の上には、こう書かれていた。

――興海(こうかい)大学海洋生物学部　教授　大淵将史(おおぶちまさし)

腕時計を見ると、すでに十九時を回っていた。

庁舎に戻って片付けなくてはならない仕事がいくつかあるが、どうしても好奇心が先に立つ。話をするのにここでは何だということになり、渋川や別の車に乗った大淵らとともに、矢代は不二宮市内にある適当なカフェに入った。

木造平屋建ての古民家風の店内で、庭に面した窓際のテーブル席へ案内される。外では豪雨が暗い景色を霞ませていた。

飲み物を注文したのち、まずは渋川が身分を明かしてこれまでの事情を説明した。かなり突飛な話であるにも拘わらず、大淵と可児と呼ばれていた青年は、神妙な表情で静かに耳を傾けている。

水を飲みながら、矢代は教授と並び向かい側の椅子に座る可児を観察した。河原は薄暗かったし、大学教授の大淵と一緒だったので学生なのかと思っていたが、こうしてライトの下で見ると違う。精悍な顔は大人びていて二十五歳前後に見える。院生だろうか。

渋川が話を終えると、テーブルの上で指を組んだ大淵は、深く頷いた。

「なるほど。ただものではなさそうな気はしていたが、久州大学の方とは。貴重な話をありがとう」

「にわかには信じられないでしょう？」

気を遣って矢代が訊くと、彼は首を振った。

「オオメジロザメが川を遡るのはよく知られているし、実証できるかどうかは別として面白い仮説だよ」

注文した飲み物が運ばれて来た。椅子に完全に背を預け、長い脚を組んでリラックスした渋川が訊く。

「それで？　なぜそこまで私たちの行動が気になったのかな？　さっきの反応は妙だったし、見たところ何かそちらにも事情がありそうだが」

アメリカ育ちのせいか、彼女の辞書に礼節という言葉はないらしい。ひやひやしながら見ていると、大淵は気にした様子もなく可児を見た。可児は頷く。

「最初の部分は俺から話します。俺が漁で遭遇したことが始まりだったから」

「漁って、君は学生か院生じゃないの？」

苦笑して、彼はスポーツ刈りの頭をなで回した。

「違うっす。ああ、すいません。自己紹介まででしたね。俺は可児といって、由比（ゆい）で漁師をしてるものです。俺の依頼がきっかけで、大淵教授はいろいろ調べてくれてるところなんです」

「一体何を見たんだ？」

渋川の問いに、可児は話し出した。

「今年の四月のことです。駿河湾の大井川沖へ桜えび漁に出て……。この漁は二艘の船で網を引くんですけど、何かすごい力のものに網が引っ張られて。両方とも海の上で振り回されて、あわや大事故になるところだったんです。で……、船の上が騒然としてるときに、『それ』がジャンプして船の上を飛び越えていって……」

「それ？」

矢代が訊く。思い出して恐怖の表情を浮かべながら、彼は答えた。

「形はマンタ……オニイトマキエイでした。ただ、大きさが尋常じゃなくて。その場にいた人以外、誰にも信じてもらえないんですけど、多分、一〇メートル以上あったんじゃないかと……」

「一〇メートル⁉」

思わず叫ぶ。矢代はマンタに詳しい訳ではないが、さすがにそこまで大きいものがいるとは聞いたことがなかった。自分たちと同じぐらい突拍子もない話に呆然とする。

「網はぐちゃぐちゃに破れていてその日の漁はダメになるし、そいつが海に飛び込んだときの揺り返しで船から落ちそうになるし……。あんなものを見たのに、みんな次の日から何もなかったように働いてて。そりゃ大人になるといろいろ面倒なんだろうけど。でも俺はどうしても納得いかなくて。それで、清水にある興海大学と言えば海洋生物学で有名だから、直接相談に行ったんです」

大淵は頷いた。

「彼が来たことには驚いたんだけど、実はこちらにも心当たりがあったんだ。うちの学部は駿河湾の海洋資源に関する調査を季節ごとに行なっているんだが、最近妙な傾向があってね。……ちょっとこれを見て欲しい」

持参していたビジネス用の四角いショルダーバッグからノートパソコンを取り出し、大淵はこちらへ向ける。

駿河湾の海図が表示されていた。等深線で深さが分かるようになっている。その上に、オレンジの大小様々な丸が点在していた。

「この丸は？」渋川が訊く。

「成体のドチザメの大きさを表したものだ。浅瀬に広く分布している彼らが指標にしやすかったから選んだ。円の場所は、体長を計測した個体を捕まえたおおよその場所。右上の四角の中に表示してある円は、数年前に計測した体長の平均値だ。それとの対比で、獲れたドチザメの大きさが分かるようになっている」

説明を聞き逃さないようにしながら、矢代はじっと画面に目を凝らした。右の伊豆半島と左の御前崎（おまえざき）に囲まれた駿河湾。奥の陸地に近いあたりに、大きい丸がいくつもある。横から手が伸び、渋川がパソコンを自分の前に引き寄せた。その目は驚愕に見開かれている。

「この円の大きさが実際の比率と比例しているなら大変だぞ。マックスで二・五倍……明らかに異常だ。さっきの話のマンタが一〇メートル……標準の大きさは約三〜五メートルだから有り得ない話じゃなくなってくる。同じ板鰓類だしな。……他の魚の大きさに変化はないのか？」

「驚くべきことに、ない。ドチザメ以外でも中型以上の板鰓類にだけ見られる現象だ」

「ネコザメなどの小型は含まれないということか」

「中深層のサメにも、ほとんど変化はなかった」

大淵はパソコンを手許へ戻すと、画面を操作し再びこちらへ向けた。大きな丸が集中している部分が拡大されている。渋川は顔を近づけて凝視した。

「なるほど。不二川河口周辺が最も顕著で、そこから緩やかに減少していくという訳か。分かりやすくもあるな。川から何か板鰓類を巨大化させる因子が出て来ている？」

「そう考えてね。まずは獲れたドチザメを解剖してみたんだ。だが見た目だけでは何が起こっているのか分からなくて、組織や血液の成分分析をした。巨大化したサメには共通点があった。IGF－1が通常の個体よりも増えていたんだよ」

「なんだって？」

渋川の眉間に皺が寄る。意味が分からず矢代は訊いた。

「それは何なんですか？」

「インスリン様成長因子だ。ソマトメジン－Cとも言う。体内の細胞の増殖や発達を促すもので、脳下垂体で生産された成長ホルモンが肝臓に作用することで放出されるから、GH——成長ホルモンの分泌異常の目安になるんだ。ドチザメやマンタは内分泌系の異常を起こしている可能性がある」

大淵は頷いた。

「そこまではよかったんだけどね。川の水からも海水からもサメの成長ホルモンや、類似物質は一切出て来なくて。小型のサメが巨大化していないことから、餌が原因かと思って河口周辺の魚も調べたんだが、そんな成分はなかった。ここで一旦お手上げになっちゃって」

大淵は苦笑する。可児が引き継いだ。

「そんなときに気づいたことがあって。さっきみたいに河口周辺の魚を獲る手伝いをしてたとき、川魚も微妙に大きい気がしたんです。休みの日に親父や友達と川釣りに行ったりもするんで、よく知ってるんですよ。サメほどじゃないけど、やたら丸々してるなあって」

これまで手をつけていなかったアイスコーヒーにシロップを入れながら、大淵は言った。

「サメの件と関わりがあるかどうか分からないが、こちらも調べてみようということになって、不二川水系の何ヶ所かで地点を決めて、魚の大きさを調査してみたんだ。結果は興味深いものだった。知ってのとおり不二川には途中で柴川が流入しているんだが、その地点を境に、大きくなっている魚とそうでない魚がはっきり分かれたんだ。柴川流域の方にいる魚は太っていて、そこより上流の不二川の魚は普通だった。これが示すことは分かるよね？　魚を太らせる何かは柴川から来ている。さらに調べたら柴川と小倉川の合流地点にも違いがあって、小倉川の方が太っていることが分かった。そして、さらに小倉川を遡り、来常湖にたどり着いたんだ」

「来常湖へ……？」

矢代は渋川と顔を見合わせる。

「小倉川も来常湖より上流では魚が大きくなってないが、来常湖の魚は大きい。そうなると、魚が大きかった原因はここにあるんじゃないかと思うのが普通だよね。だからこっそり水質を調べてみたんだよ。そうしたら、ＣＯＤやＢＯＤが他よりも高かった――富栄養化だ。これは最終的に水中の酸素が欠乏し生物を瀕死の状況に追い込むものだが、初めの段階でプランクトンの増加により、魚の栄養状態が良くなる時期がある。まだそれほど酸素が減っていないしね。私は今の来常湖の状態は、それじゃないかと考えているんだ。……とはいえ、一回だけの採取調査で結論を出すのは早計だし、何度か確認しなくては発表もできないから、さっきあそこで二回目の捕獲調査をしていたところだったんだよ」

屋根を打つ雨音が響き、庇から幾筋もの雨だれが滴り落ちていた。

矢代は黙ってテーブルの下で拳を握る。水道局の職員は当分非公開にすると言っていたが、現にこうやって外部の大淵に富栄養化がバレている。水は繋がっているから隠し通せる訳がないのだ。

「どうかしたのかい？」

俯いて沈黙している矢代を、大淵と可児は不思議そうに見た。

どう説明するか逡巡していると、渋川が口を開いた。

「別に迷うこともないだろう。大淵教授の調査は極めて正確だった」

「え？　どういうことです？」可児が目を瞬かせる。

「渋川、やめ――」

制止を遮り、彼女は言った。

「来常湖はこの一年で富栄養化した。どこかから工場廃水か何かが水脈を通って浸入していたんだ。来常湖とその水が流入する小倉川流域の魚が大きくなったのは、そのせいだ。大淵教授が言う通り、富栄養化の初期段階で、廃水により増えた窒素やリン酸が植物プランクトンを増殖させ、それを食べた魚の栄養状態が良くなったという訳だ」

「なるほど……不二宮市はすでに把握していたのか」

大淵の言葉に、矢代は重い口を開く。

「事情があるので、今は伏せています。まだ相手方への立ち入り調査もしていない段階ですし。すみませんが、教授もこのことはしばらく内密にしていただけないでしょうか？」

「それは構わないが……」

「魚が大きくなる分には、いいんすけどね」

ストローでコーラの氷をかき混ぜながら、場を和ませるように可児が微笑んだ。

大淵は顔をしかめ、腕を組む。

「その先がいかんのだよ。さっきも話したが、さらに富栄養化が進むと待っているのは湖の死だ。植物プランクトンが酸素を使いすぎて魚たちは窒息して死に、アオコなどの藍藻類が水面を埋め尽くす」

「赤潮と同じかあ。それは困るっすね……」

残念そうに可児は俯いた。

話が一段落すると、すでに二十一時を回っていた。それぞれせわしなく飲み物を片付けると、渋川がまとめた。

「これで双方とも話が出そろったな。期せずして、二人の学者が板鰓類に関する調査を不二川流域でしていたと」

パソコンを閉じ、大淵は鷹揚に笑った。

「君たちに声をかけて本当によかったよ。いろいろ有意義な話を聞けて。そちらに出来るアドバイスがないのは申し訳ないが」

渋川は苦笑する。

「こっちも、そちらの本題に関しては何の役にも立てそうにない。おそらく内分泌攪乱物質が原因じゃないかと思うが、板鰓類の巨大化は非常に興味深い事象だ。原因を突き止めて論文を書けば大ニュースになるだろう」

「結果が分かったら、まっさきにあなたにお報せしたいが、いいかな?」

「もちろん。こちらも進展があったら連絡する」

いつも持ち歩いているリュックサックのポケットから名刺を出すと、渋川は大淵に渡した。

時間も時間のためこの日はこれで終了となり、矢代は車がある来常湖へ渋川に送ってもらい、帰宅の途についた。

＊

車軸を流したような雨は、夜半になっても降り続いた。

闇に包まれた森の中も一様に湿り、天上を埋め尽くす木々の葉から、絶えず水が滴り落ちてくる。

雨水は猛暑で乾ききった大地を深くまで潤し、余ったものは低い方へと流れて束になり、小川を作り出した。雨を避けて隠れているため、虫や小動物の姿も見えない。

あの恐ろしい生き物から逃れるため、新天地を目指すことにした亀たちの隊列は、枯れ葉や小枝を乗り越えながら、小川に沿ってひたすら進んでいた。

先頭の亀は、ゆっくりと手足を動かしながら思い返す。

もといた湖を出てから数日経つが、想像していた以上に過酷な旅だった。

鼻は、ずいぶん先にある水たまりの気配を捉えているのに、一向にたどり着かない。森の中にある小さな丘を越えたあたりで方向を見失い、数日彷徨(さまよ)うはめになった。知らぬ間に一匹、また一匹と減っていった。水や餌不足で動けなくなったものがほとんどだ。道路を挟んだ森へ渡る際、ニンゲンが乗る大きな鉄の塊に踏みつぶされたものもいた。もとは二十四ほどいたのに、今では半分しかいない。残ったものも痩せ、疲れ果てた顔をしている。

率先して仲間を導いて来た亀は、果てしなく感じる森の奥行きに目をやりながら逡巡した。

――自分たちがした選択は間違いだったのか。あの恐ろしい生き物がいるとしても、他の群の亀たちのように、湖へ留まり続ければよかったのか……。

ガサリ、と音がして左斜め前の低い木の枝が揺れた。

びくりとして目を凝らすと、暗黒の中かすかに光る二つの目があった。唸り声もする。中型の野犬だった。もとはニンゲンに飼われていたのだろうか。目やにが溜まり、やせ衰えあばらが浮き出たひどい姿だった。

亀はひるんで、その場に固まる。

落ち葉の上を一歩踏み出した犬は、舌をだらりと垂らし荒い息をしながら、亀たちを見回す。勝てると踏んだのだろう。間髪(かんはつ)を容(い)れず襲いかかって来た。

咄嗟に亀は甲羅の中へ手足を引っ込めた。犬は地に頬をこすりつけるようにして、執拗に体をくわえようとする。

カミツキガメやスッポンのような強靭な顎を持たない亀には、何一つなす術がなかった。生臭い息が漂う中、数分にわたって小突き回され、ただ助かることを祈った。

犬はしばらく試行錯誤していたが、口に対して甲羅が大きすぎることにやっと気づいたのだろう。顔を上げると、今度は手頃な大きさの子亀に目をつけ、後方にいたそれの前へ移動し、ひょいとくわえる。目的を達すると一目散に駆け出した。その足は速く、数秒後には闇に溶けて姿すら捉えられなくなった。

先頭の亀は、甲羅からゆっくりと顔や手足を出し、他の亀とともに子亀が連れ去られた方を見つめた。

甲羅は固いため、犬には子亀を食べることはできないだろう。籠城し続けるしかない子亀は、水や食べ物なしで干涸びて死ぬに違いなかった。だが、どうすることも出来ない……。

隊列を率いて、亀は再び歩き始めた。

湿った暗い森の中、ひたすら先を目指す。

――今は雌伏のときだ。安心して暮らせる水場へたどり着くまで、一歩一歩進むしかないのだ……。

2 days before

目覚めた蟬たちが、じわじわと声を響かせ始めている。

夜半まで続いた雨は上がり、湖周辺には羽衣のように朝靄がたなびいていた。昇ったばかりの瑞々しい太陽がそれらを照らし、美しい光の筋を作り出している。森からは澄んだ鳥たちの声が聞こえていた。

小学三年生ぐらいの少女がひとり、しゃがんで濃い緑の葉を茂らすサツキの根元を眺めていた。管理事務所の傍の湖畔にある、腰ぐらいの高さの木だ。

見開かれた大きな二重の瞳の先には、彼女が手綱を持ったトイプードルの後ろ姿があった。まだ湿った植え込みの根元に頭を突っ込み、興奮気味に尻尾を振って中を探っている。

「ココア、何があるの？　行くよ」

リードを引っ張るが、犬は頑として動かなかった。

「もう」

口を尖らせ、彼女は犬の体を両手で摑んで引っぱり出す。両親や祖父母と宿泊しているペンションの朝食が始まるまでに、散歩を済ませなくてはならない。

犬はまだサツキの根元に執着していた。抱きかかえたまま、少女はサツキの下を覗き込む――。

葉をすり抜けて曙光（しょこう）が射し込むその場所では、何かのライトが光っていた。

小さな四角い画面――スマホだ。さらにその奥には、肩掛けストラップがついた、見るからに高級そうな一眼レフのカメラが転がっていた。

少女は犬を放すと、植え込みの中に手を伸ばしスマホを取り出す。雨で濡れたスマホは着信中で、「鴨居香里（かおり）」という発信者名が表示されていた。

「なんでこんなところに……？」

電話に出た方がいいのか迷っていると、湖の方で何かが跳ねたような大きな水音がした。

音の方へ走って行った犬が激しく吠え立てる。

少女は気になって見に行くが、湖全体に大きな波紋が広がっているだけで、何の姿も見つけられなかった。

急に心細くなり朝靄が包み込む景色を見回す。少女が住んでいる都会よりもずっと綺麗なのに、なぜか恐ろしくてたまらなかった。

湖の方から視線を感じ、硬直してスマホを取り落とす。

何かが凝視している。自分をじっと――。目を向けることはできなかった。見てしまったら取り返しがつかないことになりそうで。

「……ココア、行こう」

決して視線をやらないようにしながら、スマホとカメラを拾い上げ、少女は駆け出す。振り返ることなく、一目散にペンションへ戻った。

＊

ビジネスホテルの狭い部屋に、ＣＭなどでおなじみのスマホの着信音が鳴り響く。

開けっ放しだったカーテンから光が容赦なく射し込み、部屋の中を染め上げていた。

ノートパソコンや資料が散らばるベッドで眠っていた渋川は、シーツに埋まっていたスマホを手探りで見つけると、ビデオ通話に出る。

『ハーイ、マリ。……どうやらまたタイミングが悪かったようね』

シンシアだった。金色の髪を頭頂部でまとめ、青を基調としたサイケデリック柄のシルクのシャツに、濃い水色のタイトスカート、ピンクのタイツというコーディネート。顔はパーティー帰りのように艶々としている。

「……今日予約してたか？」

『いいえ。たまたま空きが出たからかけてみたの。月に一度の診察が契約条件だし、あなたの調査も気になってたのよ。インドのプール・シャークだったかしら？』

ここまで盛大に間違われると、怒る気にもならず笑いがこみ上げた。

「悪いが今日は忙しいんだ。これからやることが山ほどある」

『だめよ、切らないで。契約不履行になっちゃう。あなたの主治医だもの。少しくらいは役に立たないと。お父様からたくさん前金をいただいているし』

聞きたくない人物の名を出されて気が滅入る。二年前、期せずして母の墓の前でばったり会ってしまったが、一生顔を見たくない。

「シンシア……。本当に」

『浮かない顔をしているわね。発作のこととは別に何か悩んでる。話してみない？　ね？ちょっとだけ。人に話すことには、苦悩をやわらげる効果があるのよ』

よほど父からの契約を切られたくないらしい。

サイドテーブルに置かれた時計を見ると、午前五時半だった。ニューヨークは午後四時半ぐらいか。まったく勝手な時間にかけてくれるものだ。

目頭を指でつまむ。昨夜寝る前に顔を洗わなかったので、汗が目にしみた。

このままでは切らせてくれなさそうだし、仕方ないので調査のことを話すことにする。

『——いる筈のないサメなんてロマンね。まるで前世の恋人を捜してるみたい』

手短に話した内容を聞き終えると、机に肘をついた彼女はうっとりと目を潤ませた。

古い家のトイレに貼られた、花柄の壁紙みたいなロマンチシズムに辟易する。

「あんたは医者のくせに前世なんて信じてるのか？　とにかく早く存在を証明して保護しないといけないんだ」

彼女は、ショッキングピンクに塗られた唇をすぼめる。

『苛立ってるのね。当然だわ。どんな罠を張っても姿を現さないんだもの。おまけにサメの専門家の友人までいないんじゃないかと言ってる。あなたがサメがいると確信している根拠は、自分の元を去った友人からのメールだけ。サメが川を遡れることは証明したけれど、客観的な証拠は何ひとつない』

こちらを見るグリーンの瞳の奥がきらりと光った。やはり一筋縄ではいかない人だ。

「……何が言いたい」

『あなたはウィルに取り憑かれている。いつもはふてぶてしいぐらいに我が道をいくのに、彼に対してはどうしてあっさりと主導権を渡してしまうの？　サメがいると言い出したのが彼じゃなかったら、あなたは確信できたかしら?』

一呼吸置いて、彼女ははっきりと言った。

『本心ではサメがいると思っていないから、ウィルに操られた偽の心と葛藤が起きているのよ』

「怒らせたいのか?」

『これは、あなたに起こる発作の縮図とも言えるんじゃないかしら? お父様との関係と、ウィルとの関係。どちらも同じことなのよ。それが、あなたの抱えている問題の本質。正面から見つめて心を整理すれば、発作はおさま――』

「ファッ○、ユー」

言い終える前に、指が勝手に切断ボタンを押していた。

はらわたが煮えくり返りそうになりながら、買っておいたパンで朝食を済ませ、シャワーを浴びたのち、渋川は来常湖へレンタカーを走らせる。

途中、シンシアの言葉が何度もよみがえり、ハンドルをぐっと握った。

一般的という尺度で見れば、エンゾや彼女の話が正しいということになるのだろう。それでも、サメがいると信じたい――ウィルを信じたかった。

湖に到着し、昨日設営されたトライアスロン大会の設備を横目に、すがるような気持ちでカメラの録画をチェックする。

しかし、やはりサメの姿はなかった。数日にわたって新鮮な餌を置いているのに食い付かないし、カメラにも映らないのなら、存在を証明することは絶望的だ。

全身から力が抜ける。ノートパソコンを閉じてリュックサックにしまい、堰堤の際に生えた木の下に座り込んだ。

起き出してきた蟬たちが合唱を奏で始める。見上げると空はくっきりと晴れていて、西の森の向こうから入道雲が顔をのぞかせていた。

「ウィルは私に嘘をついたのか……？」

そんなこと信じたくはなかったし、信じるつもりもなかった。

孤独が胸を侵食する。どうしようもなく彼に会いたかった。

ポケットからスマホを取り出し、番号を表示する。

発信ボタンに親指を近づけるが、押す勇気は出なかった。この二年避けられ続けて来たのだ。とても出てもらえるとは思えない。そしてまた自分は傷つくのだ。

ホーム画面に戻し、メーラーを開く。ウィルからのメールを見返すためだったが、別のメールが目に留った。静山大学の堤からのもの。

この地でウィルのことを知る唯一の人物――。

例の昆虫の同定が完了しているか分からないが、無性に会ってみたくなった。向こうも来て欲しいと書いてくれていたし、研究室を訪ねる分にはそう邪魔にならないだろう。

立ち上がり尻を払うと、渋川は車を停めた駐車場へ歩き出した。

*

昨日終わらせることが出来なかった仕事を片付けるため、早朝から登庁していた矢代の元に警察から連絡が入ったのは、午前七時をわずかに過ぎたころだった。

慌てて来常湖へ向かうと、駐車場には資材を運び込む何台ものトレーラーの他に、三台のパトカーと一台のワゴン車が停められていた。車から降りた矢代は、設営された柵やトランジションエリアの枠組みなどを避けるようにして湖へ向かう。

からりと晴れた空の下、雲を映す湖の際では、作業着を着た数名の警官が棒を持って藪や岸辺を捜索していた。指揮官と思われる五十代ぐらいの警官が、津森とともにその様子を見守っている。

「……どうも、大会責任者の矢代です。鴨居さんが行方不明って聞いたんですが、何か分かりましたか？」

指揮官は仏頂面のまま答えた。

「まだ捜索を始めたばかりですから。あなたもいなくなった鴨居さんと面識が？」

「はい。彼は大会の取材をしていて、少し話した程度ですけど」

「奥さんが二日前の夜から帰って来ないと捜していたそうなんですが、今朝、犬の散歩をしていた少女が、そこのサツキの木の下で携帯電話とカメラを見つけて通報したんです。高価なカメラやスマホをこんな場所に置いておくのは不自然なので、事件性があると判断して捜索を決定しました。管理人さんから聞きましたが、トライアスロンのブイの設営なんかは明日なんですよね？」

淡々と話す指揮官を、矢代は冷めた目で見る。彼の言う通り、運営には支障ないので捜索自体は構わないが、どうしても納得いかなかった。

「今日中でしたら結構です。それよりあなたたち、先日、関という市役所職員が行方不明になったときは、こんな風に捜してはくれませんでしたよね？　憔悴した奥さんがあれだけ捜して欲しいと頼んだのに、行方不明者届を出させただけで。もう一組ここでいなくなったカップルの方だって、親御さんが捜してるはずですけど、未だに戻って来ていないでしょう」

これまでのいきさつは承知しているのだろう。わざとらしく咳払いし、彼は何度聞いたか分からない逃げ口上をした。

「一日に何人の成人が行方不明になると思ってるんですか。事件性がないものまで全て調べていたら我々の業務は……」

「じゃあ、なぜ鴨居さんだけ調べてるんですか？」

「だからそれは事件性が」

「今からでも調べて下さい。一緒に捜索するべきでしょう。この湖で四人も行方不明になったんですから」

「おい矢代、そこまでに……」

津森が腕を摑んだ。指揮官は煙たそうにこちらを見る。

彼がうんと言うまで引かないつもりだったが、土手を下りて歩いて来た人物らに目を奪われた。

ウェットスーツ姿で酸素ボンベを手にした二人の警官。彼らは矢代たちの横を通りすぎ、桟橋の方へ向かう。

「水の中も捜索するんですか⁉」

詰め寄ると、指揮官は視線をそらし渋々答えた。

「ええまあ。転落したならば、水底に沈んでいる可能性もありますし」

「だめだ、待っ……」

彼らを追いかけようとして、矢代は立ち止まった。

今もって答えが出ていない問題。

――来常湖に、サメはいるのかいないのか。

渋川の調査に同行して、サメが駿河湾からここまで遡ることが「不可能ではない」ことは証明された。しかし、未だ彼女から仕掛けにサメがかかったとか、カメラに映ったとかいう報告はもらっていない。

桟橋に到着し、酸素ボンベを背負う警官を凝視しながら矢代は葛藤した。

体を張ってでも、止めるべきか否か。

ここ数日いろいろありすぎて頭が混乱していた。考えすぎて寝付きが悪くなっているため、睡眠不足も判断力を鈍らせている。

――俺は一体どうしたいんだろう。

止めるか止めないか以前に、どうせ明日にはブイの設置とスイムの救護訓練があるのだ。

それでも粛々と会場設営の仕事をこなしている自分は……。

――結局、誰よりもサメの存在を信じていないのは、俺じゃないのか?

動くことができず、呆然と警官らを見守る。

セッティングを済ませた彼らは、桟橋に腰掛け足から水へ入り、レギュレーターをくわえて潜った。

水面に二つの波紋が広がった。東西二手に分かれ彼らは泳いで行く。しばらくすると水面は平静に戻り、上ってくる空気の泡で存在が確認できるだけになった。

五分、十分と時間が経過していく。

心臓がどくどくと波打っていた。結論を出した筈なのに葛藤が再燃する。

もしもサメがいたら――。

イメージが脳内に広がった。

青をたたえる湖と、深い底に散らばった犠牲者たちの死体。凶暴なサメは警官らの後ろから巧妙に近づき、一人、また一人と餌食にしていく――。

粘り気のある汗がとろりとこめかみを流れた。

――だめだ、今止められるのは自分だけだ。やはり止めないと……。

岸辺で水に棒を突っ込み捜索している警官に伝えようと、震える足を踏み出す。

――何かあったら、取り返しがつかない。早く、早く伝えないと。

声を掛けようとしたそのとき、水中から一人のダイバーが浮き上がった。続いてもう一人も顔を出す。

彼らは指揮している警官に向かって叫んだ。

「このあたりには何もありません！　東や湖の中心の方を捜してみます」

まったく不安のない様子で、二人は再び水の中へと消えて行く。

張りつめていた糸が途切れ、矢代は膝からその場に崩れた。傍にいた警官が、不思議そうな目を向ける。

「サメはいないのか……？」

ホッとすると同時に、複雑でもあった。

渋川の説は間違っていたのだろうか？　だとしたら、関やあのカップル、鴨居はどこへ消えたのだ？　いや、広い湖だし、サメは対岸あたりに隠れていて、ダイバーに見つかっていないだけかもしれない……。

「血痕がありました！」

矢代はハッと顔を上げる。浮島の上で、棒を手にした警官が仲間に手を振っていた。よろよろと立ち上がり、そちらへ近づく。

しばらくして浮島から戻って来た指揮官を捕まえ話を訊くと、草むらの石の裏に少量の血痕が残っていたとのことだった。今の段階では、人間のものか動物のものかも分からないため、まずは鑑識に回すという。

気がつくと、設営作業にやってきたボランティアの人々が、浮島周辺を異様な空気で取り囲んでいた。警官らの動きを観察しながら、ひそひそと囁き合っている。

しまった。矢代は時計を確認する。あと五分で集合時間だ。

「おはようございます！　もう時間なのでみなさん集合場所のキャンプサイトへ戻って下さい！　この件についてはそこで説明します！」

手を拡声器がわりにして叫ぶと、皆しぶしぶといった様子で土手を登って行く。

息を吐いて矢代も移動しようとしたとき、目の前に大きな影が立ちはだかった。

見上げて驚く。ジャック・ベイリーだった。

調整の途中でここへ立ち寄ったのだろう。トライアスロンバイクを引いている。無駄のない筋肉を纏った体に、漂う崇高な空気。青い瞳でじっと見下ろされ、水風呂へ放り込まれたように、一気に身が引き締まった。

英語が得意ではない矢代を気遣ったのだろう。ゆっくりと明確な発音で、彼は何が起こっているのか訊いた。

隠すことではないし、これからボランティアたちにも話すことなので、鴨居がカメラとスマホを残して行方不明になったことと、彼を警察が捜索していることを、矢代はつたない英語で伝えた。

あの男が……と驚いた顔をしたのち、彼は長い睫毛の目を湖へ向けた。その後、もう一つ教えて欲しいと言って、この周辺でいつも調査をしている女はトライアスロン大会と関わりがあるのかと質問した。練習に来るといつもいて、何をしているか気になっていたようだ。

答えあぐねたのち、矢代は素直に渋川のことを説明した。彼女がオオメジロザメがいると主張し、その存在を証明して保護しようとしていることも。

鼻で笑われるかと思ったが、彼は神妙な表情で俯き何事かを考えていた。

集合時間になり、腕時計が鳴る。行かなくてはならないことを話し、矢代は彼に別れを告げて土手を駆け上がった。

＊

矢代と別れたジャックは、土手を登ってバイクへ跨がると、会場設営をしている南側キャンプサイトを横目に、湖を取り囲む遊歩道を北へ向けて走り出した。

歩行者がいるかもしれないため、ウォームアップも兼ねてゆっくりと進む。

今日も快晴で暑くなりそうだった。涼しいうちにバイクの練習を済ませ、午後に屋内プールで泳ぐのがここ数日のルーチンだったが、疲れを残さないため大会前の練習はこれで終わりにするつもりだった。

緑に囲まれた小道を駆け抜けながら、ジャックは先ほど話した矢代のことを考えていた。女性の学者の話をする際の彼の表情が気になったからだ。――何かに迷っている人間特有の、救いを求める顔。

学者は、この湖にオオメジロザメがいると言っているという。普通の人間なら一笑に付すだろうが、思うところがあった。

ジャックは、アメリカ、ニュージャージー州、ハズレットで生まれ育った。隣にはマタワンという町があり、一九一六年、中心部を流れるマタワン川で人がサメに襲撃される事件があったのだ。

河口から一六マイルも遡った場所での出来事で、川遊びをしていて襲われた少年と、助けに入ってサメと格闘した男性の二人が死亡し、もう一人別の場所で遊んでいた少年も重傷を負った。偶然にも短期間に七〇マイルしか離れていない海岸でサメによる被害が多発したため、二つのエリアで起こった事件はひとくくりにされ、犯人とおぼしきホホジロザメが海で漁師に捕獲されたことでパニックは収束した。しかし、マタワン川は淡水でホホジロザメは遡れないため、現在ではこちらの事件の真犯人は、オオメジロザメだったのではないかと言われている。

古くからマタワン近郊に住む人々は、祖父母などから当時の話を伝え聞いていて、子どもが川に入るときは絶対に注意するよう言われた。だからジャックは湖にオオメジロザメがいると聞いて、笑う気にはなれなかったのだ。

左手に広がる湖へ目をやる。

太陽の光を受けてきらきらと繊細に輝く湖は穏やかで、とてもサメがいるようには見えない。

だが、深い水の中に潜んでいてもおかしくないのだ。マタワン川で襲われた少年を助けに飛び込んだ男性は、濁った水底で少年の遺体をくわえているサメを目撃したという――。

バイクを止めて振り返ると、南側の岸辺では未だに警察が捜索を続けていた。

行方不明になったという鴨居。記者にとって、カメラはトライアスロン選手のバイクと同じぐらい大切なものだろう。それとスマホを置いて消えたと矢代は言っていた。

彼はオオメジロザメに食われたのだろうか……？

富士山の脇から太陽が昇って来た。眩しさに、額のサングラスを下ろす。

鴨居によって大会への出場をツイッターで広められたせいで、見物したりサインを求めたりする人間に練習を邪魔されるはめになったし、彼自身にもつきまとわれたりして鬱陶しかったが、不幸を喜ぶ気にはなれなかった。きっと彼にも帰りを待つ家族がいるに違いない。

堰堤の脇を通って北へ抜けると、湖の東側面に沿う道路から迂回し、南側のキャンプサイトの入口交差点へ戻る。そのまま左へ舵を切り、コースの最終確認をするため、少し走ることにした。

一般車もいるためスピードが出過ぎないよう注意し、アップダウンを体に叩き込みながら、どう攻めるかを頭の中で練る。

青空にくっきりと輪郭を浮かび上がらせる富士山を見ながら風を切るのは心地よかった。道路も大気も暑いが、あの山は、それすらも上回る爽快感を催させる。

前方に見覚えのある前衛的なフォルムのバイクが現れたのは、下り坂から登りにさしかかったときだった。

ポジションもまた異様だった。バイクの上で完全に上体を起こし、肘をピンと張っていて、マウンテンバイクに乗っているように見える。ペダルはビンディングでないものに交換されてはいるが、サドルの高さが本人の体に合っておらず膝が回しにくそうだ。

漕ぐたびに脂肪のついた腹を揺らしながら、彼——挙母は苦しそうに喘ぎ、坂を上っていた。

「……やれやれ」

遠目に見ながら、ジャックは息を吐く。

師曰く、仏陀は必要とされる場所へその人間を導くのだという。どうやら自分は彼の面倒を見なくてはならない運命にあるらしい。

距離を詰めて声をかけると、路側帯へ停車させる。ジャックとの再会に驚きながらも、彼は満面の笑みを浮かべた。

「アドバイスに従って、ペダルを換えて来ました」

バイクから降りると、彼は胸を張って指差した。無邪気さに苦笑する。

「サイクルショップへ行ったのに、フィッティングをしなかったのか？」

ヘルメットを脱ぎ、彼は額の汗を腕で拭った。

「老人がやっている町の自転車店に行ったんですが、ペダルは換えられるけど、こういう自転車のことは専門外だと言われちゃって……」

呆れて空を仰ぐ。帰宅したら自宅の傍で信用出来るサイクルショップを見つけていろいろ教えてもらうように言い、サドルの高さを見てやることにした。

「——大会へ出るのはやめなかったんだな」

バイクに跨がらせ、高さを確認しながら訊くと、彼はいつもの豆腐が崩れたようなふにゃりとした笑顔を見せた。

「せっかく来たわけですし、子どもをがっかりさせたくなかったので。弱気になって妻に電話したら、外に出るのも嫌がっていた息子が、進んで旅行の荷物を準備して、楽しみにしてるそうなんです。……やめるなんて言えませんでした」

離ればなれになった息子の顔が浮かび、ジャックの胸はうずく。子どものために、なんとか挙母を完走させてやりたいと思った。

大会まであと二日。現状の彼に正しいフォームを覚えさせることは不可能だと判断し、とりあえず今回だけと注釈をつけ、なるべく負担のない乗り方を教えることにした。

その乗り方でしばらく並走し、道路脇に作られた富士山の見える休憩所の東屋で一息入れる。ドリンクを飲みながら、完走するために必要なランとスイムのアドバイスをみっちりとした。こちらの本気度が伝わったのか、挙母は途中からスマホのメモ帳に重要な内容を書きとめながら話を聞いていた。

周囲はうるさいほどに蟬が鳴いている。太陽は高く昇っていたが、コンクリート製の東屋の中は日差しが遮られてひやりとしていた。山の縁にあるこの場所からだと、富士山が裾野まで見えてさらに迫力がある。そんな中、トライアスロン素人の日本人の男にレクチャーするのは、ジャック自身にとっても不思議な時間だった。

すべてを伝え終わると、挙母は恐縮して大きく頭を下げた。

「ジャックさんのおかげで、なんとか完走出来そうな気がしてきました。僕、本当に何も知らずに大会に出ようとしてたんですね……。今更ながら自分の無計画さに呆れちゃいました」

「誰だって最初は初心者だ。それは気にしなくていい」

しょぼくれていた顔がぱっと明るくなる。嘘がない人間にしか出来ない表情。今更ながら、ジャックはこの男が嫌いではないことに気づいた。

「……じゃあ、このまま引き返してコースの下見してきます。まだぜんぜん出来ていなかったんで」

「無理はするなよ」

「はい、本当にありがとうございました」

ヘルメットを被り直すと、挙母はバイクに乗って走り出す。先ほどより楽に足を回転させることが出来ていた。背中を地面と平行にするトライアスリートの前傾フォームにはほど遠いが、バイクコースを完走するだけなら支障ないだろう。

遠くなる姿を見送っていると、背後で数台の自転車のブレーキが鳴り、砂とタイヤが擦れる音が響いた。

振り返ると、サイクリングウェアに身を包み派手なバイクに乗った三人の男が、ニヤニヤと笑いながらこちらを見ていた。白人二人と小麦色の肌のラテン系――招待選手として招かれている若いトライアスリートたちだ。しばらく戦線を離れていたジャックは彼らのことを一切知らないが、練習に使っているプールで一緒になったことがあり、割り当てられていないコースを使おうとしたり、プールに来ていた若い女性を無理矢理ナンパしようとしたり、素行がよくないことは知っていた。

「ジャック・ベイリーも落ちたもんだな。あんなずぶの素人とお友達ごっこか。昔のあんたじゃ考えられないよなあ」

クチャクチャとガムを嚙みながら、向かって一番右にいる茶色い巻き毛の白人が言った。挑発したいらしい。乗るのも馬鹿馬鹿しいため、ジャックは無言で自分のバイクに跨がる。

今度は、真ん中のラテン系の男が口を開いた。

「おいおい、俺たちとは話もしないのか？　あんなどんくさい日本人とは話すのに」

「復帰戦にこんなしょぼい大会を選ぶぐらいだから、中身も同レベルになっちまったんだろうよ」

金色の短髪を逆立てた左側の白人が続き、やったとばかりに三人は拳を突き合わせ爆笑する。

「……招待されて来ているのに、その言い草は何だ？」

睨みつけると、左の金髪はわざとらしく肩を竦めた。

「向こうが来てくれって言うから来てやっただけだ。金だけはたくさん出してくれるからな」

「じゃなきゃ来る訳ないよな」

「一昨日会った市長見たか？　猿みたいな顔して、馬鹿みたいにぺこぺこ頭下げてたな」

顔を見合わせ、彼らは手を叩く。

ジャックは静かにバイクを降りた。ベンチへ立てかけると、最後に口を開いたラテン系の男に近づき胸ぐらを摑む。顔を近づけ低い声で言った。

「他者に敬意を持てないならトライアスロンをやめろ。お前にはトライアスロンをする資格はない」

突き放すと、男はバイクごとよろけ、左隣にいた巻き毛の男に支えられた。目の色を変えた彼は、憤怒の形相でもう片方の足のビンディングも外し、バイクを降りようとする。

「おい、やめろ。暴力沙汰はまずい」

金髪の男が腕をつかんだ。自制したのかラテン系の男は唇を噛み、鼻息荒く鋭い視線を向ける。

「行こうぜ。……覚えてろよ、ロートル機関車」

悪態をついて巻き毛の男が走り出すと、金髪の男が続く。最後まで未練がましくジャックを睨みつけていたラテン系の男は、こう言い捨てて去って行った。

「トライアスロンにふさわしくないのはお前だ。俺たちは知ってるんだぞ？　その足じゃランは無理だ。どれだけ練習が不足しているんだ？　当日の出場登録はせず、さっさとアメリカへ帰るんだな。全世界に恥をさらす前に」

彼らの姿が見えなくなったのち、ジャックはベンチに腰掛け膝のスパッツをめくった。消える筈もない傷跡は、そこに居座り続けていた。耳を傾ける必要などないと分かっているのに、言葉が胸に突き刺さる。

――この体で大会に出るのは、トライアスロンへの冒瀆ではないだろうか？

何度葛藤したか分からない「迷い」。

大きく深呼吸すると、ジャックはベンチの上で座禅を組んだ。目を閉じて臍の下辺りに呼吸を集中させていく。聞こえるのは、蟬の声と風に揺れる木々のさざめき。

道場にいるときのように、ゆっくりと心が凪いでいった。

——自分がここに来ようと思ったのにも、もう出ないと決めていた大会に出場しようと思ったのにも、何か理由があるに違いない。きっとそれが仏の導きなのだ。

ゆっくりと瞳を開く。座禅をするといつもそうであるように、先ほどよりも鮮やかな世界が広がっていた。

＊

静山大学は、不二宮市や不二市からさらに南へ下った駿河湾沿いの駿河区に位置しており、来常湖からは途中高速を使ったりして、一時間半弱の道のりだった。

訪問者用の駐車場で車を降りた渋川は、キャンパス案内の地図で確認し、堤が所属する農学部生物資源科学科が入った建物へ向かった。

半分ほど昇った太陽が、平地をあまねく照らしていた。来常湖と比べて標高が低く、海が近いので蒸し暑い。あちこちに植えられた緑から蟬しぐれが響いていた。

階段を上って陸橋の上へ出ると、キャンパスの東へ向かって並木道を進む。

しばらくして現れたのは、上からだとH形に見えるだろう巨大な研究棟だった。

「……なかなか洒落た作りだな」

ポケットから出したタオルで汗を拭い、渋川は呟く。ガラスや木を使った凝った外壁を眺めながら入口を探し、棟内図を見て昆虫学研究室の場所を確かめる。どうやら二階の端にあるようだ。

お盆が近いためか、ひやりとした廊下に人は少なかった。たまに学生がいてすれ違うと、驚いた顔で立ち止まり、渋川が通り過ぎるのをじろじろと眺める。

特に気にも留めなかった。アメリカではほぼこんなことはなかったが、今いる久州大学でも学生らに顔を覚えてもらうまではこうだったので、きっとそういうものなのだろう。

二階へ上がり、同じような扉が並んだ廊下をひたすら進む。突き当たりまで来て、ようやく昆虫学研究室と書かれたプレートを見つけた。開いたままのドアから中を覗いてみる。整然と物が並べられたクリーンな研究室。掃除が行き届いた棚には、標本や実験器具などが美しく陳列されていた。壁際に作り付けられた膨大な資料が並ぶ本棚も同じだ。

研究室の中は、教授の性格が表れる。ここの教授はおそらく細かい性格で、何でもあるべき場所に収めておかないと気が済まないタイプだろう。

誰もいないので声を掛けてみるが、返事はなかった。念のため中に入って奥も見てみるが、やはり無人だ。

とは――。

「参ったな」

頭を掻きながら廊下へ出る。堤はいつでもいいようなことを言っていたが、不在だった

ふと上げた視線が、隣の部屋で止まった。突き当たりだと思っていた研究室の隣に、もう一つ小さな部屋がある。掲げられたプレートには、マジックを使い子どものような字で『第二昆虫学研究室』と書かれていた。

「第二……？」

不審に思いながら、ぴっちりとドアが閉じられたその部屋を眺める。

ノックしようとしたとき、後ろで気配がして振り返った。昔の癖で、背後に立たれるとつい強い口調で誰何(すいか)してしまう。

「――誰だ！」

そこにいたのは、白衣を着て艶やかな髪を肩まで伸ばした、色白の若い女性だった。

「きゃっ」

彼女はびくりとし、小さく悲鳴を上げる。

「すまない。脅かすつもりはなかったんだ」

「あー、もうびっくりした」

胸を押さえ身をかがめながら、女性は息を整えた。泣きぼくろのある清楚で可愛らしい女性。ぱっちりとした二重の瞳で渋川を見上げ、彼女は首を傾げる。

「あの……何かここに御用が？」

「堤浩介（こうすけ）という人に会いに来たんだが、そっちの研究室には誰もいないようだから、こっちに声をかけてみようかと思っていたところだったんだ」

先ほどよりもさらに驚愕して目を見開きながら、彼女は言った。

「浩介……堤に？」

「そうだが。何かおかしいか？」

「いえ……年中昆虫採集に出かけててほとんどいないし、いてもこの部屋に引きこもっていて、訪ねてくる人なんてこれまでいなかったから……」

「引きこもってる？　ここは彼単独の部屋なのか？」

プレートを見上げながら訊くと、彼女は苦笑した。

「彼、ポスドクなんですけど教授とそりが合わなくて。武田（たけだ）教授は綺麗好きだし……もともと物置だったこの部屋に隔離されちゃったんです。あ、どうぞ。最近南米から帰ってきて、ずっといますから」

ドアノブに手をかけようとする女性に渋川は質問した。

「あなたは？　ここの研究室の人か？」

「私は堤の幼馴染みで、この学校の薬学部の院を卒業したあと、助手をしている萩尾といいます。……そちらのお名前も伺っていいですか？」

「私は渋川まりだ。友人が堤さんと交流があった縁で、虫の同定を頼んだんだ」

彼女——萩尾は再び目を大きくする。

「浩介に友人⁉　それに滅多に人の手伝いなんてしないのに」

細くて綺麗な手によってドアが開かれると、向こう側から熱気と汗の臭いが流れ出した。

彼女は、白衣の袖で鼻を押さえる。

「やだっ臭いっ。もう窓開けなさいよ！」

三畳ほどの、ぼんやりと薄暗いスペース。天井につけられた照明は蛍光灯が外されていて、光源は奥の高い位置にある換気用の小窓しかない。ドアがある以外の三方の壁には、標本の箱や資料や論文などが蟻塚のように積まれており、今にも崩れ落ちそうだった。足元にも紙くずやゴミ、ホコリが散乱していて、ゴミ捨て場のような様相を呈している。

声は、部屋の中央にある旧式のパソコンラックの向こうから聞こえてきた。壁と同様さまざまなものが積み上げられていて雪崩寸前だ。

「由乃、また来たのか。俺は忙しいって——」

書類の横から顔を出した人物は、渋川に目を留め黙った。慌てて壁とラックの隙間から出て来ようとし、何かにつまずく。足を浸していた氷入りの洗面器だった。

水浸しの足でふらつきながら部屋から出てくると、彼は萩尾を押しのけ渋川の前に立つ。汗ばんだ白のタンクトップにシワシワの青いトランクス姿、ボサボサ頭で髭も剃っていない小柄な青年――。なんて格好してるのと小声で窘める萩尾をよそに、彼は上から下まで渋川を眺め呟いた。

「……でかいな。ボルネオの巨大ナナフシ（チャンズ・メガスティック）みたいだ」

「ちょっと浩介！　失礼でしょ」

渋川もまじまじと彼を見る。格好はともかく、白目が澄んでいてまっすぐな瞳だった。鼻筋が強く主張していて我が強そうだ。文面からもっと繊細な人物を予想していたのが外れた。

ウィルにはたくさんの友人がいるが、ほとんどが穏やかな人物で、野性的な堤はこれまでに見たことがないタイプだ。

興味を引かれながら渋川は返事をした。

「率直な感想をどうも。初めまして――堤浩介サン」

第二昆虫学研究室では話も出来ないため、渋川と堤は学食へと移動した。

四角い大きなテーブルがいくつも並んだ広いフロアには電気がついていなかったが、南に面した窓から光が入ってくるため、明るく開放感があった。そもそもこの時期は営業していないらしく貸し切り状態で、ガラス越しに蟬の声だけがジワジワと響いている。

「――へえ、ウィルと出会ったのは南米だったのか」

「タンボパタ自然保護区で採った甲虫の輸出申請が上手く行かなくて、困ってた時に助けてもらったんだ。彼は昆虫なら何でも大好きだろう？　最初はなんで見知らぬ日本人にこんなに親切なんだって思ったけど、話しているうち底抜けにいい奴なんだと分かって。翌日帰国する予定だったんだけど、延ばして彼と一緒にしばらくジャングルを回って虫採りしたんだ。俺はあんまり英語得意じゃないけど、ウィルといると楽しくて話が尽きなかったな。それからも交流は続いて、知っての通り毎年彼がこっちへ遊びに来てくれる」

先ほどの格好に短パンをはいただけの堤は、机に片肘をつき懐かしそうに目を細めた。つられて渋川も笑みを浮かべる。ウィルのことを語るときは誰でもこうだ。彼についてネガティブなことを言う人間はほとんどいない。

「えー、びっくり。浩介に友達がいたなんて初めて聞いた」

なぜか一緒に来た萩尾が、心底驚いた顔で言う。押し掛け女房的なものだろうか。それにしても、可憐で花の香りをふわりと漂わせる萩尾と、粗野でこの猛暑に三日ほど風呂に入っていない臭いを振りまく堤は、対極の存在に見えた。

「うるさいな。俺にだって友達ぐらいいるんだよ」

「青森にはいなかったじゃない。この大学にだって」

彼はぐっと言葉に詰まる。

「二人は青森出身なのか？　一緒に静山大学へ？」

その割に言葉が標準語だなと思ったら、興奮したためか東北のイントネーション混じりで、堤は隣に座った萩尾を指差した。

「こいつが勝手について来たんだ。採れたての根曲がり竹持って来て、俺のお袋買収して。家に上がり込んで、受験先聞き出したんだ」

「そんなんじゃないです。たまたまです」

当てつけのように標準語でにっこり笑うと、彼女は渋川を見た。

「それで、渋川さんはどうして久州大学からここへ？」

虫の同定を頼んだが、堤にはまだサメのことを話していなかった。渋川は、最初から順を追って自分が来常湖へ来た理由を詳しく説明した。

「ほお。ウィルが来常湖にオオメジロザメがいると……」

不思議そうに首を傾げ、堤は考え込む。

時間が気になって渋川は顔を上げた。学食の壁に取り付けられた大きな時計は、すでに十時を指している。

気持ちはささくれ立っていた。今日中にサメがいる証拠を挙げられなければ、調査を中断せざるを得ず、トライアスロン大会の選手らを危険に晒すことになる。だが、自分に出来るのは、仕掛けた餌にサメがかかりカメラに映るのを待つことだけだ。

エンゾやシンシアと同じように否定されるかと思ったが、顔を上げた堤は頷いた。

「そんな話聞いたこともないし、奇妙と言えば奇妙だけど、ウィルがそう言うならそうなのかもしれない。彼が確証もなしにそんなことを言う訳ないから」

不意打ちで熱いものがこみ上げ、テーブルの下で拳を握る。

心底ここへ来てよかった。やはり自分は間違っていない。ウィルを知っている人間なら誰だってこう考えるのだ。

「……だが、罠を作ってもどうしてもかからないんだ。獰猛な種だから普通ならすぐにかかってもいい筈なのに」

持って来た小型のノートパソコンを開いて叩きながら、堤は頭を掻いた。

「俺は魚のことはよく知らないけど、渋川さんが使ってる水中カメラは昼用だから夜は監視出来ていないんでしょう？　オオメジロザメっていうのは、昼行性なの？　虫は特性にあわせて採集することが多いけど」

「サメの生態はまだ分からないことも多いが、オオメジロザメは昼間の海にいるし襲撃例も昼ばかりだから昼行性と考えていいと思っている。個体差で、早起きのやつや、夜行性のやつもいるのかもしれないが」

「昼と夜でいる場所が違うとか？　昼行性でも夜行性でも、活動場所は違うことが多い。アオハナムグリや蝶なんかは昼行性だけど、夜は天敵に見つからないよう目立たない場所でじっとしてる。このサメも昼間はどこか違う場所にいるとか」

「それは無理よ。湖の中なんだもん。どこに行くっていうの」

萩尾が口を挟む。

パソコンに目をやりながら、堤はうーんと口を歪める。

「昼間は元来た川に戻ってるとか？　この小倉川」

くるりとパソコンを回し、彼はこちらへ向ける。渋川は首を振った。

「おそらくそれはないと思う。この川はいくつか落差工があって、昨日見て来たんだが、湖から出たすぐのところにも高低差五〇センチメートルのものがあるんだ。私はサメがこの湖に来たのは雨で増水した日だと思っていて、常にその水量の条件をクリアしないと、落差工を乗り越えて湖に戻るということは難しい」

地図を見て説明しながら、何かが引っかかるのを感じた。湖へ出入り出来る場所。自分は何か見落としていないだろうか——。

「ふむむ……」

堤もしばらくのあいだ知恵を絞ってくれたが、これ以上の案は出ないようだった。

一緒に考えてくれることに感謝しつつも、このまま悩み続ける訳にもいかないので渋川は話題を変えた。

「さっき部屋を出るときに同定は終わりかけていると言っていたが、結果を教えてくれないか？」

「ああ、了解」

再びパソコンを操作し、堤は画面を見せた。パワーポイントで即興で作成したのだろう。白い背景に、幼虫と虫瘤の拡大写真と、横向きのＤＮＡの配列をいくつか並べた画像が嵌め込まれている。表題は Daphnephila sp. となっていた。

「結論から言うと、新種の可能性が高い。一番上がこの未知の幼虫のＤＮＡで、その下にあるのが順にインド、日本、台湾のタマバエ属のものだ。少し似てるけど、どれとも違う。最後のが南米のタマバエ属で、これはかなり近い。でも一致はしないし、これ以上のデータもない。念のため各地の研究機関にも確認してるところ」

「南米と近いということは、日本の在来種ではなく南米から渡って来たということか？」

「そう。おそらく輸入された何かについてきた。農作物の害虫になるミバエじゃなかっただけよかったけど、これからいろいろな日本の研究機関が調査することになると思う」

「新種として発表するのか？」

「最終的に論文にして発表するときは、提供者としてあなたの名前を入れるつもりだけど……」

バツが悪そうに彼は頬を掻く。渋川は首を振った。

「見つけたところから、あんたの手柄にしてくれて構わない。何年目か知らんが、ポスドクなら派手な功績があった方がいいだろう？　私は違うフィールドでやっているし、この件に関してはどうでもいいから」

「そう言ってもらえるとありがたい」

苦笑する彼の腕を、萩尾が肘で突いた。

「ラッキーだったね。教授に嫌われてて追い出されそうだったし」

「余計なこと言わなくていいっつってんのに」

咳払いをしたのち、堤はもう一度パソコンに向き直った。今度は、何かの分析結果を示したPDFファイルを開いて見せる。

「実は、このタマバエに関してもう一つ知らせておいた方がいいことがあって。これは、萩尾に虫瘤を見せたら分析してみたいって言うから、やってもらったものなんだけど……俺は詳しくないから君が説明してくれ」

にっこりと笑って彼女は話を引き継いだ。

「私、助手の仕事の合間に植物が作るアルカロイドの研究をしていて、この虫瘤からも何か出ないかと思って調べてみたんです」

「アルカロイドというと、ニコチンやカフェインとかのことか？」

あまり詳しくない分野ながらも、思いつくものを挙げると彼女は頷いた。

「はい。植物の中にある窒素原子を含んだ、主にアルカリ性の物質の総称です。他にもモルヒネとかコカインとか薬理作用を持つ物が多くて、そこから新薬が生まれることもあるんです。それで、南米のタマバエが作った物なら何かあるんじゃないかと、軽い気持ちで分析してみたわけです」

「なるほど。それで？」

「あ、いけない。その前にまず、虫瘤がどうやって出来るものなのか説明しないと。浩介お願い」

テンポよく萩尾は堤に振る。小気味よい夫婦漫才を見ているようだ。

「渋川さんは知ってるかもしれないけど、虫瘤っていうのは、虫が自身の分泌する植物ホルモン様の物質——オーキシンやサイトカイニンの前駆物質などで植物を刺激し、形成させる瘤のことを言う。瘤と言っても白い綿状だったり、赤い木の実のようだったり、形状は本当にさまざまで、形成される場所も、枝だったり葉っぱだったり色々だ。……で、これらは何のために作られるのかというと、卵を産みつけた虫の保育器で、成虫になるまで外敵などから守る役割を果たすんだ。内壁には幼虫に栄養を与える特別な細胞が作られるから、食べ物にも困らない。喩えるならオートロックで三食昼寝付きのマンションだな。ワンルームで狭いのが難点だけど」

「うん」渋川が頷くと、再び萩尾が話し始めた。

「植物が作り出す物質には、一次代謝物と二次代謝物があります。前者は植物や動物に共通する、生命活動に必要な代謝によって作り出される物質で、後者は特定の植物によって生成される、生命活動に必要でない物質のことを指します。動物のように動くことが出来ない植物が、外敵から身を守ったり、繁殖の機会を増やしたりするために、進化の過程で作るようになったんです。まだ見つかっていない物も含めて何十万種類も存在すると推定されているんですが、なんの秩序もない訳ではなくて、何を材料にしたかで分類することが出来ます。アルカロイドは、アミノ酸を前駆体としてアミノ酸経路という過程を経て生成されるチームです」

「それが虫瘤の中にあったということか」

萩尾はスマートフォンを取り出し、操作してこちらへ見せた。赤い壺形の虫瘤を輪切りにして、幼虫を取り除いたものが拡大画像で表示されている。

「正確には、この外壁の部分ですね」彼女は指差した。

「どんなアルカロイドなんだ？　成分は特定出来たのか？」

にっこりと笑ったのち、萩尾は大きく肩を落とす。

「それが——分からないんです。未知の物で。アミノ酸由来の窒素原子が含まれているからアルカロイドに分類できるというぐらいで」

備え付けられていた学食のナプキンを一枚取ると、彼女は白衣の胸ポケットに留めてあったボールペンで化学構造を書く。

「——これです」

書ききれないほど長いものだった。蜂の巣をバラバラにしたようなハニカム状の構造式がいくつも連なっている。

「なんだこれは」

「妙ですよね。とにかく長くて、ひとつひとつは材料になったアミノ酸の構造を少し変えただけですし、一見するとアミノ酸が連結したペプチドホルモンみたい。どんな特性があるのかは、これから明らかにしていくことになります」

「もしかしたら、こちらも大発見になるかもしれない？」

彼女はうーんと首を傾けた。

「癌の特効薬を発見——とかは難しいでしょうね。多分」

「分かんねえぞ。南米の未知のタマバエと静岡のタブノキのコラボで、何かすごい物が出来てるのかも」

「あはは、だといいけど」

明るく笑って、萩尾は堤の肩を軽く叩く。テーブルに戻したその手がスマホの画面に当たり、画面がスライドして別のものが現れた。

電子顕微鏡で細胞を拡大した画像だった。外郭に細胞壁があるから植物のものだ。

「それは？」

「ああ、この虫瘤の外壁の細胞を拡大したものです。さっきは適当に外壁と言ったんですけど、そのアルカロイドはここ——分かります？　細胞内の液胞から出て来たんです」

「液胞から？」

「植物は外敵から身を守るため毒性のある物質を作り出したりするんですけど、それが自分の細胞の核やミトコンドリアに作用して枯れてしまったら本末転倒ですよね？　だから液胞に貯蔵して毒を体内から隔離するタイプの植物がいるんです。ニコチンなんかもそうですね。外敵がタバコの葉を食べたとき初めて、細胞内の液胞が壊れて毒の成分が流れ出すと」

「この虫瘤から見つかったアルカロイドも、植物がなんらかの外敵を想定して生成したということか？」

困った様子で、彼女は肩を竦めた。

「今の段階では本当に何も。タマバエが何か未知の刺激を与えたのかもしれませんし……」

「とにかくこれからか……」

一息つくと同時に、十二時を告げるチャイムが響き渡った。

残り時間は少ないし、そろそろ湖に戻らなくてはならなかった。二人に告げ、渋川は席を立つ。

「今日はありがとう。貴重な話を聞けてよかった」

笑顔で言うと、堤と萩尾も立ち上がった。

「いいえ、こちらこそ。面白い話をしてもらって」

「虫のこともアルカロイドのことも、進展があったら浩介に連絡させますから。サメのこともよかったら教えて下さい」

「よろしく頼む。もちろん解決したら知らせるよ」

去ろうとする渋川の背中に、堤の声が響いた。

「そういえば、ウィル本人は来ないのか？　しばらく会ってないから、顔を見たい」

時間が止まり、楽しかった気持ちが急速に冷める。

足を止めた渋川は、振り返って答えた。

「ウィルは忙しいから来られないんだ。きっと……」

*

太平洋高気圧がすっぽりと列島を覆っているため、この日は気温がぐんぐん上がり猛暑日となった。

正午に気温が三六度を記録したので、規則に則って矢代は設営作業を一旦中止し、気温が下がって来た午後四時に再開した。

「オーライ、オーライ、オーライ」

午後五時でもまだ明るい空の下、重機でゴールゲートを設営する業者の声が響く。

安全のためヘルメットを被った矢代は周囲を見回した。ボランティアたちの頑張りにより作業自体は順調に進んでいて、コース、ステージ、トランジションエリア、観客エリアとも完成に近づいている。

仕事が滞りなく進んでいること自体はよかったが、事態は混沌とするばかりだった。

ずっと湖の方を気にしていたが、あの後も潜水している警官がサメに襲われることはなかったし、浮島の血痕の持ち主も見つかっていない。すべてを総合すると、湖にオオメジロザメがいるという渋川の説は、やはり間違っていたということになる。

湖は安全だと証明されたものの、わだかまりは解けなかった。

サメではなかったにしろ、関や鴨居やカップルを行方不明にした何かがこの周辺に存在していることは事実だ。ボランティアの学生が言っていたように変質者かもしれないし、餌不足で他県から森を渡って来た熊かもしれない。とにかく危険自体が排除された訳ではないのだ。

——このまま大会を開催していいのだろうか。

もしも何かあった場合、自分の責任になるのが嫌なのだろうと問われれば、否定出来ない。だが、それ以上に税金から給料をもらっているものとして、市民や選手を守らねばならないという義務感の方が強かった。使命や正義といったかっこいいものではなく、単に矢代が人として守らねばならないと思う一線だ。

関やあのカップルが行方不明になって、もう数日経つ。今だって手を尽くして捜しているし、たまに連絡する慶子には大丈夫だと励ましてはいるものの、内心もう生存は難しいのではないかと思うようになっていた。

——事実を隠匿し、行政やスポンサーのエゴで大会を強行することが許されるのだろうか。

「矢代さん、運営のテントと、エイドステーションの確認お願いします」

ボランティアの女子学生に声を掛けられ頷く。

「……分かった。今行く」

こんなことを考えているくせに、中止を叫ぶことも出来ない自分が情けなかった。

キャンプサイトから湖畔を見下ろすと、運営用のテントが湖へ向くように四つ建てられていた。その横には、スタートを報せたり、スイムの選手を監視したりできる物見櫓。

さらに西の少し離れた場所に、赤い十字マークがついたメインのエイドステーションのテントが設置されている。途中何度も見回ったし、どれも計画通りの出来映えだった。

土手を下った矢代の目は、否応無しに西側の岸辺へ引き寄せられる。

未だに捜索を続ける警官たち。彼らがなぜ鴨居の件にだけ応じたのか不思議だったが、手伝いに来てくれた他の課の職員と昼食を共にしたとき、謎は氷解した。鴨居の妻はこのあたりの出身で、親族に市会議員がいるのだという。おそらくそのルートで警察に圧力をかけたのだろう。

はらわたが煮えくり返りそうになるのを抑え、警官らから目をそらす。

エイドステーションへ向かおうとしたとき、がやがやとうるさい一団が後ろからやってくるのに気づいた。

口中に苦いものが広がる。牛尾と企画課の職員たち。そして、彼らにちやほやと案内されるメイケン製薬会長の奈良岡と、工場長の長田だった。

まるで大名行列のような彼らは、業者やボランティアたちに道を空けさせ、土手を下りてこちらへ近づいてくる。落ち着いた物腰の奈良岡と、警戒するように周囲を見回している長田の姿をじっと観察しながら、矢代は先日の水道局の職員との話を思い返した。

この湖を汚染していた可能性が高いメイケン製薬。彼らが水脈のことや来常湖を汚していた事実を把握しているかどうかは分からない。しかし、廃水が土中へ漏れ出していたこと自体は絶対に知っていた筈だ。それを市に届け出もせず、スポンサーだからと大きな顔をしているのは腹立たしかった。

感情を整理出来ない状態のまま、矢代は現場の責任者として彼らを迎えた。

ヘルメットを浅く被った牛尾が、満面の笑みで声をかけて来た。

「矢代、どうだ進捗は。会長が設営の現場を見たいとおっしゃったんで、お連れしたんだ。本当に熱心なスポンサーで、実行委員会全体が感謝していると、今お話ししていたところなんだ」

工場への立ち入り引き延ばしを決定した張本人の口から言われると、苦笑することしか出来なかった。腹芸の上手い男だ。

「ボランティアがよく頑張ってくれたので、今日の分も予定よりも早く終われそうです」

「そうか、それは素晴らしい！」

えびす顔の彼は、馴れ馴れしく矢代の肩を叩く。だが、湖畔の警官たちが目に入ると、あからさまに顔を顰めた。

「まだ捜索してるのか。邪魔だな。設営に支障はないのか？」

「湖のセッティングは明日なので、それまでには退去してほしいと伝えてあります」

「警察とは物騒だな。何を捜してるんだね？　彼らは」

二人の会話を聞いた奈良岡が口を挟んだ。あいかわらず澄んだ瞳で、上品で善良そうな老人という雰囲気を醸し出している。会長である彼は、汚染のことを知らないのかもしれないと、矢代は思った。祖父に似ているし、そうあってほしいとすら願ってしまう。

揉み手せんばかりの勢いで、牛尾は答える。

「市会議員の親族の男が行方不明になったとかで捜しているんですよ。何も出て来ないので問題ないです。そうだよな？　な？　矢代」

いろいろ腹に据えかねていることもあり、矢代は淡々と答えた。

「浮島の石の裏から血痕が出ました。鑑識に回すとのことです。まだ人間のものか動物のものかも分かっていませんが」

牛尾の顔が強ばる。腕を組んだ彼は、鼻息荒く言った。

「あんな場所にわざわざ人がいく訳がないから、小動物か何かだろう」

「だといいんですけど。このあたりでは四人も人が消えてるし、不安ですよね」

棘（とげ）を込めて、その場にいる全員に聞こえるよう話すと、彼は睨みつけて来た。

「……お前はまだサメがいるなんて考えているんじゃないだろうな。見てみろ。警官が入って捜索してるが食われてなどいないじゃないか」

水面からちょうど顔を出したウェットスーツの警官を、彼は指差す。

「待ってくれ。聞き捨てならないな。サメだって？　矢代君、この湖にサメがいるって言うのかい？」

奈良岡は、優しげに垂れた目を大きく広げる。

苛立ちが大きくなっていくのを感じながら、矢代は答えた。注進するなら、奈良岡もいる今しかないという思いもあった。

「私は――いえ、証明はできていませんが、この湖には危険な何かがいるんじゃないかと思っているだけです。ここ数日で人が不自然に消えているので……。場合によっては大会の中止も選択肢に入れる必要があるかと」

「こら矢代！　なんてことを！」

牛尾の叱責のあと、奈良岡の大きな笑い声が響いた。

「これは驚いた。契約事項にあるような大規模な災害があった訳でもないのに、大会を中止にするだって？　牛尾さん、おたくではこんな責任感のない職員に責任あるポストを任せているんですか？」

好々爺の顔つきが、冷血動物のような厳しいものへ変わっていた。矢代はごくりと息を呑む。彼ならば話を聞いてくれるのではないかという淡い期待は、見事に打ち砕かれた。やはりというべきか、二代目として会社を全国区にした男が、善良なだけでやってこられた訳がないのだ。

「ふざけるんじゃない！　うちの会社がなぜこれほどの投資をしたと思ってるんだ。郷土愛ゆえの慈善事業だとでも思ったのなら、見当違いもいいところだ。甘ったれた子どもは、さっさと持ち場に戻って自分の仕事をしろ。サメがいようが死人が出ようが、大会は成功させるんだ。こちらに損害を与えたら、裁判を起こして何倍もの弁償をさせてやる！」

「か、会長、申し訳ありません！　矢代にはあとから言って聞かせますので」

泡を食って奈良岡をなだめる牛尾をよそに、矢代は反論した。

「危険の確証が得られた場合はそうはいきません。我々には市民や選手の安全を守る使命がありますから」

ここまで来ると、もう自分で自分を止めることはできなかった。

「健康はなにより大切ですからね。……この湖の水質も、去年より悪くなっていますし」

「矢代！　やめろ」

血相を変えた牛尾が胸ぐらを摑むが、矢代は振り切った。襟を直しながら挑発的に奈良岡を見る。

「こんな農業用の溜め池でおかしなことですよね。どこかの無責任な会社から工場廃水でも流れ込んだのかな」

湖を汚染していた事実を知っているのか、知らないのか——。表情を見逃すまいとしていると、彼は顔中に刻まれた皺を総動員し、世にも醜悪な顔で笑った。

「そんなことで黙らせられると思ってるのか？　小僧。やめた方がいい。我々はすでに運命共同体なのだよ。この小さな町でこれほどの大口スポンサーになろうという会社は他にないし、君たちは絶対的に我々の金を必要としている。大会は協力して行なわねばならん。湖の水が汚れている？　知らんね。大会の後、君たちが疑っている会社に調査へ入ったところで、何一つ証拠が出ることはないだろう」

「会長……」

企画課の職員らを始め、牛尾までもが呆然として奈良岡を見ていた。

矢代は唇を噛む。

「あんたたちは最初から分かっていて、証拠を隠滅するモラトリアム期間を稼ぐためスポンサーに……？」

「それを見抜けなかったなら、君たちの負けだということだ」

老獪(ろうかい)を絵に描いた弓のような目で、奈良岡は微笑む。

誰もが青ざめて言葉を失った。叫び声が聞こえたのは、まさにそのときだった。

「こっちだ！　でかい魚がいる！　追いつめたぞ！」

湖畔を見ると、エイドステーション前の浅瀬に警官らが集結し、水中で何かと格闘するウェットスーツ姿の同僚を見守っていた。

「だめだ！　力が強い！」

「タモを頭に被せるんだ！　網で体を巻く！　歯に気をつけろ！」

三人では無理だと悟ったのか、陸にいた若い警官二名も、濡れるのを構わず湖に入り加勢する。

奈良岡らのことを忘れ、矢代はそちらへ吸い寄せられた。

騒ぎを聞きつけ集まっていたボランティアらに並んで覗き込むと、水の中で二メートルほどの大魚が暴れ、水しぶきが飛び散っていた。

「オオメジロザメか……？　本当にいたんだ……」

固唾（かたず）を呑んで見つめる。同時に疑念も覚えた。獰猛でブル（雄牛）にも喩えられるオオメジロザメ。それがこうもやすやすと捕まるものだろうか？　渋川があれだけ捜していたにも拘わらず、カメラに姿一つ収められなかったのに……。

一対五の激しい格闘が十分ほど続いたのち、警官の一人が叫んだ。

「確保――！」

無線で対応を協議していた指揮官は、部下にそれを引き上げるよう命じる。

「はい、そこ危ないですから下がって下さい！」

かぶりつきで観戦していたギャラリーを下がらせると、警官らは網で包まれてなお暴れるそれを、協力して芝生の岸辺へ持ち上げた。人々から歓声が上がる。

呆然としている矢代の隣には、いつのまにか奈良岡や牛尾らが陣取っていた。奈良岡が皮肉たっぷりに言った。

「……あれを勘違いして、サメがいるなどと騒いでいたのか。君は認識能力にも問題があるようだ」

何も言い返せず、矢代はぐっと拳を握る。彼は老人とは思えない素早さで身を翻した。

「私はこれで失礼するよ。軽い気持ちで見学を申し出たが、こんな不愉快な目に遭わされるとは思わなかった。これ以上の茶番には付き合っていられない。長田――行くぞ！」

「は、はい！」

いるのかいないのか分からない存在だった、工場長の長田が返事をした。

奈良岡が人ごみを掻き分けながら歩いて行くと、その背を窺いつつ、おどおどとした様子で長田は矢代の横にやってきた。顔は真っ青で、手はブルブルと震えている。

彼は怖々(こわごわ)口を開いた。

「あの、さっきのサメがいるっていう話……」

「何か知ってるんですか？」

驚いて訊ねると、思い直したように、彼は俯いて首を振った。

「いや、あの……なんでもないんです。忘れて下さい……」

頭を下げると、逃げるように行ってしまう。

「？」

矢代は湖畔に向き直る。岸に寝かされたそれは、最初こそ激しく体を波打たせていたものの、数分もすると大人しくなった。野次馬はさらに増え、ボランティアの学生らはもとより、業者やトレーラーの運転手らまでもが、スマホを取り出して写真や動画を撮っている。

隣にいる牛尾が呟いた。

「サメでなかったのはいいが……外来生物だな。こんな妙ちくりんで危険そうなものがいたとは……」

彼の言う通り、見れば見るほどおかしい生き物だった。

体長二メートルはあるだろうか。喩えるなら、ワニの頭がついた魚だ。

頭の部分は頑丈そうな固い皮膚に覆われていて、長い口の中には、なんでも食いちぎれそうな小さく尖った歯が並んでいる。胴体は、上から見ると引き伸ばした鯉のような形で、蛇のような模様のつるりとした鱗で覆われていた。背鰭がないところもワニに似ていて、擬態しているのではないかとすら思ってしまう。

反射的に、矢代は渋川を捜していた。彼女ならきっとこれについても詳しいだろう。今日は調査の最終日なので付近にいるはずだ。しかし、森の方にでも行っているのか、その姿は見つからなかった。

警官たちもこんな生き物を見るのは初めてのようで、スマホで何の魚か調べている。ああでもないこうでもないと議論が交わされる中、一人の学生ボランティアが前に出た。静山大学水産学部に通っているという彼は、警官にこれはアリゲーターガーだと進言する。警官やギャラリーたちは一斉にスマホで確認し、真っ先に真実にたどり着いた若い警官が、それですと声を上げた。

矢代もスマホを取り出し、その名前を検索する。

見た目からアマゾンの魚かと思っていたら違って、北アメリカ大陸の川や湖沼に棲む最大の淡水魚ということだった。肉食で、ワニのような口を使い魚や甲殻類を捕食するという。

横から手が伸び、牛尾が矢代のスマホを奪う。表示された結果を見た彼は、憤って吐き捨てた。

「こんな厄介なものを、誰かが飼いきれなくなってここへ捨てたのか。まったく」

「そうですね……」

「だが、良かったな。矢代」

「え？」

スマホを投げて返すと、彼は額に手をかざし、夕暮れを迎えようとする湖を見た。

「これで不安が払拭された。学者が言ってたサメってのは、きっとこれのことだろう。大きいから見間違えたんだ」

先ほど奈良岡に言われたときは反論できなかったが、よくよく考えると到底賛同出来る意見ではなかった。渋川は海洋生物の専門家だし、サメを見たという友人の水生昆虫学者だって、サメとアリゲーターガーを見間違えるなどということはあり得ないだろう。

牛尾が幕引きをしたがっているだけだということに気づき、矢代はカッとして噛み付いた。

「それはないと思います。学者は素人じゃないんですから。それにあの口を見て下さい。確かにワニみたいで大きいけれど、人を殺せるほどじゃないでしょう。課長はあんなものが人を四人も殺したと思うんですか⁉」

声が大きすぎたため、ボランティアたちがざわついてこちらを見る。まずいと思ったのか、牛尾は矢代を西側にある森の際へと引っ張って行った。

蟬が声を響かせる木の下で、言い合いになる。

「お前は、その学者に毒され過ぎだ。いい加減にしろ！　大会をぶちこわしたいのか！」

「そんなこと思ってません！　さっきも言いましたが、市民や選手の安全が担保出来ないなら行なわない方がいいと考えているだけです！」

「根拠も証拠もないだろうが！」

「四人の行方不明者が証拠です！　浮島に血痕もありましたし！」

「サメに食われたなら、何で浮島の石の裏に血痕が付くんだ。おかしいだろう。お前の言っていることは全部、あの学者の妄想を前提にしたファンタジーなんだよ！　冷静になって考えろ！」

「絶対にサメだとは言っていないでしょう。それこそ変質者のたぐいかもしれませんし。もしも市民が被害に遭って、大会前に四人も消えていたことが公になったらどうするんですか！　市の責任問題になりますよ！」

「もしものために、大会に費やした税金を無駄に出来るか！」

「あなたは市民の命をなんだと思ってるんだ！」

「だったらなぜ体を張ってでも止めない？　そうしないってことは、お前も心の中じゃ何もいないと思ってるんだよ！　他人をあてにするな！」

矢代は奥歯を噛みしめる。図星だった。

信じきれないから、決断出来ないから、自分はいつまでもぐずぐず大会の準備を続けているのだ。

まだ何か言おうとした牛尾は、首を振ってセーブした。なんだかんだ勤続三十五年の経験豊富な管理職だ。逃げ道を失うほど追いつめるのは良くないと分かっているのだろう。

「言いたいことを言って気が済んだだろ？　俺は戻るから後の仕事を頼むぞ」

俯いたまま頷く。

背中を向けた彼に、矢代は訊いた。

「……メイケン製薬のことはどうするんですか？」

ポケットに手を突っ込み、彼はふんと鼻を鳴らす。

「あそこまでコケにされて黙ってられるか。県や環境省と協議して絶対になんらかの責任を取らせてやる」

強い者に服従するだけのイエスマンかと思ったら、意外と気骨はあるようだった。少しだけ救われた気がして、矢代は微笑する。

牛尾の背を見送っていると、ポケットからスマホを取り出し話し始めた。しばらくそのまま歩いていたが、急に立ち止まると驚愕の表情で振り返り、矢代を見た。電話を切り、早足でこちらへ戻ってくる。

ただならぬことが起こったのは明白だった。

いつもと同じ仏頂面のため、良いニュースなのか悪いニュースなのか量りかねていると、矢代の肩にぽんと手を置き、彼は告げた。

「これで本当に、サメ騒動は終了だ」

「え……？」

「関の行方が分かった。今朝、北海道で警察に保護されて、夜には帰宅するそうだ」

鈍器で頭を殴られたような衝撃――。

目の前が真っ暗になった。


外来生物発見の報せを受けた地元の新聞やテレビ局が取材に訪れ、矢代は彼らの対応にも追われることとなり、最終チェックを済ませ湖を出る頃には、二十時をまわっていた。

疲れが体を鉛のように重くしていたが、暗くなった山道を下り、矢代は不二宮市の中心部にある関のマンションへ向かった。

真新しく洒落たエントランスでオートロックを開けてもらおうとチャイムに指をかけたとき、ガラスの自動扉の向こうにあるエレベーターが開いて関が現れた。

　矢代は呆然としてその姿を眺める。

　無精髭を生やし少し痩せたような気はするものの、Tシャツとハーフパンツ姿で立っているのは、いなくなった日とほとんど変わらない彼だった。

　こちらに気づいた関は、目を大きく見開いたのち、その場で深々と頭を下げた。

　夜といえども外は蒸し暑かった。虫の音が寂しく響いている。

　マンションの隣にある公園へ移動し外灯の下のベンチへ腰掛けると、言葉少なな関に痺れを切らし、矢代は口火を切った。

「どうして北海道にいたんだよ。慶子さんや、さくらちゃんがどれだけ心配したと思ってるんだ。俺だって……」

　俯いていた顔をゆっくりと上げ、関はこちらを見た。いつもの武骨な彼らしくなく、目にはうっすら涙が浮かんでいる。

「慶子から聞いた。矢代には本当に支えてもらったって。ありがとう」

　大きく溜め息をつくと、彼は俯き両手で顔を覆う。

「おい……関……？」

「いなくなった日に、お前と庁舎で話しただろ？　そのとき、上の階から見ていた女性のことを覚えてるか？」

なぜいきなりそんなことをと思いながら、矢代は記憶の糸を手繰り寄せる。もうずいぶん前のことのように思えるが、確かにそんな人がいた気がした。こちらの視線に気づいて逃げるように去っていった女性。あの時は特に気に留めなかったが――。

下を向いたまま、彼は肩を震わせた。

「……彼女とも関係を持ってたんだ。あの日お前と別れた後、いつも彼女と隠れて会ってた来常湖に呼び出されて、妊娠したと告げられた。乗り込んでいた彼女の車でそのまま向こうの実家へ連れて行かれそうになって、パニックを起こし途中で停めてもらって路上から逃げたんだ」

これ以上ないほど目を見開いて、矢代は関を見る。

頭を抱え、髪をぐしゃぐしゃとかき回しながら、彼は洟をすすった。

「慶子と別れて自分と結婚しないと上司に全部話すと言われて、そうなったら終わりだと思って……」

告白が信じられず、呆然と足元の地面を見る。理解出来なかった。あんなに幸せな家庭を持っているのになぜ――。

「このこと、慶子さんには……？」

「全部白状した。今は話したくないから、しばらく別の場所で寝起きして欲しいと言われて、出て来たところだったんだ。矢代、俺は……」

すがりつく視線を振り払うように、矢代は立ち上がる。

「悪いが俺も、今はお前とどう接していいのか分からない」

項垂(うなだ)れた彼に、畳み掛けた。

「率直に言って信じられなくなった。どうして、さくらちゃんまで裏切ったんだ」

関はゆっくりこちらを見上げた。これまで矢代が見たことのない卑しい目だった。

「お前だって、いつか分かるよ。これから何十年分のことがすべて決められてしまって、何かに逃げたくなるときがあるって……」

そこにいるのが自分の親友だった男ではない気がして、薄気味悪かった。

無言のまま、矢代はその場をあとにした。

嫌な日だとは思っていたが、最後に超弩級の後味が悪い結末が待っていた。

「――ふざけんな！　さんざん人を心配させて、迷惑かけて」

車で帰路を辿りながら、矢代は怒りにまかせてハンドルを叩いた。どれだけ解消しようと思っても、あとからあとから激情が沸き上がってくる。

手もとが狂い、クラクションが鳴ってしまった。対向車のない寂しい林道だったことに感謝しつつ、落ち着くため道路脇へ車を寄せて停める。

「無事でよかったはずなのに……」

呟いたのち、疲労と混乱がピークに達してハンドルに突っ伏した。そのまま寝てしまいそうだったので、ギアをパーキングに入れエンジンを止める。

慶子とさくらのことを思い、胸が痛んだ。一番信じていた相手の裏切り。それを知らされるぐらいなら、行方不明のままの方が幸せだったのではないかとすら思える。

猛烈な眠気に襲われる矢代の脳裏に、今日一日のことがよみがえった。

浮島で見つかった血痕、警察によって捕獲された巨大な怪魚――。

「……サメなんて、やっぱりいないのか？」

矢代がサメの存在を疑っていたのは、関やカップルが消えたからだった。しかし、関は思いもよらない理由により、自らの意思で失踪していただけだった。こうなった以上、カップルや鴨居だってそうでないとは言い切れない。

渋川も気の毒だった。サメが餌に食い付かないのは当然で、彼女の調査は無駄だったのだ。全て。

「サメなんていない……」

意識が遠のくのを感じながら口にする。

それが結論のはずなのに、まだもやもやしたものが蟠(わだかま)っていた。

眠りに落ちる寸前、瞼の裏を流線形の大きな魚の影が横切っていった。


寝息を立てて矢代が肩を上下させている横の助手席では、スマホが細かく震えていた。

着信しており、発信者名は渋川まりと表示されている。

電話は何度もかかってきたが、矢代が気づくことはなかった。

＊

夜の湖は、足元から虫の声が響くだけで、ひっそりとしていた。

普段ならば、キャンプ場に宿泊する親子連れや若者たちで賑やかだが、トライアスロン大会の準備でキャンプサイトが閉鎖されているため、今日は人っ子一人いない。

堰堤の背後に立てられた外灯の明かりに照らされながら、男は餌の団子を丸め、ヘラブナ釣りで使用する二つの針へとつけた。

まだ初心者の域を出ないが、そこそこ手順には慣れてきた。夜釣りは初めてだが、スナックで出会った同好の士が、昼よりも夜の方が食いつきがいいと教えてくれたし、きっと今夜はよい釣果が得られるだろう。

遠くで水音が聞こえた気がした。しわくちゃにした紙のように皺が寄った目で、男はきょろきょろ周囲を見回す。

この来常湖では夜釣りは禁止されている。前にも管理人と釣り場のマナーのことでやりあったし、見つかって出入り禁止になることは避けたかった。そのため、いつもは堂々と駐輪場へ停める自転車も森の中へ隠して来たし、何かあったらすぐに逃げられるよう、釣り台などは持って来ず、装備も最低限にしてきた。

そんなリスクを負ってもよいと思えるほど、ヘラブナ釣りには魅力がある。どんな条件でどう釣るか。魚と人間との緻密な頭脳戦だ。あたって釣れれば、何ものにも代え難い快感に酔うことができる。

子どもはとうに巣立っているし、連れ添った妻が死んで数年になる。最初は近所の知り合いに嫌々連れて来られたのだが、恐ろしいほどはまってしまい、今では四六時中ヘラブナ釣りのことを考えていた。

竿を上げて餌から静かに水へ入れると、目盛りがついた長い浮きが立ち、ゆっくりと沈み始める――。

先端まで下がったそのとき、竿越しに食いついた動きを感じ、一気に持ち上げた。

……が、手応えはなかった。

「惜しい」

呟いて針を引き寄せると、餌をつけ直してもう一度同じ場所へ下ろしていく。

再び水音がした気がして、男は手を止め西の方角へ目をやった。先ほどと同様何もない。おそらく魚が水面に落ちた虫でも食べたのだろう。

呼吸を整え、再び餌を浅いタナへ下ろしていく――。

ぐん、と竿から妙な感覚が伝わり、水面に寝ていた浮きが、一メートルほど左へ引っ張られた。

「なんだ……？」

ピタリと浮きは止まる。ヘラブナ釣りでは有り得ない動き。

一体どうしたことかと思っていると、今度は右へ三メートルほど引っ張られた。訳が分からないながらも、持って行かれないよう両手で竿を掴む。

根がかりなどではなかった。何かが水の中から糸を動かしている。

第三波はすぐに来た。正面から強く糸を引いてくる。水面は外灯の明かりを照り返すだけで、水の中はまったく見えない。

湖と陸で、緊迫した綱引きをする格好となった。当然の帰結というべきか、強度の限界を超え、勢いをつけて糸が千切れる。

反動で男は斜面に尻餅をついた。すぐにバランスを取り体を支えねばならなかったが、八十も近い体では無理だった。堰堤を滑り落ち、水の中へ転落してしまう。

「わっぷ、わっ」

落ちた場所は思いのほか深く、コンクリートの護岸を足先が掠めるだけだった。藻が生えていてつるつると滑る。一緒に転がり落ちた竿が沈みそうだったので、慌てて手を伸ばし摑んだ。

背後で大きな水音がして、男は浮かびながら振り返る。

夜の暗い湖と、それをぽつんぽつんと取り囲む外灯。何者かが少し前までそこにいたことを示す水面の波紋――。

心細さと恐怖で体が強張る。だが、すぐに気を取り直した。この来常湖はただの貯水池だ。危険な生き物などいるわけがないのだから。

堰堤を登るのは諦め、上陸しやすい場所を目指して、竿をつかんだまま男は泳ぎ出す。

足首に鋭い痛みが走ったのはそのときだった。目を見開くと同時に、一気に水中へ引き込まれる。訳が分からずもがくが、圧倒的な力の前では無意味だった。息をすることも許されないまま、ぐんぐんと深い底へと引っ張られる。

水中は暗く、自分の口から出て行く気泡の軌跡だけが見えた。ダイバーにでも脅かされたのかと思ったが、確実に違う。エンジン音もしないし、この速さは人間ではない。

肺の空気はもうほとんど残っていなかった。掴まれた足首は万力（まんりき）でがっちりと挟まれているようで、もはや感覚がない。死を覚悟して、男は喘いだ。

最後に、自分をこんな目に遭わせているものの正体を知りたかった。

少しだけ速度が落ちたところで、最後の力を振り絞り足の方を見る――。

あるのは闇だけだった。水面の方はかろうじて薄明るいが、今いる深場には光が届かず何も見ることはできない。

体が自由になったかと思うと、両太腿の付け根に焼けつくような痛みが走った。

何が起こったのか分からない男は、バタ足で逃げようとして足がないことに気づく。今度は右肩を同じ痛みが襲った。さらに次は左腕。

何かが自分の手足をもいでいる……。

頭と胴体だけになった男は、さらに深い闇へゆっくりと沈んで行くことしかできなかった。

薄れゆく意識の中、男は自分の姿が何かに似ていると思った。

ニュースか何かの映像で見たサメだ。

フカヒレを取るために、背鰭や胸鰭、尾鰭を切断され、海へ捨てられるサメたち。

——彼らも自分と同じ絶望の中にいたのだろうか……。

そんなことを考えながら、男は絶命した。

1 day before

早朝の湖には、薄く朝靄がかかっていた。

太陽は富士山の足元にも到達しておらず、空はまだ薄青い。蟬も起きておらず、下草から虫の声だけが響いていた。

湖畔に立った渋川は、スマホに映し出された動画を見ていた。

今朝この地域で放送された、情報番組のワンコーナーだ。右上に「来常湖で巨大外来生物発見！」とテロップがかかっており、学生が撮ったという警察のアリゲーターガー捕獲映像が流れている。周囲に集まるギャラリーの中には、矢代の姿も映っていた。

この場にいられなかったことが、今更ながら悔やまれた。昨日が調査の最終期限だったため、カメラと仕掛けを回収し、北西の森の中で映像を確認して戻ったところ、すべてが終了していたのだ。

警官たちがタモや網を使って四苦八苦する様子をじっと眺める。ウェットスーツを着ている者もいるということは、彼らが潜水してもオオメジロザメは襲ってこなかったということだ。

「……」

足の力が抜け、朝露に濡れる芝生へぺたんと座り込む。

こんな気持ちになるのは久しぶりだった。母が死んだときと、ウィルと連絡が取れなくなったとき。

幸いにも、これまでの自分は研究テーマや指導者に恵まれ、それなりの成果を挙げることができていた。だからこそ部外者にも拘わらず、今のポストに採用されたのだと思っている。さらに、海洋国である日本は海の温暖化に対して大きな関心を払っているため、現在は研究費の心配がない環境で仕事をすることができている。学者として、ある程度自分の力に自信があったのだ。

それが今、音を立てて崩れようとしている。

ここまで来ると、エンゾやシンシアが正しかったことを認めざるを得なかった。

ウィルの言葉だけを頼りに、サメがいることを前提としてこの湖で調査をしてきたが、数日かけてもサメがいるという証拠を一つも挙げることはできなかった。これ以上何をしても無駄なことは理解している。今思えば、一回だけ中央のブイにつけた餌が無くなっていたのは、このアリゲーターガーのしわざだったのかもしれない。

泣きたい気持ちで、穏やかな水面を見た。

メールで、ウィルは「サメがいる」と断言した。堤が言っていたように、彼は生粋の研究者で不確かなことを言う人間ではない。半信半疑の状態なら最初からそう話す筈だ。

しかし結果として、サメはいなかった。何らかの理由で死んでしまった可能性もあるが、それなら数日経てば腐敗で死体が浮上し発見されるはずだ。

これらを総合して導き出された答えは、ウィルが間違っていたということだった。

もしも今、シンシアと話したら、彼女は「マリ、それよ、ようやく真実に気づいたのね」と顔を輝かせるだろう。患者を社会的に正しい現実に引き戻すのが彼女の仕事だから。

だが、彼女は今ここにいない。

……だから、彼女が言う真実を力ずくでねじ曲げ続けることにした。

もう一度、彼が寄越したメールを見て立ち上がる。

「――誰が何と言おうと私はウィルを信じる」

けれど、今の渋川にできることはもうなかった。

矢代は今朝から湖上でのブイの設置や救助訓練をすると言っていたので、早々にここを立ち退かねばならない。サメがいるなら競技を行なうのは危険だが、訴えたところで誰も信じる者はいないだろう。

富士山の背後から後光のように射し始めた朝日が、水面をささやかに輝かせていた。

未練を断ち切り、渋川は北側の駐車場へ向けて歩き始めた。

来常湖を出た渋川は、行く場所もないため仕方なく不二宮市の市街地へ出た。チェーンのコーヒー店へ入ると、心ここにあらずで適当に朝食を注文する。よく見なかったため、トーストにバターと小倉あんをつけるという珍妙なものが出て来たが、食べてみればそう悪くなかった。

食事をしていても、やはり気持ちは落ち着かなかった。こまめにスマホを取り出し、着信を確認する。昨日から何度も矢代に連絡しているが、まったく返信はなかった。大会の責任者だし、準備で忙しく手が離せないのかもしれない。

「?」

ホームから画面をスライドした渋川は手を止める。普段アメリカの友人とやりとりをしているメッセージアプリに、妙にたくさんの通話着信が入っていた。確認すると、深夜から今日の早朝に履歴が集中している。発信元は知らないＩＤの人物。矢代とはアプリを使用したやりとりはしていないので、彼ではない。メッセージも残されていないから、セールスか何かかもしれない。

スマホをしまい、リュックサックからノートパソコンを取り出す。貼り付いていた何かが床へ落下したため拾った。昨日萩尾がペーパーナプキンに書いてくれた、アルカロイドの構造式だった。虫瘤の外皮から抽出されたという、妙に長いもの。

いろいろな角度からじっと眺めてみる。化学の基礎教育を受けているとはいえ、やはり専門外だ。何にどう作用する物質か、さっぱり分からない。

「未知の物質か……」

どうせ今はすることがない。萩尾や堤が全容を解明したときのために、理解を深めておこうと思った。ノートパソコンを開き、この分野の書籍を検索する。良さそうなものをその場で購入し、ダウンロードして読み始めた。

時折コーヒーをおかわりし、没頭して読みふける。

太陽がだんだんに高度を上げ、店員がロールブラインドを下ろしに来たりした。

引っかかる記述を見つけたのは、三時間もした頃だった。ペプチドホルモンという項目が出て来た。たしか、萩尾はこの物質と構成が似てると言っていた。

興味を惹かれて読み進めた渋川は、動きを止めて画面を食い入るように見つめる。

「成長ホルモン……」

ペプチドホルモンはアミノ酸を組み合わせて作られるものだが、その中に成長ホルモンが含まれる、と書かれていた。

特異的な受容体（レセプター）を持つ細胞に、よく似た構造を持つ物質が受容され生体反応を引き起こす現象は頻繁に見られるし、それを利用して花粉症や頭痛の薬が作られていることは周知の事実だ。

もしも、虫瘤から見つかった未知のアルカロイドが、成長ホルモンとして働くとしたら――。

頭の中に散らばっていた要素が、集まって形をなして行く。一つの結論を導き出した渋川は、呆然と目を見開いた。

落ち着くためコーヒーカップを取ろうとした指が震える。

「駿河湾の板鰓類の巨大化……」

大淵と、堤。まったく関係ないと思っていた二組の研究者のテーマが、自然という大きなキャンバスの中で、ダイナミックに交錯しようとしていた。

ペプチドホルモンと言っても多岐に亘るし、こんな仮説を立てるのは性急過ぎると分かっていても、脳が勝手に論を展開させていく。

ノートとペンを取り出し、図を描いた。

来常湖の大まかな形と、その際に生えるタブノキ。

タブノキは常緑樹だが、古くなった光合成効率の悪い葉は順次落葉させている。その中に虫瘤がついた葉が含まれていても、何らおかしくはない。

赤い虫瘤ごと葉が湖に落ちる絵を描き込む。さらに、それが川を経て駿河湾へと到達するところも描き足した。

虫瘤のアルカロイドが駿河湾に流れ着き、板鰓類の血液内に入って成長ホルモンとして作用したら、仮説は完成する。

「しかし、どうやって血中に入る？」

タンパク質である成長ホルモンは、経口投与しても胃液で消化されてしまい効果は現れない。虫瘤の外側の細胞が壊れた状態で、どうしたら中のアルカロイドがサメやエイの血中へ到達するのか……。

様々な案を出してみたが、虫瘤と板鰓類の血液を結ぶミッシングリンクを探し出すことはできなかった。どう考えても、これは渋川一人の手に余る。

「大淵教授に相談するか……。あとは萩尾さんにも」

まずは、もらった名刺に書かれた番号を見て、萩尾に電話する。研究室に繋がり、すぐに取り次いでもらえた。この間のアルカロイドが、板鰓類の成長ホルモンと同じ働きをする可能性はないか確認してくれるよう頼むと、驚いていたものの、彼女は快く引き受けてくれた。

電話を切ると、一分もかからずリュックサックへ荷物を詰め込み、大淵教授が勤める興海大学へ向かうため店を出た。

「——虫瘤の中の未知のアルカロイド？　それは大胆な仮説だ」

興海大学は、昨日訪れた静山大学から、直線距離で一〇キロも離れていない場所にあった。名勝、三保松原（みほのまつばら）から近く、キャンパス内からも遠くに美しい富士山が望める。アポも取らず午後二時にいきなり訪問したにも拘わらず、大淵教授は自身の研究室で快く迎えてくれた。

静山大学と同様、ここも夏休みのためか人の姿はまばらだった。天井が高く開放的な室内。入口に近い実験台の椅子へ渋川を座らせると、大淵は隣へ腰掛けた。渋川が先ほどノートへ描いた図を眺め、顎をさする。

「虫瘤が水に落ちたとして、その成分がどうやって板鰓類の血液へ混入するかということだね……」

「アルカロイドは、細胞が破壊されないと流れ出さないそうだから、それも考慮しなくちやならない。成長ホルモンは胃液で消化されてしまうし」

かなり難しい話になると思ったが、大淵教授はあっさりと言った。

「成長ホルモンか……。たしか魚は経口投与で吸収されるという論文を読んだことがあった気がする」

「そうなのか？」

「ちょっと待ってくれるかな？」

席を立つと、彼は奥からせわしなくノートパソコンを持ってきて、何事かを検索する。

「あった、これだ。養殖魚に関する論文で、経口投与した成長ホルモンを結腸から吸収したとある。魚類全般に適用していいかどうかは不明だが、これで第一段階はクリアになるんじゃないかい？　あとは、虫瘤がどう海へ運ばれ、サメやエイの口に入ったかだ。純粋に湖から海へ流れてというのは難しいね。海へ到達するまでに川岸やらいろいろな場所で引っかかるし、長く水に浸かっていれば腐って沈殿する」

「サメやエイが、そんなものを好んで食べる筈もないしな」

窓が閉まりエアコンが利いているが、外からは小さく蟬の声が浸透していた。

二人とも腕を組んで考え込む。

しばらくして、大淵教授は渋川のノートを見ながら訊ねた。

「私はまだその虫瘤の実物を見たことがないんだが、この絵にあるように赤くて小さな手のようなものがついているということでいいのかな?」

「ああ、すまない」

スマホを取り出し、渋川は堤へサンプルを送る前に撮影した写真を見せる。

大淵は盛大に顔を顰めた。

「うわあ、本当だ。魚の鰓や寄生虫も大概だが、密集して葉っぱに貼り付いているのは、また別の気持ち悪さがあるなあ」

寒気がすると言いながらも、彼はためつすがめつする。

「この指みたいになってるところがイトミミズに見えなくもないね。これが水面に浮かんでいたら魚が間違えて食べるかもしれない」

机に肘をつき渋川は考える。ここ数日、浅瀬の淵に仕掛けた水中カメラにはたくさんの魚たちが映っていた。彼らが食べれば、その体内に虫瘤が入る。だが、それがどう駿河湾の板鰓類に繋がっていくのか……。

記憶を呼び覚まし、どんな魚がいたのかを思い出す。湖と海を結ぶもの。そんなものがいるとすれば——。

閃(ひらめ)いた渋川は顔を上げる。大淵があっと言ったのも同時だった。

「――サツキマス！」

サツキマスはサケ科の魚で、サケと同じように川を下って海で栄養を蓄えたのち、遡上して産卵するという生活サイクルを持っている。秋頃上流で産卵し、生まれた雌は約一年を過ごしたあと、体色が銀白に変化（スモルト化）して海へと降下する。雄や、体色が変化せず河川に残ったものはアマゴと呼ばれる。

映像には、いつも彼らの姿が映っていた。虫瘤をつくる虫がいつやって来たのかは不明だが、毎秋この湖から降海した集団が駿河湾へ出ていたとしたら、河口近くの沿岸で待ち構えているドチザメなどの板鰓類の餌になってもおかしくないし、サツキマスを食べない小型のサメや深海のサメが巨大化していないことの説明もつく。

「最初は仮説だと思って話してたけど、真実味を帯びて来たな……。サツキマスは、サケやサクラマスなんかと違って、海に行っても大きく回遊せず、沿岸に留まるし」

大淵が興奮気味に呟いたとき、渋川のスマホが鳴った。

萩尾だった。

『あ、渋川さん。先ほどの件のことで……。ちょっと時間がかかりそうなんですけどいいですか？　板鰓類の成長ホルモンの資料も取り寄せないといけなくて。あと、思ったんですけど、解析を待つ間に対象のサメにアルカロイドを直接投与して、ＩＧＦ‐１が増加するかどうか観察してみたらどうでしょう？』

額を押さえる。

「そのアプローチを完全に失念していた。そうだな。並行してそれもすべきだ。時間が要る件については気にしないでほしい。費用も全部こっちへ請求してくれ」

『あと、私ちょっと不安だったので、教授に虫瘤から取り出したあのアルカロイドの構造式を見せて、意見を聞いてみたんです。板鰓類の成長ホルモン受容体のリガンドと共通する構造式が含まれていれば、結合して対象となる組織で機能を実行させられる可能性はあると言っていました。あくまでも本当に一致した場合ですけれど』

「やはりそうか……。ありがとう。――引き続きよろしく頼む」

切断ボタンをタップすると、今まで横にいた大淵の姿がなくなっていた。どこへ消えたのかと見回していると、五分ほどして廊下から金属製のトレーにサツキマスを載せ戻って来た。傍にあった黒い天板の実験台の上へ置くと、彼は壁際の棚にある箱からニトリル手袋を一対取り出してはめる。

「こんなこともあろうかと、前にたくさん獲って冷凍しておいてよかったよ。これは来常湖のサツキマスだ。この胃の中に虫瘤があれば今の説を補強できる。急いでたからレンジで解凍してきた」

萩尾の提案について話すと、彼は快く手伝いを請け負ってくれた。

「なるほど、論より証拠で先に実験する訳か。ただ、すぐには無理だな。対照実験で使う同条件の生体のサメを用意しないといけないし、来常湖で虫瘤も採取してこないと」

渋川は頷く。大会前に全てを証明するのは不可能だ。とりあえず、今できることだけでもするしかない。

トレーには、大きさの違う五匹のサツキマスが同じ方向に並んでいた。急解凍された割には良い状態でつやつやしている。引き出しから解剖セットを取り出すと、大淵は胸鰭の下からメスを入れ内臓をすべて取り出した。そこから胃を取り分け、さらに切り開く。

残念そうに彼は首を振る。渋川も中を覗き込むが、小さな淡水エビや溶けかけた小魚しかいなかった。

大淵は手際よく他のものも捌いて行く。二匹目、三匹目も同様で虫瘤はなかった。昂(たかぶ)っていた気持ちが少しずつ冷めていく。仮説が誤っているのはよくあることだし、何十回、何百回のトライアンドエラーを繰り返すのも珍しいことではない。だめならまた他の可能性をあたるしかない。

それでも祈るような気持ちで四匹目の解剖を見ていると、大淵の肩がぴくりと動いた。

「……あった。これだ……」

メスの先には、胃の内容物から選り分けられた虫瘤があった。割れてはいるが、形は完璧を保っている。

「まったく溶けてもいない。植物細胞だし消化しにくいんだろうな」

グロテスクな虫瘤は、艶やかな赤色も保っていた。渋川は呟く。

「魚が嚙むか、自然に割れるかしてアルカロイドが破損した細胞の液胞から流出し、サツキマスの体内に吸収され、それから海へ降りてサメに食われる。そしてサメの結腸から吸収されて血中を流れ成長ホルモン受容体と結びつき、巨大化する……」

「今のところそういうことになるね。まだ仮説だし、対照実験も行なって証明しないといけないが」

手袋を外してフラップ式のゴミ箱へ捨てると、大淵は満面の笑みを浮かべ握手を求めて来た。

「完全に行き詰まっていたから、虫瘤のことを教えてもらってよかったよ。ありがとう。仮説が正解だったらすごい発見だ。可児君が大井川沖で見たマンタといい、板鰓類をここまで巨大化させる物質に世界中が注目するはずだ」

高揚気味に話す教授と握手を交わす。

同時に何か大事なことを忘れている気がして、渋川は脳をフル回転させた。とても大事なことなのに、掬おうとすると逃げてしまう小魚のように、どうしても思い出せない。

闇雲にかき回した、手がふいにその尾を捕らえ、頭上から雷が直撃した。

来常湖のサツキマスから見つかった虫瘤。それを食べて不二川河口域のサメやエイが巨大化したなら、来常湖にいるオオメジロザメもそうなっていない筈はないではないか。仮に成体だったら、全長一〇メートル前後になる……。

同時に気づいた大淵教授が、驚愕の表情を浮かべた。

「そうか、なんてことだ。この仮説が合っていて、トライアスロン大会が行なわれたら大変なことになる」

スマホを取り出すと、渋川は矢代へ発信した。

しかし、昨日と同じく彼が出ることはなかった。苛立って口にする。

「何をやってるんだ。早く出てくれ」

＊

「えー、以上が大会の概要です。それでは次にコースの説明に移りたいと思います。資料をめくって、こちらの図をご覧下さい」

古い体育館の舞台上には、天井からスクリーンが垂れ下がり、プロジェクターで巨大なコース図が映し出されている。

その横の壇上に立つ進藤は、日本語で話したのち、同じ内容を流暢な英語に訳した。

舞台の下にはパイプ椅子が約三百五十席並べられており、腰掛けた年齢も国籍もばらばらな参加者たちは、一斉に紙をめくる音を立てた。

トライアスロン大会では、前日に事前説明会が行なわれるのが通例で、選手はこれに出席することが義務づけられている。来常湖トライアスロン大会も例に漏れず、市庁舎の傍にある市立中学の体育館を借りて説明会を行なっていた。

幅広い年齢層の選手に向け簡潔に分かりやすく説明していく進藤の様子を、矢代は体育館の脇にあるスタッフ席からぼんやりと見守る。手許には、参加者に配られたのと同じ資料の束とスマホがあった。サイレントモードにしてあるスマホは着信しており、渋川まりという名前が表示されていた。

何度も連絡があったことは知っているが、未だ折り返すことはできていない。大会を翌日に控え目が回るほど忙しいせいもあるが、それだけではなかった。

今朝、登庁前に慶子から電話があり、彼女は泣きながら、これからどうしたら良いか分からないと訴えた。矢代自身も混乱していたため、どう答えていいのか分からなかったが、とにかく話を聞いて落ち着かせ、早まった決断をしないよう諭して電話を切った。

さらに警察からも連絡が入った。浮島にあった血痕は人間のものだったが、鴨居とはDNAが一致しなかったので、この件に関しては特に捜査しないとのことだった。念のため、同じくこの湖で行方不明になったカップルの血痕ではないか確認して欲しいと頼んだが、けんもほろろに断られた。湖周辺の捜索を諦めた警察は、今後は防犯カメラや不審車両の出入りなど、別の角度から鴨居の失踪を捜査していくという。

昨日から世界がひっくり返ったようにすべてが混沌として、気が変になりそうだった。矢代は寝不足でぼさぼさの頭をかき回す。

渋川は諦めたのか、スマホの着信画面が消える。

ホッと一息つく暇もなく、今度はショートメッセージの通知が飛び込んできた。差出人はやはり渋川で、文面にはこうあった。

〈駿河湾の板鰓類と同様に、湖のサメは巨大化している可能性がある。成体ならば一〇メートルを超える〉

思わず声が出そうになるのを抑え、慌ててスマホのロックを解除する。

にわかには信じられない話だったが、以前大淵教授と会って話を聞いていたし、電話に出ないからといって、渋川が下手な冗談を送ってくるとも思えなかった。

メッセージをもう一度読み返し、気持ちが焦れる。

もしも本当にそんなものがいるとしたら、是が非でも大会の開催を止めなくてはならない。しかし、彼女はいつも結論を言うばかりで、何一つ証拠を示せないではないか――。

マイクのハウリングの音が響き、矢代は我に返った。

コースの説明が終了したようで、一旦脇へ下がった進藤がペットボトルの水を口に含んでいた。すぐさま元の位置へ戻ると、彼は再び日本語と英語で話し出す。

「それでは、これから質疑応答の時間を取ります。何か質問のある方はいますか？」

数名が手を挙げた。こういったレースでは、疑問を持ったまま出場することは命取りになりかねないため質問する選手は多い。たくさんの選手が挙手し、日本人と外国人、それぞれから出されたさまざまな質問に、進藤はひとつひとつ丁寧に回答していった。

質疑の時間は長引き、予定時間の三十分を二十分ほどオーバーした。質問が途切れ、さすがに疲れが顔に浮かんで来た進藤が締めようとしたときだった。

最後の人物がすっと手を挙げる。質問者へ目をやった人々がざわついた。

一番後ろの席で、天井へまっすぐに腕を伸ばしているのは、ジャック・ベイリーだった。

ピンと背筋を伸ばして座る彼は、他の人と並んでいてもやはり際立って見える。

彼のファンである進藤は、あからさまに頬を弛ませながら、そちらの方どうぞと声を掛けた。

サポート役の職員からマイクを渡され立ち上がったジャックは、いつもと同じ険しい表情で口を開く。

会場が先ほどよりも大きくざわついたのち、外国人の選手たちが笑い出した。おぼろげに意味を理解した日本選手らからも、くすくすと笑いが起こった。

困惑顔の進藤が日本語へ訳し、矢代は凍り付く。

「来常湖にはオオメジロザメがいると聞いたが、対策は万全か？」

頭の回転が速い進藤は、一瞬恨めしそうに矢代を見たのち、ジャックへ面白いジョークだと切り返した。会場内はドッと盛り上がる。

ジャックは表情一つ変えなかった。喧噪をものともせず、もう一度何かを口にする。進藤ではなく、スタッフ席にいる矢代を直視しながら。

戸惑いながら進藤は訳す。

「責任者であるミスター・ヤシロの口から聞きたい。あの女性学者の言うことは本当なのか？」

ジャックが本気で質問していることに気づいた会場は、水を打ったように静まり返った。

広い体育館にいる三百人の視線がこちらへ集中する。矢代の後ろに座っていた牛尾が、ポロシャツの襟を引っ張った。

「何をボーッとしてるんだ。さっさと質問に答えろ！　余計なことを言うんじゃないぞ」

鉛のように重い体で、矢代は立ち上がる。マイクを渡され、鷹のような鋭いまなざしを向け続けるジャックの方を見た。

「――――」

答えようとして、言葉が出て来ないことに困惑する。頭が上手く働かなかった。一〇メートルのサメはいるのか、他の失踪者はどこにいるのか……すべてが深い霧の中で、自分は何一つ真実を知らないのだ。関が生きていたこと以外は。

「矢代！　何してるんだ、おい！」

背後から牛尾が囁く。ハッとして、矢代は口を動かした。自分の意思ではなく操り人形になったようだった。

「……何も問題ありません。湖は安全ですし、サメはいません……」

語尾は小さくなり、自分でも目が泳ぐのが分かった。

進藤が英訳する。

ジャックはあからさまに失望の表情を浮かべた。彼はまだ何か言いたげだったが、それを以て事前説明会は終了した。

＊

「──ああもう、本当に何をしてるんだ！」

渋川はスマホの発信を中止し、実験台へ置いた。矢代が応答しないことに苛立ち、足踏みする。対策を練って大会を中止させなくてはならないのに……。

「とりあえず落ち着こう。君の目的は迷い込んだサメを保護することなんだろう？　大勢の人間と不幸な邂逅をすれば、殺処分の対象になる。調査のため大会を中止することができないか、私から教育委員会や市に影響力を持つ知人らに働きかけてみよう」

サツキマスの胃から取り出した虫瘤をデジカメに収めながら言う大淵に、渋川は目を丸くする。

「大会のことも手伝ってくれるのか？　サメの存在は確定していないのに」

彼はこちらを見て苦笑した。

「可児君の一〇メートル以上あるマンタの話も君の話も、普通だったら門前払いされるだろうな。……でも、私は可児君を信じたし、君の話も信じる。二人とも常に自然という大いなるものと対峙していて、嘘などついても意味のないことを知っていると思うからだ。

……手前味噌だが、人を見る目だけは確かなんだ」

茶目っ気たっぷりに、彼は自身の目を指差す。

胸が詰まり渋川は黙った。世の中にはいろいろな人間がいる。自分がウィルを信じているように、自分のことを信じてくれる人もいるのだ。そのことが今は純粋にありがたかった。

瞳が潤んでいることに気づかれたくなくて、つい天の邪鬼なことを言ってしまう。

「そんな風じゃ、いつか詐欺師に騙されるぞ」

「もうだいぶ近所の骨董屋にやられてるよ」

大笑して彼は頭を掻いた。

再びスツールに腰掛けると、大会が中止できなかったときの対応を話し合った。

「困るのは、サメの姿を確認するまで信じてもらえないことだね。会場で騒いだとしてもつまみ出されて終わりだ。皮肉なことにサメが出てくるまで待たなくてはならない。選手らに危険を知らせるのは運営がやるとして、君は一〇メートル以上あるかもしれないサメをどう保護するつもりなんだい？」

リュックサックを開け、渋川は鍵のついたジュラルミンの小箱を取り出す。ナンバー錠を回して蓋を開き大淵に差し出した。中には二つの薬瓶が入っている。薬品名のラベルが貼られた方を見て、大淵が声を上げた。

「麻酔薬……。これを鉄につけた注射器か何かで投与するということか。しかし、オオメジロザメに麻酔なんて大丈夫なのかい？」

「浸透圧の変化に強いサメだから、他のサメよりは丈夫だと思うが……前例から量を推測して注入し、選手を避難させるしかない」

話しながらも、上手く行くとは到底思えなかった。通常のサイズならまだしも、巨大ザメだ。おいそれと近づけるかどうかも分からない。

「出たとこ勝負か。それ以外に方法はないしどうしようもないな。……で、こちらの瓶は？　ラベルがないが」

「……イモ貝の毒を抽出したものだ。研究の合間に私が作った」

もの言いたげな視線が向けられる。大淵は息を吐くと小箱の蓋を閉じ、ゆっくりとこちらへ押し戻した。

「……なるほど。その覚悟もできてるんだね。しかし、とんでもないものを持ち歩いているなあ。警察に見つかったら大変だ。許可は……もちろん取ってるわけないよな」

苦笑して肩を竦める。

「――それじゃあ、私と可児君は今夜こっそりトライアスロン会場に忍び込んで、西の森にエンジン付きのゴムボートを組み立てて隠しておくよ」

「ありがとう。私は九州から持参して来た槍と、潜水具一式を持って行く。これから市庁舎へ行って直談判してくるから、また進捗があったら連絡する」

立ち上がった渋川の目に、実験台の上に置かれたままになっているサツキマスのトレーが留った。

「巨大化したサメも冷凍保存してあるのか？　写真を撮って持って行けば、説得材料になると思うんだが」

「画像なら何枚でもあるが――一度見てもらった方がいいか」

大淵は、廊下の一番端にある実験準備室へ渋川を案内した。

業務用の巨大な冷凍庫の下扉を彼は開ける。中にはいくつもの標本が、ビニール袋に包まれ保存されていた。一番手前のU字磁石のように曲がった包みを引きずり出して開封すると、体をカーブさせた巨大なドチザメが出て来た。

「スペースの都合上こうするしかなくてね。体長四・五メートル。明らかに大きいだろう？」

頷くと渋川はリュックサックから出した巻き尺をサメの横に配置し、スマホで写真を撮る。体が曲がっていて分かりにくいので、比較対象も置いて撮影した。

尾から始め、胴体、頭部とパーツごとの写真も撮って行く。裏返してあることに気づき、顎をじっと凝視していると、背後に立った大淵が静かに訊ねた。

「……黙っていてすまない。やっぱりばれてしまったかい？」

渋川は苦笑いする。研究者も性善説だけではやっていけない。論文を発表するまで彼はすべての手の内を見せるつもりはなかったのだろう。仕方のないことだ。

「謝らなくていい。最初に話を聞いたときから、予想はしていた」

サメを包み直し元の冷凍庫へ戻すのを手伝うと、渋川は興海大学のキャンパスを出た。

夏休みで観光客が増えているのか、清水区沿岸部の交通量はやけに多かった。

軽い渋滞を起こしている道にいらいらしながら、渋川はカーナビを再設定する。東名高速道路で不二まで行き、そこから西不二道路で北上するのが早いかと思ったが、渋滞しているようなので、国道52号線を通るルートを選んだ。

そこへ出るまでに市街地を抜けなくてはならないのだが、なかなかたどり着けない。

「どうなってるんだ」

ハンドルを指でこつこつと叩く。時間が経つにつれ、先ほど大淵と話していたときの興奮が冷め、心が不安で曇っていくのを感じた。

「一〇メートルのサメが、あの湖に……」

呟いて自分の耳から聞くと、今更ながら荒唐無稽の極みだった。来常湖は周囲四キロメートルで深さは一五メートルほどあるが、そんなものがいるならば、既に見つかっていなくてはおかしい。それどころか、水中カメラにも映っていなかったのだ。さらに、湖に潜った警官も、そんなものを見なかったし襲われることもなかった。

シートに背を深く預け、購入したばかりのお茶のペットボトルを開ける。

またウィルのことを考えてしまい、胸が騒いだ。

彼を信じようと決めたし、信じているつもりだ。だが、姿を現さない以上どうしてもサメの存在を確信できない。自分を信じてくれた大淵や可児までをも巻き込んで、とんでもないことをしているのではないかと思えてくる。

お茶が気道に入り込んで咽せた。喉元が苦しく、Tシャツの襟首を引き伸ばす。

同時に後頭部がひやりとした。発作の兆候だ。咳をして喉を楽にしたのち、もう一度お茶を口に含んで心を落ち着かせる。

スマホが着信していることに気づいたのは、ペットボトルをドリンクホルダーへ戻したときだった。

前方に目を走らせ、車がまだ動きそうにないことを確認すると、手に取って画面を見る。

アプリの通話着信で、昨日から何度もかけてきている不明なＩＤだった。矢代ではないのかと落胆し放り投げようとするが、どうせ渋滞で動けないし、発作を紛らわすためにも出てみようと気が変わる。

応答ボタンをタップし、スマホを耳に当てた。

「――はい」

アプリでの会話のせいか、ノイズが入り音が悪かった。向こうが何か話しているのに聞こえない。英語のようだったので、こちらも英語で呼びかけた。

「誰だ？　私の知り合いか？　いたずらなら切るぞ」

数秒の砂嵐の音ののち、小さく返答があった。

『……マリ、本当にマリなのね？』

どくん、と鼓動が跳ね上がる。聞き覚えのある、ベルベットのような甘い声。

『……マリ……？　どうしたの？　返事をして』

言葉にならず、口だけがぱくぱくと動く。十秒ほどしてやっと声が出た。

「……リーザ？」

ウィルの妻、リーザだった。なぜ彼女が――。

ノイズのフィルターを通して、彼女は語りかける。

『よかった。一週間ぐらい前から連絡しようとしていたのに、あなたの電話番号が勝手に書き換えられていてできなかったの。多分ウィルがやったのね。私が機械に疎いことを知っていて……。本当に馬鹿にしてる。一昨日エンゾから家に電話があって、あなたの連絡先が分からないことを話して、やっと発信できたの』

この間のビデオ通話のあと、エンゾは渋川のことを話すため、ウィルに連絡したのだろう。リーザが話した内容は不可解だった。なぜウィルはそんなことをしたのか。彼女と自分を引き離すメリットなどないのに。

「リーザ……その……君は何か知ってるか？　この二年間、ウィルが私を避け続けていたことについて……」

遠ざかりかけていた発作の予兆が再び大きくなるのを感じながら、断腸の思いで声を振り絞る。

しばらくの沈黙ののち、彼女は冷ややかに吐きすてた。

『……馬鹿な男。本当にすべての関わりを絶っていたのね。私が言った通りに』

「なんだって？」

『彼があなたを避けていたのは、私が彼にそう命令したから。今の仕事を失ったり弟の将来を台無しにされたりしたくないなら、あなたとの付き合いは絶つようにって』

「どうしてそんなことを……」

呟きながら、いつかのパーティーを思い出していた。いつも態度がおかしかった彼女――。

『まだ知らんふりするの？　私だけを見て欲しかったからよ。いつでもどこでも、マリがどうした、マリがこうした、マリマリマリマリ……。彼の話はいつもあなたのことばかり。あとは私にはまったく面白くない虫の話。……もう限界！　だから選ばせたの。私と結婚していることで得られる自分や弟の未来を取るか、あなたを取るか』

正気を失った声音が、この内容が真実であることを物語っていた。リーザの祖父や父は実業家で学術界の権威だ。その気になれば、ウィルの職を解くことも、ネッドの奨学金を奪うことも容易い。だからウィルは屈せざるを得なかったのだろう。

怒りが沸き上がり、叫んだ。

「そんな風に夫を脅すなんて君は最低だ！　私たちはただの友人だし、卑怯な真似をされる覚えはない！」

『ただの友人じゃないじゃない！　ウィルにとっては私よりも大事な存在。分かってるんでしょ！』

堰を切ったように、彼女は溜まった不満をぶちまける。ものすごい剣幕で、口を挟むことができないほどだった。

彼女が疲れて途切れたところで、煮え繰り返るはらわたを抑えながら精一杯の皮肉を込めて訊いた。

「……それで、君は幸せになれたのか？　ウィルから友人を奪って」

これまでの勢いが嘘のように、リーザは沈黙した。憤怒に震える気配だけが伝わってくる。

長い時間を置いたのち、彼女は答えた。

『彼は出て行った。ネッドが大学を卒業したちょうどその日——十日ほど前に』

「出て行った……？」

十日ほど前と言えば、ちょうどウィルが来常湖へやって来た時期だ。

リーザというしがらみから解放され、真っ先に向かったのが渋川がいる日本だった……。

目頭が熱くなる。後ろからクラクションが鳴らされ、ハッと顔を上げた。

前の車がかなり先まで進み、スペースが空いてしまっていた。スピーカー通話にしてスマホを助手席に置くと、低速で車を進める。

「君は彼がここにいると思って私に連絡してきた訳か。残念だが私たちは再会すらしていない。メールは来たが用を頼まれただけだ」

『隠したって分かってるわ。そこにいるんでしょう？　彼を出して。彼は私と話す義務がある』

「だから、いないと言ってるだろう」

車間を詰めて停止し、諭すように言うが、彼女はまだ納得しなかった。

体中の血が引く感覚がしたかと思うと、今度は強烈な吐き気がこみ上げた。

先ほどよりも強烈な発作の兆候。

「なぜだ……？」

胃が苦しくＴシャツの胸元をつかむ。

不可解だった。ウィルに避けられるストレスが発作の原因のはずなのに。リーザの告白により彼が自分を嫌っている訳ではないと分かった今、どうして……。

ドリンクホルダーのお茶へ手を伸ばすが遅かった。急速に感覚がなくなり指先が震える。

「……だめだ……」

助手席のスマホを手に取ろうとするも、上手くいかず落下して座席の下に滑り込んでしまった。

『マリ？　どうしたのよ？　マリ！』

足元からリーザの声が響く。

――寝転んで血圧を安定させ、失神を止めないと……。

完全に正常な思考能力を失っていた。朦朧としながら、ギアをパーキングに入れサイドブレーキを引くと、車のドアを開けて外へ転がり出る。

渋滞をすり抜けようとした原付が、渋川を轢く直前で停止し、甲高いブレーキ音が響いた。

「馬鹿野郎！　何してんだ！」

ヘルメットを持ち上げ、中年男性が怒鳴りつける。

答えることができず、道路に倒れ込んだ渋川は、ただ青い空を見上げた。

背中が張り付いている地面は、鉄板のように熱かった。道路には排気ガスの臭いが充満していて胃の中のものを全部吐いてしまいそうだ。

「おい、あんた、どうし――」

原付を停めた男性が近づいてくる気配がしたが、意識は吸い込まれるように途絶えた。

＊

十九時になると、太陽は西側に連なる山の向こうに隠れ、すこしだけ暑さが和らいだ。

薄明るい空に夕方の薄い雲がたなびいている。

市庁舎近くの中学校の体育館の中では、説明会から二時間ほど置いて大会の前夜祭が行なわれていた。

前夜祭はほとんどの大会で行なわれ、選手同士の懇親や情報交換の場として活用されている。自治体主催のものでは、地域の特色をアピールするという目的もあった。

翌日のスタート時間が早朝のため、早く寝る選手に合わせて十八時から開始されており、堅苦しい挨拶などはすでに終わって、自由に飲食を楽しむ歓談の時間へ移っている。

壇上では地元の保存会による不二宮囃子(ばやし)が披露されていた。甲高い笛の音に合わせて、太鼓の音が軽やかに響く。不二宮大社の秋祭りで地域の山車(だし)ごとに演奏されるもので、市民には馴染みのものだ。毎年来てもらっているが、外国人選手には特に好評で、入れ替わり立ち替わり動画や写真を撮ったりしていた。

フロアには長机が四十ほど用意され、選手や同伴の家族たちがパイプ椅子に腰掛け、大きな笑い声が響いていた。酒も出しているので、相当盛り上がっている外国人グループもいる。どこの机にも、給食の調理室で特別に作られた、パスタやうどんなどのアスリート向けの料理が並んでおり、ボランティアたちがせっせと飲み物を運んでくれていた。

「……しかし、うちの前夜祭は地味ですね。他は会場がホテルだったり、花火上げたり、タレントを司会に呼んだりしてるのに」

壁際で隣に立っている進藤が、ウーロン茶のペットボトル片手に言う。市役所職員はパーティーでの飲食を禁じられているため、持参したものだ。

彼の向こう側にいる小池が笑った。

「うちはアットホームが売りだからいいのよ。予算が違うし、料理が出せるだけでよしとしないと。それにしてもボランティアの人たちには感謝感謝ね。彼らがいなかったら運営が回らないわ」

頷いたのち、進藤は会場を見回す。

「やっぱりジャック・ベイリーは来てないですね。一緒に写真撮ってサインもらおうと思ったのに」

彼らの会話をよそに、矢代は壁に背中をつけ、ぼんやりと会場を眺めていた。

すべてが遠い背景になったように見えて、祭り囃子のノスタルジックな音色だけが耳に入ってくる。

――本当に、これでよかったんだろうか。大会は無事に終わるのだろうか……。

不安で胸が押しつぶされそうだった。明日の今頃、自分はこんな風に穏やかな夜を迎えられるのだろうか。

「矢代さん、またぼーっとして、しっかりして下さい。明日が本番なんですから」

進藤が心配そうにこちらを見る。母親のような笑顔で小池が彼を窘めた。

「やめなさいよ。矢代君は傷心なの。親友の関さんがさっき辞表出したって話だし」

彼は大げさに驚いてみせた。

「あの行方不明だった水道局の人ですよね。そうなんですか。相手の戸籍課の女性も辞めるとか聞きましたけど……」

「勿体ないわよね。若い世代の人はものすごい倍率勝ち抜いて入ったのに。どちらもこれからどうするのかしら……」

大会を明日に控えているというのに、市庁舎内はどこもこの話でもちきりだった。ただでさえ今は手一杯なのに、本当にうんざりする。

わざとらしく溜め息をつくと、二人は黙った。

「十分くらい、外の空気吸ってくる」

「あ、はい。いってらっしゃい……」

バツが悪そうな彼らに見送られ、矢代は体育館の外へ出た。

時計を見ると二十時を少し回っていた。先ほどまで明るさを残していた空も藍色に覆われている。体育館内にはスポットクーラーが入っていたため、外に出ると一気に蒸し暑さに包まれた。

虫の声を聞きながらしばらく校庭を歩いた矢代は、体育館へ戻って建物に寄りかかり、ポケットからスマホを取り出す。

着信履歴には、渋川からのコールがいくつも並んでいたが、十六時以降ぴたりとおさまっていた。

彼女から来たメッセージをもう一度見直しながら、昼間のジャック・ベイリーのことを思い出す。

体面も気にせず真っ正面から質問し、彼は矢代が正確に説明することを求めた。そんな彼に、自分は思ってもいない言葉で返答し、裏切ったのだ。

ずるずると壁を伝ってしゃがむと、頭を掻きむしる。ストレスでおかしくなりそうだった。

時計を見ると時間にまだ余裕があったため、何も考えないようにして目を閉じる。

体育館から漏れてくるお囃子と、足元から響く虫の声。それらに耳を澄ましていると、少しだけ心が落ち着いた。

しばらくそのままでいたかったのに、誰も矢代を放っておいてはくれなかった。

校門の方から足音が近づいてきて顔を上げると、闇の中に二つの人影があった。

「――あのう、スタッフの方ですか？」

はっとして立ち上がり、尻についた砂を払う。

体育館の外に取り付けられた照明に浮かび上がったのは、仕事帰りといった風情の三十代と二十代ぐらいの男だった。ふたりとも肩からビジネス用のショルダーバッグを提げており、片方は一眼レフのカメラを首にかけていた。

「選手の方ですか？　前夜祭は予めエントリーを……」

彼らは首を振った。

「いえ、〈アイアンマガジン〉のものです。事務局の責任者の矢代さんという方にお会いしたくて来ました」

「矢代は私ですが……」

驚いていると、彼らはそれぞれ名刺を取り出して渡した。三十代くらいの眼鏡をかけた真面目そうな男性が、切迫した表情で言った。

「私たち、鴨居の代わりに急遽取材に来たんですが、彼が行方不明になる前、編集部に送って来た画像をチェックしていて、大変なものを見つけたんです。警察にも相談したんですが、水中はダイバーが捜索済みだし馬鹿なことを言うなと取り合ってもらえなくて……。でも、選手の安全にも関わるものですし、あなたに伝えておいた方がいいと思い持参しました」

進藤らに後を任せて体育館を出た矢代は、記者から預かった大きな封筒を手に、目と鼻の先にある市庁舎へ向かった。残業をしている職員もいるため、到着した庁舎には、まだちらほらと電気がついている。

「――あれ、矢代さん、前夜祭もう終わったの？」

煌々とライトがついた庁舎の入口で、守衛に声をかけられ、おざなりに返す。

IDカードを使って中へ入ると、エレベーターで市長室がある階を目指した。さきほど前夜祭の開会の挨拶をし、牛尾らを引き連れて庁舎に戻ったばかりだから、まだいる筈だ。

青白い光に照らされた長い廊下をつかつかと歩き、ノックもせず市長室のドアを開ける。

市長と助役、牛尾ら数名の職員が、事務机の前の応接セットで談笑している最中だった。

「何だ矢代。ノックもしないで失礼だろう！　前夜祭はどうしたんだ」

いつもの調子で牛尾が叱責する。

一斉にこちらへ向けられた目をものともせず、矢代は彼らの真ん中にあるテーブルへ封筒から出した数枚の写真を叩き付けた。富士山を背後に来常湖の全景を写したものと、その画像の湖面の一部分を引き伸ばしたものだ。

「見て下さい。来常湖に巨大なオオメジロザメがいる証拠です」

次の瞬間、室内が笑いに包まれた。矢代と牛尾以外の全員が呆れ顔を浮かべている。

「君は大会の責任者だったな？　一体何を言ってるんだ。湖にサメだって？」

上から下まで胡散臭そうに矢代を見ると、市長は言った。

「信じられないのは分かります。失礼もお許しください。ただ、どうしてもご覧になっていただきたいんです」

「関は戻って来たのに、お前はまだそんなこと言ってるのか！」

怒鳴りつける牛尾を制すと、薄笑いの市長は胸ポケットから老眼鏡を出してかけた。どれどれと言って写真を手に取りじっくりと眺める。

「行方不明になった雑誌の記者が撮った写真です。拡大された場所を見て下さい。水面に背鰭が出ているでしょう？　傍にある浮島と対比しても、その持ち主がかなりの大きさであることが分かります」

テーブルにバンと両手をつき、矢代は続けた。

「以前から、ここに獰猛なサメがいると指摘していた学者がいましたし、他にもカップルが消息不明になっています。大会は中止するべきです。選手たちの命が危険にさらされます！」

見終わった写真を、市長は助役へ回す。さらに牛尾や他の職員たちも閲覧し終わり、彼らは顔を見合わせ、こそこそと何事かを協議した。

鴨居の写真は、初めて出て来た客観的な証拠だった。これで彼らが理解してくれればいいが……。

拳を握って待っていると、ようやく市長がこちらを見た。老眼鏡を外しポケットへしまうと、哀れむような笑みを浮かべる。

「矢代君——だったね。君が熱意を持ってこの仕事に取り組んでいることは評価するよ。ただ、皆が一丸となって大会を成功させようとしているときに、こういうのは良くないね。誰が持ち込んだのか知らないが、どうせ合成の偽物写真だろう？　ほら、昔あったじゃないか。ネッシーだかクッシーだか」

「ありましたな。なつかしい」

助役が相槌を打つと、再び皆は笑う。

矢代は唇を嚙んだ。フツフツと怒りが沸き上がる。

「嘘や合成なんかじゃありません！　鴨居さん——記者の同僚が、わざわざ持って来たんです。いじっていない元のデータだって提出できます！」

「それには及ばない」

穏やかに市長は撥ね除けた。

「信じて下さらないということですか？」

こくりと頷き、彼は牛尾へ言った。

「彼には休養が必要なようだ。激務で精神的に疲れてしまったんだろう。これ以上大会の責任者を務めるのは荷が重いに違いない」

「市長、しかし……」

牛尾は困惑の表情でこちらを見る。

ここまでか。矢代は歯を食いしばる。これ以上彼らと話しても無駄だ。

「――分かりました。では、解任して下さって結構です」

「この件に関しては納得できたのかね？」

問いかける市長の目を、真っ直ぐに見返した。

「私は私のやり方で、皆に危険を周知します」

踵を返して、その場から駆け出す。

「あっ、矢代！」

廊下へ出ると、階段を使って大会事務局のあるフロアまで一気に階段を上った。

あそこへ行けば、パソコンで公式ホームページのトップを書き換えて、選手たちにサメがいることを知らせることができる。ツイッターやフェイスブックも使って発信すれば、ほとんどの選手の目に触れるに違いない。

息を切らして廊下を駆け抜け事務局のドアを開くと、明日の準備をしている職員が数名残っていた。

「矢代さん？　前夜祭に出てたんじゃ……」

尋常でない様子を察したのか、彼らは目を丸くして自分の机に突進する矢代を見る。

パソコンの前に座って起動すると、矢代はパスワードを入れログインした。

廊下から大勢の足音が聞こえて来たのはそのときだった。ドアがバンと開かれ、ぜえぜえと肩を上下させる牛尾と、警備員が入って来た。

「あいつを捕まえろ！　パソコンに触らせるな！」

事情が飲み込めない職員たちが固唾を呑んで見守る中、警備員たちが走ってきて、机にしがみつく矢代を羽交い締めにする。

「放せ！　選手に危険を知らせないと！」

身をよじりながら叫ぶ。横にやって来た牛尾がパソコンの電源を無理矢理落とした。

「矢代やめるんだ！　本当に改変したら、俺はもうお前をかばいきれなくなる！」

「そんなことどうでもいい！　選手や市民に何かあったらどうするんですか！」

「決定権は市長にあるんだ！　我々にはどうにもならないんだよ！」

二人掛かりで完全に体を拘束され、矢代は机から引きはがされた。なおも暴れたため、床に組み伏せられる。

職員たちに騒ぎ立てないよう口止めすると、牛尾は警備員らに命じて人がほとんど来ない資料室の小部屋へ連行した。

部屋の中央にパイプ椅子が一つだけ置かれており、そこに座らされる。

見上げて睨みつける矢代に、牛尾は言った。

「――業務命令だ。大会が終わるまでお前はここにいろ。スマホは預かっておく」

彼が顎で示すと、警備員が戸惑いつつも矢代の尻ポケットからスマホを抜き、牛尾へ渡した。

「俺を監禁するつもりですか」

「これは監禁じゃないから、部屋に鍵はかけない。ただ入口に警備員がいるから、出られないだけだ。トイレは警備員同伴なら行っていい。……一晩頭を冷やせ。自分の将来を考えろ。せっかく一生の生活が保障されてるのに、こんなことで懲戒処分になったら終わりだぞ」

「終わるのは市の信用です。名誉や金より優先すべきものがある筈です」

「……耳が痛いな」

呟くと、牛尾は警備員を引き連れ出て行った。

On that day

彼と最初に出会ったのは、駐留している田舎町で上官に命じられ、捜しに行ったときだった。

「ウィル！　ウィル・レイトナー！」

見渡す限り広がっているのは、雲一つない空と、黄土色の土地。痩せた灌木(かんぼく)と下草だけがまばらに生え、ぽつぽつと石造りの人家がある。日差しは強く空気は乾燥していて、風が吹くごとに砂埃が舞った。

捜索し始めて十分ほどが経過していた。轍(わだち)がついた田舎道を、地面に残ったブーツの足跡を頼りに進んで行く。

まだ戦闘地域には入っていないし、このあたりは安全とのことだったが、それでも単独でうろつくのは不用心だと思われた。

月に二回、訓練の真似事をすれば奨学金が手に入る。父との不仲で大学の授業料を頼るのが嫌だったため、それを目当てに州兵へ登録したが、事はそう上手く運ばなかった。国際情勢の悪化に伴い深刻な兵士不足が発生し、政府は治安維持のため州兵のバグダッド派遣を決定した。

同期の兵士たちも似たり寄ったりの入隊動機だったため、不運な星の巡りに嘆くものばかりだったが、渋川はそこまで落胆してはいなかった。母が亡くなって以降、ずっと自棄で荒れた生活をしていたし、父への反抗心から、わざと危険な場所へ身を置くことが快感でもあったからだ。

「ウィール!」

ふらふらと右へ左へ蛇行している足跡は、少し先にある倉庫のような石積みの小屋へと続いていた。生えていた灌木を迂回して近づくと、小屋を囲うように低い石垣が張り巡らされており、渋川と同じ迷彩柄のパンツにカーキの半袖Tシャツを着た細身の白人青年が、しゃがみ込んで夢中になって何かを観察していた。金色の髪に寝癖をつけた彼は、こちらに気づくとシーッと指で合図をする。

危険人物でもいるのかと、後ろ手でベルトに挟んだ銃を握りながら足音を忍ばせ近づくと、彼は少年のような笑顔で膝ほどの高さの石垣の上に寝そべる「あるもの」を指差した。

驚いて目を見張る。

見たことがない変な生き物だった。蛇に似ているが——蛇ではない何か。岩の上に横たわる体は、一筆書きした円のようだった。ゴム製のホースのように固そうだ。しなやかさの感じられない長い胴体は砂色で、頭部にはトカゲの顔がついている。ならば、トカゲなのかとも思ったが、何度見ても手や足のようなものは確認できなかった。どっちつかずの妙なやつとしか言いようがない。

その生き物は、警戒してじっとこちらを睨んでいる。よく見ると、こめかみのあたりに耳の穴が開いていた。目には瞼もあって、どことなく理知的な雰囲気を醸し出している。

「……なんだこれは？」

大学では海洋生物学を学ぶつもりだったし、世の中の生き物にはそこそこ詳しいつもりだったが、さすがにこれは見たことがなかった。

銃から手を離し、隣にしゃがんで訊ねると、彼は微笑んだ。

「ヨーロッパアシナシトカゲだ。図鑑でしか見たことがないから感激だよ」

彼は無邪気に言った。網膜に焼き付けるようにトカゲを見ながら、初めて会った渋川にペラペラと続ける。

「こう見えて結構俊敏で獰猛なんだ。蛇とかネズミをガンガン食べる。ああ、どうしてカメラを持って来なかったんだろう。本当に残念だ」

「毒があるのか？」

触りたそうなのに手を出さないので質問すると、彼はトカゲに視線を向けたまま答えた。

「無毒だ。尻尾を自切して逃げるからね。また生えるけど元通りとはいかないし、僕のせいでそんなことをさせるのは可哀想だ。それに見ているだけで十分だよ。この賢者のような顔つきったら」

澄んだ青色の瞳と、濁りのない笑顔を向けられ心を洗われると同時に、彼はこういった場所には向いていないと感じた。年齢が同じぐらいだし、大学の奨学金目当てで入隊したのだろうが、人には適性というものがある。ここへ来るまでによく弾かれなかったものだ。

とはいえ、ここへ来てからずっと切迫していた気持ちが、彼のおかげで少しほぐれていた。よい友人になれる予感がする。

「——そのトカゲ、あんたに似てるな。生き物博士」

おちついた佇まいが共通していたため言うと、彼は肩を竦め立ち上がった。

「博士号を取るのはこれからだ。それに僕の専門は爬虫類じゃなくて、水生昆虫」

尻についた砂埃を払うと、彼は優しいまなざしでトカゲを見おろした。

「……賢そうな顔をしているな。よし、こいつの名前はソクラテスにしよう」

つられて渋川も立ち上がる。

「大層な名前をつけると毒杯を呷ることになるが、いいのか？」

きょとんとしたのち、彼は透き通るような笑みを浮かべた。

「そんなの飲んだふりをして捨てればいいのさ。遅くなったけど、ウィル・レイトナーだ。さっきから呼ぶ声が聞こえてたけど、僕を捜しに来たの？」

彼は手を差し出した。渋川も微笑み握手をする。乾いているが、温かい手だった。

「上官が捜してる。さっさと戻った方がいいぞ。——私は、マリ・シブカワだ」

見ている光景が夢だと理解しながら、渋川は瞼の端に涙を滲ませた。

今考えると、あの日が自分にとって最良の日だったのかもしれない。

人生で最高の友人に出会えた日。

十年ほど友人として幸せな日々を送った自分たちだが、まさか彼の妻によって引き離される運命が待ち受けているとは思わなかった。

リーザが張り巡らした蜘蛛の巣から、命からがら逃げ出したウィル。

彼はいったいどこへ消えたのか。

あの日見た、トカゲのソクラテスのことを思い出す。静かな瞳でいつまでも自分たちを眺めていた不思議な生き物。

彼の代わりに毒杯を呷ることになったのは、いったい誰だったのだろう——？

目が覚めると、どこか分からない場所にいた。

電気がついていない薄暗い部屋。半分開けられたカーテンから月明かりが入り込み、白い壁と天井をぼんやりと照らし出している。普通より高い位置にあるベッドと、脇にある小型のテレビが嵌(はま)った棚。まだぼんやりした頭で見回すと、反対側の片隅には小さな手洗い場がある。

頭上の壁に吸引器が取り付けられていることに気づいて、渋川はようやく納得した。ここは病院の個室だ。

なぜこんなところにいるのだろうと、朝からの記憶を順に辿っていき、ぱっと跳ね起きた。トライアスロン大会を止めるため来常湖へ向かう途中、発作を起こしたのだ。

壁の時計は、五時過ぎを指していた。院内は静まり返っており、どう考えても夕方ではないので、午前五時ということになる。ベッドから下りてカーテンの隙間から外を見ると、夜空の低い場所に半分ぐらいの月が浮かんでいた。

「なんてことだ……」

いつもの発作なら十分ぐらいで覚醒するが、ここ数日疲れがたまっていたため、そのまま眠ってしまったのだろう。

ベッド脇の棚を開けると、着ていた服は丁寧にハンガーへかけられ、荷物のリュックサックも入っていた。中身を確認するが、無くなっているものはない。

着替えようとTシャツを摑んだ渋川は、発作の引き金になった出来事を思い出し、手を止めた。

リーザからの電話。姿を消したウィル。

自由を得たのに、なぜ彼は自分の前に姿を現さないのか不思議だった。しかし、彼の性格を考えて思い直す。きっと、これまで理不尽に避けてきた渋川に遠慮しているのだろう。こちらはそんなこと気にしないのに。

スライドドアが開き、懐中電灯の青白い明かりが室内へ飛び込んで来た。昔の癖で身を翻しベッドの背後に隠れると、自分を捜して部屋の中を彷徨った光は、ふっと消えた。

「いきなり照らしてごめんなさい。起きてると知らなかったから。そこにいるんでしょう？　ここは病院で安全よ。出て来たら？」

若い女性の声だった。ここが日本だったことを思い出し、ゆっくり顔を出すと、薄明かりの中、若い看護師が微笑んでいた。

顔色を見せてと言うと、看護師は渋川を座らせベッドのライトを点けた。

近くで見ると、卵形の輪郭の綺麗な女性だった。ピンクの口紅を塗った口元はおっとりしている感じだが、小さめの目はきりっとしていて気の強さが窺える。後ろで団子状にまとめた髪は絹のように艶やかで、ライトの明かりを鏡のように反射させていた。

見舞い用の丸椅子に腰掛け、ひやりとした手で脈を取りながら、彼女はゆったりと話しかけてきた。

「夕方、救急車で運ばれたのよ。検査では異常は見つからなかったけど、失神することはよくあるの？」

「……たまにある」

「病院にはかかってるの？　主治医はいる？」

「いることはいるが、離れた場所にいるし、てんで役に立たない」

シンシアが聞いたら顔を真っ赤にして怒るだろうな思うと、笑いがこみ上げる。

脈を測り終わり、バインダーに挟んだ用紙へ記入すると、彼女はこちらを見た。

「身分証は見せてもらったわ。あなたアメリカの人なのね」

「職場の組合で健康保険料は払ってるし、保険証もある」

「そう、よかった。手続きしてくるから、少し預かっていいかしら？」

財布から保険証を出して渡すと、いくつか質問したのち看護師は出て行った。

リュックサックの中にスマホはないかと探したが、車の座席の下に滑り込んだままのようで見つからなかった。大淵から何かしらの連絡が入っているはずだが、レンタカー会社に問い合わせようにも、この時間では無理だろう。そもそも道路に停めたままになった車はどうなったのか……。

息を吐いて、仰向けでベッドに倒れ込む。すぐにでもここを出て大会を止めに行かなくてはならないのに、心も体も限界だった。

「ウィル、どこにいるんだ。出てきて助けてくれ……」

彼のことを信じると決めているのに、また気持ちが揺らぎだす。

「なぜ、サメは見つからないんだ……？」

薄闇に浮かび上がる天井を見上げ、自問した。

何度考えても解くことができない謎。

懲りずにいくつか仮説を立ててみるが、どれもこれも根拠に欠ける。

本当にそんなサメがいるとしたら、自分は何か大きなものを見落としているのだ。けれど、それが何か分からない……。

——昼と夜でいる場所が違うとか？

静山大学を訪れた際、堤はそう指摘した。サメが昼行性だと思っていた渋川は、カメラの性能の都合もあり昼にしか調査をしていなかったし、それで十分だと思っていた。だがそうではなく、来常湖のサメは夜にだけ湖に現れて狩りをしていたのだとしたら？　慎重に記憶を手繰り寄せる。数日前、渋川の隣のテントにいたカップルがいなくなったのも夜だった。そして——。

跳ね起きた渋川は、何回も読み返したため頭の中に入っているウィルのメールを思い出す。

——月夜の晩、たまたま彼女と出会った僕は、何度も湖に足を運び友人になった。

目を見開き、唇を噛む。

「ウィルがサメに出会ったのも夜だ……。このサメは夜行性だ。なんて馬鹿なことをしたんだ。こんな根本的なことも見逃していた……」

ガラスのはまったスライドドア越しに懐中電灯の明かりが近づき、先ほどの看護師が再び入って来た。パンとジュース、ゼリーが載ったトレーを、食事台に置いて出してくれる。

「遅くなってごめんなさい。お腹すいてるかと思って、あったものを持って来たわ。朝食の時間まで待てないでしょう？」

そんなに時間はかかっていないと思ったが、時計を見ると四十分も経過していた。

看護師の声は、先ほどよりも覇気がなかった。疲れた様子で、まとまっていた髪もほつれている。

「どうかしたのか？」

訊ねると、髪を直しながら彼女は大きく溜め息をついた。

「入院患者の甥だっていう外国人が、こんな時間に入り込んでたの。中東の人。うちは親族の泊まり込みも禁止で、二十時以降は面会も遠慮してもらうよう言ってあるのに、どうしても朝の礼拝で使うマットを届けたかったんですって。廊下の突き当たりで見つけて声をかけたら慌てて逃げたから、警備員も巻き込んで大捕り物になったのよ。入院患者さんたちを起こしちゃいけないから、声は小さく足音も忍ばせて本当に疲れたわ」

「それで、見つかったのか？」

「病棟ごとに施錠されるから、この棟のどこかにいると思って捜してたら、なんとあっち側の外来診察棟にいたの」

彼女は、窓の向こうに見える五階建ての建物を視線で示した。

「向こうに繋がる渡り廊下がいくつかあって、職員がその一つの鍵をかけ忘れたみたい。あっちには行けないと思ってたからほんとびっくりしちゃった。警備員と一緒に捕まえて、帰ってもらったところ」

口を尖らせ再度髪を整えようとした彼女のポケットから、パンフレットのようなものが落ちた。うんざりした様子で拾う。

「これ、捕まえた本人がくれたの。まったく悪びれずにへらへら笑って、不二市で絨毯の輸入販売してるから、今度来てくれれば安くするって」

「商魂逞しいな」

苦笑して、渋川は手渡されたパンフレットを広げてみた。中東の絨毯工房の画像がプリントされており、頭に布を被った女性たちが並んで絨毯を編む前で、アラブ系の髭を蓄えた男性が手を広げて満面の笑みを浮かべている。

何かが引っかかり、渋川は首を傾げた。

この人物とは別だが、中東から来たと思われる人とつい最近邂逅した覚えがある。

記憶をひっくり返して思い出した。矢代とともにサメの遡上ルートを確認しに行った日だ。県有林の方へ車を走らせる中東系の男性とすれ違い、矢代が妙に拘っていた。あの時は、とにかくサメが湖に来られることを証明したくて、気にも留めなかったが……。

――あんなところへ、何をしに来ていたのだろう？

男性が乗っていたのは、ケバブの屋台も兼ねた車両だった。営業するならば、あんな人気のない場所へは向かわないだろう。もしも行く理由があるとすれば――？

考えられるのは、営業で発生した廃棄物の投棄だ。彼らは宗教上の理由で豚肉は扱わないだろうし、日本人はあまり羊肉を好まないので、おそらく鶏か牛から出る食品ゴミ。それを県有林のどこかへ捨てている——？

考え始めた渋川に目を丸くしている看護師をよそに、リュックサックからノートパソコンを取り出し、来常湖周辺の地図を表示する。矢代が言っていた通り、来常湖の北東一〇〇メートルの場所には県有林が広がっていた。その中に、来常湖の五分の一ほどの大きさの水たまりが点在する湖沼群がある。

「そいつがほぼ毎日、ここへそのゴミを捨てていたら……」

ふと窓の外へ視線が引き寄せられた。この建物から延びる渡り廊下と、連結されている外来棟。繋がっていたら行き来できる。

「なんてこった。ヒントはたくさんあったのに……」

製薬会社の工場から漏れ出た廃水が水脈を通って来常湖に流れ出ていたのは、先日の顚末の通りだ。別の水脈が近くの湖沼と繋がっていても何らおかしくはない。

ブラウザで別のタブを開くと、渋川は富士山を中心とした四県にまたがる広範囲の地図も表示した。

富士山周辺には、富士五湖と呼ばれる湖が存在するが、そのうちの西湖(さいこ)、本栖湖(もとすこ)、精進湖(しょうじこ)には、三湖連絡説というものがある。この三つは、はるか昔に『せの海』という一つの湖だったことや、水面の標高がいつも同じなことから、青木ヶ原溶岩流の地下水脈で繋がっているのではないかという仮説だ。

もしも、これらと同様に来常湖と県有林にある湖沼群が大きな水脈で繋がっていたら、サメはそこを通って行き来することが出来る。

夜行性で、なおかつ昼間は向こう側で眠っているなら、昼の来常湖で誰もその姿を見ることがなかったことへの説明がつく。仕掛けた餌に食い付かなかったのも、家畜の皮や脂身を食べ満腹だったとすれば当然だ。

地図を閉じると、渋川は静岡県のホームページを開いた。この湖沼群と来常湖のつながりを示す証拠がないか探してみる。「県有林」と「湖」というキーワードで返された項目を一つずつ潰すように見て行き、五ページ目でようやく見つけた。

水門の調査のため、湖沼群の水を小倉川へ放流したというお知らせだ。湧水のため水位が下がらず苦慮したと書かれている。湖同士が繋がっていれば、水位は同じになる。湖沼群の水を放流したものの、水脈がストローとなり来常湖の水が吸引されたため、水位が下がらなかったのではないだろうか。

矢代は何も話していなかったし、県も市もまだこの事実を知らないと思われた。

ということは、水脈が二つの湖を繋げたのは、それほど前ではないということになる。

詳しいことは調査しなくては分からないが、地震などで、もともとこの地に張り巡らされていた水脈が変動した可能性もある。

地図上で計測すると、来常湖と湖沼群の直線距離は約五〇メートルだった。残された問題は、その水脈が推定一〇メートルのサメが通れるトンネルなのかということだが、いくら体長が長いといっても、比率からして頭部の直径は二メートルほどだ。それぐらいの幅と高さがあれば行き来は可能だ。

いつも研究が乗ってくる時のくせで、頭の中にぱっとイメージが広がった。

メキシコのユカタン半島の地下にあるような大きな水脈が湖同士を結び、その中を巨大なオオメジロザメが岩を避けながら優雅に進んで行く――。

パソコンから顔を上げると、渋川は急いでベッドを下り、患者用の服を脱いで元の服へと着替える。時計はすでに五時五十分。カーテンの外は明るくなっていた。

床に置いていたリュックサックを取ろうとしたところ、先に白い手が伸び手渡してくれた。考え事に夢中になり、すっかり存在を忘れていた看護師だった。

気を悪くするでもなく、彼女は何か面白い生き物を観察するように、こちらを見ていた。はたとリュックサックの中身を思い出し、渋川は訊いた。

「もしかして、私が運ばれたとき中身を見たか？」

「ええ、見たわ。すごいものを持ち歩いているのね」

あっけらかんと彼女は答える。

「なぜ警察に届けなかったんだ？」

「他に熱中症で運ばれた人が何人かいて忙しかったし、身分証を見て学者だと分かったから。危なそうな人ならちゃんと通報するけど、あなたは悪い人には見えなかったし」

いたずらを楽しむ子どものような表情につられ、渋川も微笑む。

ブーツを履き、リュックサックを肩にかけ出て行こうとすると、彼女の声が追いかけてきた。

「請求書は保険証の住所に送るから、よろしくね」

「理解ある看護師で良かったよ――ありがとう」

肩を竦め、渋川は病室を後にした。

＊

窓から外を見ると、太陽が顔を現し周囲を照らし出していた。

資料がぎっしりと詰まった本棚に囲まれた部屋の中で、パイプ椅子に座った矢代は一つしかないドアをじっと見つめていた。手には、先ほど棚の上を探っていて見つけた鉄パイプがある。

ドアにはめ込まれた磨りガラスには、矢代が出て行かないよう座って見張っている警備員のシルエットが透けて見えていた。

握った鉄パイプにじっと視線を落とす。これで警備員を殴りつけるところを想像し、いたたまれず、ぎゅっと目を閉じた。

なんとかしてここから出ようと長時間あがいたが、最終的にはこれしか手段がみつからなかった。

逃げようにも、ベランダもない七階の小窓ではどうにもならなかったし、叫んで助けを求めようにも、商業地や住宅地からは離れており、早朝で残っている他の職員はほぼいないため、諦めるしかなかった。

「早く行かないと……」

掠れる声で呟き壁の時計を見上げる。すでに六時を回っていた。

本当はもっと早くここを出て、設営した会場を壊してでも大会を中止させなくてはならなかったが、どうしても踏ん切りがつかずこの時間になってしまった。あと一時間もしたら開会式が始まり、選手たちがスタートしてしまう。

もう一度、磨りガラスの向こうの警備員へ目をやる。こんなことが許される筈はないし、好んでしたくもなかった。だが、選手の安全と天秤にかけると、どうしてもしなくてはならないのだ。

ごくりと唾を呑んで立ち上がり、矢代は警備員に気づかれないようドアへ近づいて、壁に背をつけ隠れた。

鉄パイプをぐっと握る。やはり罪もない警備員を殴るなんて嫌だった。ドアの外にいるのが誰かは分からないが、いずれにせよこれまで幾度となく挨拶をしてきた顔見知りだろう。

今更ながら我が身の不運を呪った。

トライアスロン大会の事務局に配属されなければ、渋川に出会わなければ、サメのことなど知らなければ――。

知らん振りをして大会を運営することもできるが、それは絶対に嫌だった。関の件で、誰かを裏切るということの残酷さが身にしみて分かっていたからだ。惨劇が起こることが分かっていて、市職員が誰も阻止しなかったと知ったら、世界中から怒りの声が上がるに違いない。

「俺はあいつとは違う……」

震える手で鉄パイプを摑み直す。行なわなくてはならない正義がこれというのは皮肉だった。

失敗は許されないため、頭の中で何度もシミュレートする。トイレに行きたいと声をかけてドアを開けてもらい、隠していた鉄パイプで側頭部に殴り掛かる――。なるべく怪我をさせないようにしたいが、加減できる自信はなかった。

大きく深呼吸したのち、肺一杯に息を吸って声を出そうとする。

磨りガラスの向こう側に誰かがやって来て、警備員が立ち上がったのはそのときだった。

二人は親しげに話し、警備員はその人物とともにどこかへ歩いて行く……。この隙に出て行こうとドアノブに手をかけたところ、一人だけが戻って来て、勢い良くドアを開けた。

矢代は目を見開く。

「関……」

廊下を確認したのち、彼は早口で言った。

「今のうちに逃げろ、やらなきゃいけないことがあるんだろ」

先日会ったときの情けない姿と違い、無精髭を剃った彼は、アイロンのきいたシャツとスラックスのさっぱりとした姿で、首から職員IDのストラップをかけていた。

「なんで……。退職願出しただろ?」

「やったことは褒められたものじゃないが、懲戒免職ではないからな。今月いっぱいまで水道局の職員だ。残りは有給をあてて、もうここへは来ないつもりだったけど、お前の同僚から、お前が監禁されてると連絡を受けて来たんだ」

警戒してもう一度廊下を見ると、彼は神妙な表情で続ける。

「俺のしたことが許せないのは分かってる。別に許さなくてもいい。ただ、この場は助けさせてくれ。それが俺に出来る最後の罪滅ぼしだから。お前が何をしようとしてるのかは知らないが、今はとにかく急ぐんだろう？」

言われて思い出した。もう時間がない。

「警備員には休憩してくるよう言ったから、逆側の階段で下りて外へ出るんだ。……あとこれ」

ポケットから車の鍵を出すと、関は矢代に手渡した。

「俺の車は分かるだろ？　乗って行け」

言葉が出て来ず、矢代は無言のまま鍵を取り部屋の外へ出た。そのまま階段へ向け走る。踊り場で一瞬立ち止まり振り返ると、関はまだこちらを見ていた。何か言いたいけれど、何を言っていいのか分からないので、ただ頷いてみせる。

伝わったようだった。微笑む彼を後に、ひたすら階段を駆け下りる。

外へ出ると、日差しが強く、ムッとした大気に包まれた。駐車場に出た矢代は、関の駐車スペースにあったワンボックスカーへ乗り込み、エンジンをかけた。

＊

空はここ数日と同じく快晴だった。

富士山の脇から朝日が顔を出し、来常湖とその一帯を照らし出している。

いつもの静かな朝と違い、トライアスロン大会が開催されるこの日は、大きな喧噪に包まれていた。

メイン会場にはゲートのアーチや特設ステージが作られ、トランジションエリアにはさまざまなバイクがずらりと並んでいる。スタート地点が見られる湖畔の観覧エリア、スイムを見られる遊歩道と北の堰堤付近など、どの場所にもたくさんの観客らが詰めかけ、ほぼ満員の状態となっていた。北にある臨時降車場には不二宮駅直通のシャトルバスが随時発着しており、さらに人出は増えそうだった。

もう少しで開会式が始まる浮き足立った空気の中、大淵と可児の二人は西の森の水辺に潜み、会場を見回していた。

「――渋川さんとは、まだ連絡取れないんすか？」

双眼鏡で食い入るように水面を見回しながら、可児が訊ねる。

何度目か分からないスマホの確認をしたのち、大淵は息を吐いた。

「どうしちゃったんだろうな本当に……。急に連絡を絶つような人じゃないのに」

昨日、大淵の研究室を出て行って以降、渋川とは音信不通の状態だった。電話しても出ないし、メールにも返答がない。矢代もまた同様だった。

「本当はサメがいないことが分かって、逃げちゃったとかじゃないですよね……」

不安げに可児はこちらを見る。

「そんな人じゃないよ。彼女は信念の人だ。絶対に裏切るようなことはしない」

言いながら、大淵は手許に視線を落とした。

なんとか大会を止めようと渋川と誓い、出来る限りの伝手を頼ってサメのことを訴えてみたが、当然の如く誰も聞く耳を持ってくれなかった。自身の名を記して地元の新聞社、テレビ局などへ百件ほどメールも出したが、こちらも返信はなかった。誰からも手が差し伸べられることはない代わりに、クレームだけは光の速さで来て、昨夜大学の学部長から呼び出しの電話を受けた。本来なら今ごろ出頭していないといけないところだが、こうして大会へ来ることを優先したため、懲戒は免れないだろう。

渋川が止めてくれたかもと一晩中連絡を待ったが、こうして大会が滞りなく行なわれようとしているところを見ると、だめだったようだ。

それでも、彼女のことをまだ信じている。もしも何かあって動けないのだとしたら、サメを止められるのは自分と可児しかいない。

「可児君、準備にぬかりはないかな？」

唯一の味方に話しかけると、彼は双眼鏡から顔を離し、持ち前の精悍な笑顔で目の前にあるカーキ色のゴムボートを示した。

「大丈夫っす。エンジンも大きめの借りてきたんで、サメに追い回されても逃げ切れます」

ボートの中には、彼が持参して来た酸素ボンベや潜水具、そして昨夜大淵も作成した麻酔薬入りの槍が置かれている。

――これを使うようなことにならないのが一番いいんだが……。

観客の密度はどんどん高まり、もうすぐ開会式を始めるというアナウンスが流れた。

大淵はスマホを取り出し、もう一度渋川へ電話をかけてみる。

電源が切れており、やはり彼女が出ることはなかった。

＊

森の中には、美しい水をたたえた深く大きな池があり、その中にそれはいた。

水面には昇り始めた太陽の光が反射してきらきらと光り、一〇メートルほどある水底の至るところから地下水が湧き出して、透明な水に幻想的な靄を作り出している。

池の南西側には、水中で岩が崩れて出来た大きな通路があり、そこを通して、向こう側から普段は感じることがない音や振動が伝わっていた。

それは目を覚まし、大きく体を震わせる。普段から夜に向こう側で活動し、明け方こちら側へ戻って眠っているのだが、今日は寝入りばなに起こされた。

地面から響く大勢の足音、鼻で感じるわずかなアミノ酸の匂い——。それが意味するところは、たくさんの獲物がいるということだ。

眠気が一気に吹き飛ぶ。

興奮し、それはスピードを上げながら池の中を泳ぎ回る。

すぐに向こう側へ行こうとしないのは、ほぼ毎日、夕方にこちら側の水面から投入される餌のことを学習しているからだろう。それさえあれば、体を維持することは可能なのだから。

そうこうしているうちにも、トンネルを通ってくる匂いや喧噪はさらに大きくなりそれの内耳や嗅細胞を強く刺激した。

生来の狩猟本能が脳内を支配し、学習を超越する——。

トンネルの前へやって来ると、それは大きく開いた穴から進入し、向こう側を目指した。

＊

「——それではこれより開幕いたします。みなさん、第九回来常湖トライアスロン大会へようこそ！」

説明会の時に司会をしていたスタッフの若い男性が、日本語のあとに英語で開会を告げる。ステージの下で準備していた高校のブラスバンド部が、一斉に華やかな音楽を奏で始めた。参加者や観客から歓声が上がり、もともと浮き足立っていた会場は、一気に盛り上がった。

早めに会場入りし、ウォームアップやトランジションエリアの最終確認を済ませたジャックは、ステージ前の広場で他の選手たちに交じり開会式を見ていた。

空は抜けるような晴天で、くっきりと浮かび上がった富士山の後ろから、曙光が美しく会場を染めている。殺人的な暑さが続く毎日だが、気温はまだ二七度だった。スタート時間が早いのはこの大会に限ったことではないが、日差しが弱く高温にならないうちに競技ができるのは選手にとって良いことだ。

体が固まらないよう常に動かしながらステージを見上げていると、誰かがわざと強く肩にぶつかって通り過ぎて行った。振り返って確認すると、招待選手の三人組だった。彼らはこちらを向いてペッと唾を吐くと、他の選手に道を空けさせながら偉そうに歩いて行く。傍にいた日本人選手らが眉をひそめて彼らを見ていた。

「――バカどもめ」

ジャックは小声で呟く。大半が良識のある選手だが、彼らのようなものもいる。この大会の運営がどういう基準で彼らを招待したのか知らないが、とんだ金の無駄だ。

さざ波だった心を平静にするため深呼吸していると、視界に蛍光イエローのウェットスーツが飛び込んで来た。自分も深い青色のウェアを着ているが、さすがに蛍光色は珍しいので目が引き寄せられる。ウェアの主が分かると、思わず「彼らしい」と微笑してしまった。

少し離れた応援席の前で、派手なウェットスーツを着て家族と写真を撮っているのは、他でもない挙母だった。彼の隣にいる小さな男の子が、話していた子どもだろう。外に出るのを嫌がっていたとは思えない明るい笑顔で、ピースサインをして写真に収まっている。幸せそうな彼らを見て微笑ましく思うも、胸が疼いた。もう手が届かないもの——。身を持ち崩してしまった自分への罰なのだろう。

感傷的になったジャックの頭上をドローンが飛び越えて行った。目で追いかけると、湖の上を旋回し始めた。コースの確認をするようだ。説明会で、記録映像を残すために使用すると予め言っていたので驚きはしないが、昔と比べるとやはり隔世の感があった。

湖からステージ周辺へ視線を戻したジャックは、スタッフらの中に矢代の姿を見つけようとするが、どれだけ捜しても彼はいなかった。

昨日、サメはいるのかという質問をぶつけたとき、上の空の表情と歯切れの悪い口調で、返答にはまるで説得力がなかった。おそらく彼の一存では何も言えなかったのだろう。一抹の不安は残るが、スタートを前にした今、信じるより他ない。

開会式が終わり、挨拶をしていた市長がステージを降りて行った。十分後にスタートするので選手は位置に着いて下さいというアナウンスが流れる。

すでに準備万端だったため、歩いて行く選手らの流れに沿って芝生の斜面を下り湖畔へと向かう。上位を狙うならば、最初のスイムのスタート地点で前列を確保しなくてはならない。足のこともあり順位やタイムを競う必要はなかったが、あえて招待選手らもいる先頭あたりへ陣取った。ジャックの存在に気づき、こちらを見ながらひそひそ話す彼らを睨みつける。完走は難しいかもしれないが、スイムとバイクでは彼らを負かしてやりたいという気持ちが芽生えていた。

開始が近づき、エアホーンを持ったスタッフが湖畔の櫓へ上り、時計を確認する。選手らの間に緊張が広がった。ジャックも頬を叩いて気合いを入れ直す。

独特の開始音が響き渡るとともに、大会はスタートした。

大会仕様のグレーのキャップとアンクルバンドをつけた選手たちが、一斉に岸へ向かって駆け出す。

トップグループに交じって水辺へ到着したジャックは、ルールで禁止されている飛び込みにならないよう、静かに入水した。猛暑の熱を溜め込んだ、温水プールのようにぬるい水。内部へ行くと急に深くなるとのことだったので、すぐに泳ぎ始める。

コンディションは思った以上によかった。水の中でも体がよく動く。農業用水にされるという水はさらさらとして、これまで泳いだ中で一番よい水質に思えた。浮力はウェットスーツがカバーしてくれるので、ひたすら前進することに注力する。南側の湖畔と北の堰堤付近にある観覧エリアからは、観客たちがたくさんの歓声を投げかけていた。

折り返し用の大きなブイまでだいぶ距離はあるが、ジャックの前には誰も泳いでいない。相当いいペースで進むことができていた。この分なら本当にスイムの一位を狙える。

油断しないよう気を引き締め、さらに進もうとしたときだった。何かに足をぐっと引っ張られ、水に引き込まれる。

息継ぎする暇もなかった。頭まで沈んでもがく。サメのことが頭をよぎり、一瞬で全身の血が引いた。

無我夢中で足を摑んでいるものへ振り返り、愕然とする。

背後にいたのは、あの招待選手たちだった。金髪の選手がジャックの足を持って深く沈め、ラテン系と茶色い巻き毛の二人が、腕や足をわざと打ちつけながら上を通り過ぎて行く。腕でガードするも、防ぎきれず顔や肩に打撲を負った。

ここまでされるとは思っておらず、完全に不覚だった。浮上して前を見ると、彼らはすでに数メートル先にいた。スイムでは選手が集中して混雑でもみ合いになることはよくあるが、彼らがしたことは完全に許されない反則だ。

――卑怯ものどもめ。

ぐっと歯を食いしばり、ジャックは再び泳ぎ始めた。

＊

水で満たされた暗い隧道の中、それは向こう側を目指し泳いでいた。

三メートルほどの幅しかない狭い水路には、あちこちに岩が張り出しているが、通い慣れたそれは器用に避けながら進んで行く。

青い出口が見えてきた。

間延びしたサイレンのような音が数秒間流れて消えたかと思うと、たくさんの生き物が水に入って泳ぎだす音がする。かなり近づいたため、耳だけでなく体表にある側線器官を通して音や振動が伝わってきた。

興奮したそれは、泳ぎを速める。

窮屈だった水路から向こう側へ飛び出すと、そこには先ほどの池よりもずっと広くて深い空間が広がっていた。

なまった体をほぐすように身震いしたのち、水底から見上げる――。

たくさんの獲物が、こちらに向けて泳いで来ていた。

＊

ジャックは先ほどよりもスピードを上げて進んだ。

招待選手の三人とは五メートル以上差がついてしまっていた。これ以上間を空けられたら抜き返すのは不可能になる。ちらりと後ろを見ると、数名の選手らがあとについて来ていた。上空にはドローンが飛行し競技の様子を撮影している。

過熱する観客の声に昔を思い出した。膝が思うように動いて、どの大会でも優勝をほしいままにしていた頃――。あのときは純粋にトライアスロンが楽しくて、誰よりも早くゴールしたいという気持ちが原動力となっていた。大分ブランクは空いたが、今も変わらないことに驚く。

――俺は勝つ。スイムとバイクでは誰にも負けたくない。

メラメラと闘志が燃え盛り、体に力が漲（みなぎ）った。自分にはトライアスロンしかない。これが生きる意味なのだ。

後半に備え体力を温存しつつも、がむしゃらに水を掻いて前に進む。

異変を感じたのは、大波のような不可解な水の力が、横から体を包み込んだときだった。

押し寄せて来る水が、なぜか冷たかった。まるで光の届かない暗い水底から湧いて来たように――。

ゾクリと悪寒が背中を走り、ジャックは泳ぐのをやめ顔を上げた。一瞬で闘志を削ぐほどの嫌な予感。

何かが突き上げてくる。湖の下から――。

先頭の招待選手三人は、ジャックの一〇メートルほど先にある巨大なブイの近くへさしかかっていた。水の流れはそちらへ向かっているように見える。

浮かんだままジャックは息を呑む。本能で感じる異様な気配に、体が動かなかった。

後続の選手が先へ進もうとしたため、思わず彼の腕を摑む。

「何するんだ！」

男は怒鳴りつけてくるが、ジャックは前を行く三人をただ見つめていた。水流は速度を増して彼らへ向け進んでいる――。

「だめだ、止まれー!!」

ようやく声が出て叫ぶ。

それが起こったのは同時だった。

スローモーションの映画のようだった。ブイの傍で水が山のように大きく盛り上がったちに食らいついたのだ。

かと思うと、鼻先の丸い巨大なサメが顔を出し、顎の骨を突出させてブイごと招待選手た

その大きさは尋常ではなかった。まるで電車の車両かと思うような大きさで、一杯に広げた口は縦横とも二メートル以上あり、金髪の選手は水ごと丸呑みにされ、残りの二人は閉じた歯に体を食いちぎられた。鋭い歯で穴をあけられたブイが破裂音を立て萎んでいく。

サメはすぐに水中へ潜り、起こった大波で傍にあった救助用のボートが転覆する。

ジャックは呆然としていた。オオメジロザメがいるかもしれないとは聞いていたが、まさかこんなに大きいとは……。

すべてを目の当たりにしていた北側の観客から、大きな悲鳴が上がった。

まだ何が起こったのか分かっていない後続の選手らも、泳ぐのをやめて周囲を見回す。

会場は大パニックに陥った。

＊

「――本当に出ました……。いたんすね、オオメジロザメ……」

水際に垂れ下がる枝の隙間から双眼鏡を覗き、神妙な顔で可児は呟いた。

頷いた大淵は、彼を促す。

「行くぞ。我々の出番だ」

湖に出るとなると、操船する係と槍を刺す係が要る。もともと大淵自身は行くつもりはなかったが、渋川が来ない以上仕方なかった。可児がまず岸からゴムボートへ乗り込み、エンジンをかける。

木々の間を縫い人が走って来たのは、大淵がボートへ移ろうとしたときだった。

渋川だった。黒地に赤いラインが入ったウェットスーツに身を包んだ彼女は、リュックサックと細長い円筒形のケースを肩にかけ、全力でこちらへ向かってくる。大淵が道をあけると、長いリーチでゴムボートに足をかけ乗り込んだ。

「――間に合った」

肩で息をしながら彼女は言った。

「連絡も出来ずすまない。昨日あれから路上で倒れて病院にいたんだ。スマホは車の中に置きっぱなしでどこにあるか分からなくて……。大会で一般車の通行が規制されていることを失念していて、途中から五キロほど走って来た」

「サメは見たんすか？」

可児が訊くと、リュックからダイビング用のベルトを取り出し腰に巻きながら、渋川は答えた。

「さっき北側の道を通っているときに見た。想像していたよりさらに大きい。確実にオオメジロザメだ」

「すでに三名ほど被害が出てるようだ。あとは頼んだよ」

まっすぐに見つめる大淵に、彼女はしっかりと頷く。持参した長細いケースから出した槍を握り、可児に言った。

「ボートを出してくれ」

＊

交通規制のことを予め知っていた矢代は、駅で関の車を乗り捨てシャトルバスに乗り、ようやく会場へ到着した。観客の波に沿って南側の観覧エリアまで来たものの、あまりの混雑に身動きが取れない。

「どいてください！　大会スタッフです通ります！」

叫んで先へ進もうとするが、観客たちは設営された舞台上のスクリーンに釘付けで、頑としてその場を離れようとしない。スクリーンにはドローンが湖上から撮った映像が流れていた。三名の選手が先頭を切って進み、一〇メートルあとを第二集団が追っている。さらにその後ろに総勢三百名の選手が連なっていた。

選手らはどんどん岸から離れて行く。急がねばならなかった。ここにサメが現れたら大変なことになる。

「通してくださ……」

言いかけたそのときだった。観客たちが急に静まり返ったかと思うと、サメだという声が聞こえた。スクリーンを振り返った矢代の目に、一番起きてほしくなかった光景が飛び込んで来る。

映画『ジョーズ』そのものの映像。

先導の選手らと折り返しのブイを食い荒らした巨大なサメが、再び水の中へ潜って行く……。

誰もが信じられないという顔で見ている。空気が抜けたブイが萎み、体を食いちぎられた選手の周囲に赤い血が広がると、会場は我に返り阿鼻叫喚に包まれた。

矢代は観客たちを押しのけながらプラスチックの柵で仕切られたコースへ進入し、トランジションエリアを横切って、まっすぐに大会本部がある湖畔へ向かう。

「なんてことだ……。なんて……」

恐ろしくて、未だにあれが現実の光景だとは思えなかった。渋川はサメの大きさが一〇メートルだと言っていたが、それよりも大きく見えた。

後悔で歯ぎしりする。もっと早く庁舎を抜け出して大会をぶちこわすべきだった。だが、こうなってしまった以上、責任者として被害を最小限に抑えなくては……。

土手を駆け下りると、運営のテントから飛び出したスタッフや関係者が湖畔に集まり、サメが出たあたりを呆然と眺めていた。市長や牛尾、メイケン製薬の奈良岡らの姿もある。

「あっ、矢代さん！」

振り返った進藤が驚く。矢代は大声で叫んだ。

「緊急放送を流して選手らを岸に戻らせろ！　救助用のボートで、できる限り救助するんだ。あと、消防に連絡してありったけの救急車を回してもらえ！　スタッフ全員で観客を誘導して、北と南の駐車場に救急車が入れるようにするんだ。こっち側はトランジションエリアの柵を外して、駐車場から救急車が直接入れるようにしろ！」

頭の中でシミュレーションしていたため、言葉はするすると出て来た。緊急用のマニュアルも作成してあるが、それでは足らない。この事態はそれをはるかに凌駕している。

頷くと進藤は櫓に登り、置いてあったエアフォーンを鳴らして選手らの注意を引いた。運営テントに戻った小池が、落ち着いて近くの岸に上がるようアナウンスする。

魂が抜けたように立っている市長に、矢代は詰め寄った。

「何をしてるんですか！　市の特別救助隊を出動させて、知事に連絡し自衛隊にも救助要請してください。学者の話だと、あの化物は一〇メートル以上あります。警察の手には負えません。選手らを救助しないと」

「しかし、そんなこと……」

うわごとのように市長は呟く。動揺した顔は青ざめ、手は震えていた。

「早く！　まだほとんどの選手は水の中にいるんですよ!?」

近くにいたスタッフからスマホを借り市長へ突きつけるが、現実逃避している彼は頑として受け取ろうとしなかった。

「救助要請なんて大げさだ、ただの事故だ……。それに誰が信じるんだ。サメなんて……」

湖から大きなエンジン音がしたのはそのときだった。目を向けると、桟橋から救助ボートが発進し、選手らを避ける軌道を取りながら、先ほどサメの襲撃があった場所を目指していた。

土手から見ていた観客から再び悲鳴が上がる。彼らの指が示した場所を見て、矢代は息を呑んだ。ボートの背後五メートルのところに、水を掻き分けて進むサメの背鰭があった。

「逃げてー！　後ろにいるー！」

人々が叫ぶが、モーター音で救助スタッフには届かなかった。ボートの半分ぐらいの大きさの背鰭は、どんどん距離を縮めて行く。

運営テントへ駆け込み、矢代はアナウンス用のマイクを掴んで叫んだ。

「ボートの救助スタッフ！　逃げろ！　後ろにサメがいる！」

声は増幅されスピーカーで周囲一帯に響き渡る。ボートのスタッフは、そのとき初めてこちらを向いた——。

だがもう遅かった。

大口を開けたサメが食らいつく。船体よりも二・五倍ほど大きい超弩級の化物。すっぽりと口に入ったボートの後部は強靭な歯で噛み砕かれ、推進力をなくして停止する。サメが体重をかけたため、ボートは後傾していった。乗っていたスタッフは縁をつかんで抵抗するが、重力に逆らえず滑り落ち、絶叫しながらサメの口の中へ吸い込まれた。口を閉じたサメは、ゆっくりと水の中へ戻って行く——。

湖周辺は静まり返った。

マイクを握ったまま、矢代は足が震えていることに気づく。あんな恐ろしい生き物がこの世に存在するなんて……。

湖畔へ戻ると、ようやく現実に引き戻されたらしい市長が、スマホに向かって怒鳴りつけていた。

「緊急だと言ってるだろう！　大至急、知事に代われ！　不二宮市長だ！」

けたたましいサイレンとともに、駐車場で待機していた救急車が、スタッフに誘導され湖畔へ入って来た。

周囲を見回し牛尾を捜すと、矢代は近づく。救助ボートの残骸を眺めながら彼は言った。

「……すまなかった」

矢代は頷く。今は責めている時ではない。彼にはしてもらうことがある。

「俺はここを離れますから、あとはお願いしていいですか」

「何をする気だ？」

栈橋につけられた予備の救助ボートを顎で示す。

「少しでも選手を助けます。俺は責任者なので」

大きく目を見開き、彼は叫んだ。

「だめだ、やめろ！　死ぬぞ！」

「皆への指示、お願いしますね！」

止めようとする牛尾を振り切り、栈橋へ向かって駆け出す。ボートの操縦をしたことはないので不安だったが、他に行きたがるものはいないだろうし、なんとかするしかない。

誰かが追ってくる気配を感じ、振り返った矢代は、あっと声を上げた。

メイケン製薬の奈良岡会長の腰巾着、工場長の長田だった。横に並んだ彼は、思い詰めた表情で口を開く。

「私も連れてって下さい。釣りをするんで、ボートの船舶免許は持ってます」

「さっきのを見てたでしょう。危険ですよ⁉」

「私は行かなくちゃいけないんです……罪滅ぼしのために」

「え？」

理由がなんにせよ、ありがたかった。断ることはせず、桟橋に到着した矢代は彼とともにボートへ乗り込んだ。長田は慣れた様子でエンジンをかけ、低い声で行きますと言ってボートを出す。

軽快な音を立て、ボートは北へと進んだ。

湖の東側へ目をやる。ほとんどの選手が避難することなくその場に浮かんでいた。疑心暗鬼な表情できょろきょろと周囲を見回している。サメがどこにいるか分からず、どちらへ逃げていいのかすら分からないのだ。

サメがいないか後ろを警戒しながら、矢代は長田を見た。

いつもおどおどと怯えていた彼。前にここで会った時、サメがどうとか言っていた。

「罪滅ぼしって何のことですか？」

エンジンの音にかき消されないよう大声で訊く。しばらくためらったのち、彼は顔を上げた。

「市はもう知ってるんですよね。うちの新工場から廃水が漏れ出してこの湖に流れ込んでいたこと」

「ええ」矢代は頷く。

「実は……。以前にもこのことを突き止めて、工場を訪ねて来た人がいるんです」

驚いた。思い当たるとしたら渋川ぐらいだったが、彼女は水脈のことを示唆しただけで、そこまで掘り下げてはいない筈だ。他に誰が……？

「あ、もしかして」

もう一人、汚染水があの淵から出ていることを知っていた人物を思い出す。渋川が目印の紙テープのことを話していた、ウィル・レイトナーだ。

こちらの考えをなぞったように、長田は言った。

「青い目の外国人の男性でした。矢代さんと同じぐらいの年齢の……」

湖の西の方から、ゴムボートが矢のような勢いでこちらへ滑ってくるのが視界に入った。

目を凝らし、矢代は口元をほころばせる。

渋川と、可児だった。やはり彼らも最悪の事態を想定し来ていたのだ。

本当は恐怖で折れそうだった気持ちが、少しだけ和らぐ。現役漁師の可児は器用に操船し、矢代たちのボートに横付けした。

「サメは潜行している。どこから出てくるか分からないから、とにかく気をつけろ。もし出て来たら鼻っ柱を叩け。助かる保証はないが」

ウェットスーツに身を包んだ渋川は、再会の挨拶もなしに、持っていた槍を投げて寄越した。

「私たちは西側でサメの気を引いて麻酔を打つことに集中するから、お前はできるだけ選手を救助しろ。いいな?」

「分かった」

二隻のボートは分かれて、別の軌道で進み始める。

渡された槍の先には、麻酔薬が充塡されているようだった。取り回して使い勝手を確かめていると、誰に言うともなく、長田は先ほど中断された話を続けた。

「……工場へ来たその外国人の男性は、全て分かっているようでした。廃水が流れ出ている場所に印をつけた地図や、どうしてあんなものを持っているのか、不二宮市一帯の水脈図を私に見せ、真剣な眼差しとカタコトの日本語で、これ以上湖を汚さないようにと言ってきたんです」

矢代は彼を見る。長田の焦点は合っておらず、夢の中にいるようだった。

「配管の施工ミスで廃水が流出していることは把握していましたが、水脈を通って湖に流れ込んでいるとは思わなかった私は、仕事が終わったのち、本当かどうか確かめるため、彼に連れられて来常湖へ来ました。そこで流出口周辺の水のサンプルを取ったあと、口論になったんです。彼は湖に住む友人への影響が心配だから、その足で市役所へ届け出ると言いました。確かに悪いのはこちらですが、そんなことをされてはメイケン製薬のクリーンなイメージに傷がつきます。上層部にも諮らねばならないため、時間が欲しいと懇願したんです。けれど、彼は聞く耳を持たなかった」

心が遠くへ行っている長田に代わりサメがいないか周囲を見回したのち、矢代は息を呑む。

「それで……?」

「信じて欲しいんですが、本当に事故だったんです。本当です。神に誓って私は何もしていません。ちょうど水かさが減っていた時で、湖の堰堤の縁に立っていた彼は、露出していた藻に滑って荷物ごと水の中に落ちたんです。もちろん私は助けようとしました。でも、先ほど見たあれが現れて……」

感極まった彼の両目から涙がこぼれ落ちる。洟をすすりながら彼は続けた。

「彼の背後から現れたそれは、まるでずいぶん前から狙いを定めていたかのように彼を一瞬で呑み込み、ゆうゆうと湖へ消えていきました。……あっという間の出来事でした。私はすぐさま逃げ出し、このことを会長にも誰にも言えずにいました。どうせ信じてもらえないから言わなくてもいいと自分に言い聞かせましたが、毎日毎日、罪悪感が澱のように溜まっていって……。会長と設営の視察に来た日、あなたが騒いでいたときに私も声を上げればよかった。そうすれば選手たちをこんな目に遭わせることもなかったのに……」

エンジン音と、ボートが水を撥ね上げる音だけが響く。

何も言えず、矢代はただ西の方へ移動して行く渋川のゴムボートを見た。

ずっとウィル・レイトナーからの連絡を待ちわびていた彼女。

この事実を知ったら一体どうなってしまうんだろう……。

＊

かのインディアナポリス号の人々もこんな気持ちだったのだろう。生きた心地がしないとは、まさにこのことだった。

周囲の選手とともに立ち泳ぎをしながら、ジャックはきょろきょろとあたりに目を走らせる。先ほど救助ボートの男性が食われるのを見て以降、総勢三百名いる選手のほとんどが、水中で動けずにいた。潜ってしまったサメはどこにいるのか分からず、下手に動いて目立ちたくないという気持ちが先に立って足を竦ませる。陸までかなり距離があるというのも、絶望的だった。

「どこだ……どこだ……」

歯をガチガチと鳴らしながら、先ほど腕を摑んで止めた日本人選手が呟いている。

「あそこだ！」

別の男が浮島の方を指差した。周囲の選手らはざわつく。皆の視線の先にサメの背鰭が出ていた。サメはしばらく浮島の前を行ったり来たりしたのち、急に進路を変えてこちらへ向かって来る。

「来るな！　あっち行けぇ！」

背鰭は再びゆっくりと水の中へ消え、サメの姿は見えなくなった。

選手らの顔は恐怖で固まった。女性選手の中には、しゃくり上げているものもいる。

「泣くなよ！　こっち来たらどうするんだ！」

ジャックの足に、ざらりとしたものが触れた。サメの背だと分かり全身が硬直する。

サメは、ゆっくりと自分の真下を泳いでいた。ウェットスーツから出ている足首で水の流れを感じる。透明な水越しに見る体はとにかく巨大だった。シャチやジンベエザメよりも長く、なかなか通り過ぎない。紡錘形の体軀は丸々と充実し、灰色の背は潜水艦の装甲のように硬そうだった。

おののきつつも、ジャックは感嘆する。なぜここまで成長したのかは分からないが、自然を超越した圧倒的な存在であることは一目瞭然だった。

浮かんでいる人々の表情で、現在サメがどこにいるかが分かる。サメは、選手らが一番密集している後方へ移動していった。いつ襲ってくるのかはサメにしか分からない。空気が張りつめ、恐怖は最高潮に達していた。

しばらく姿を消していたドローンが上空に現れたのは、そのときだった。南の岸へ目をやると、中年の男性がこちらを見ながら操作している。どうするつもりかと注視していると、選手らを押しのけ、サメが急浮上した。

「きゃあああ！」

「ぎゃああああああ」

選手らは慌てふためいて逃げていく。低空を飛ぶドローンは、わざとサメの鼻先を掠め気を引いた。サメはドローンを食べようとして先導され、誰もいない湖の西側へおびき寄せられて行く。

かなり向こうまで行ったことを確認して、ジャックは叫んだ。

「今のうちだ。みんな早く逃げるんだ！」

呆然とサメの姿を見ていた選手らは、ハッと我に返り一斉に一番近い北の堰堤方向へ向かう。ジャックも彼らとともに急いだ。

先ほどサメに潰されたブイや、最初に転覆し裏返ったボートが迫ってくる。ブイの脇には、先ほど食われた白人の選手の腕が浮いていた。体はどこにあるか分からない。皆、痛ましそうな顔で目をそらし、岸を目指した。

岸まであと二〇メートルというところで、ジャックは西側の少し離れた場所に、ウェットスーツを着た人間が仰向けに浮かんでいるのを見つけた。招待選手の一人——ラテン系の男だった。人を押しのけ、そちらへ進む。

「大丈夫か⁉」

サメに襲われた際に押し流されたのだろう。近寄ると、真っ青な顔で荒い息をし、朦朧とした表情で手を伸ばした。彼の右足の膝から下が無くなっていることに気づき、ジャックは息を呑む。すっぱりと包丁で切ったかのような切断面だった。足首につけていたアンクルバンドを外し、傷口を締め上げる。いまさら効果があるかどうかは分からないがやらないよりはましだろう。

「気を確かに持てよ。助かるからな」

脇の下から腕を通して胸をホールドすると、彼の顔に水がかからないよう注意しながら慎重に岸へ泳ぐ。西へ目をやると、サメはまだドローンに釘付けだった。

五メートルも進んだとき、ラテン系の男はびくりと体を痙攣させて覚醒した。ジャックを見て目を丸くすると、白くなった唇を開く。

「なんでお前が……。一体、何があったんだ……?」

前に向き直り、進みながらジャックは答える。

「サメが出たんだ。お前は怪我をした」

「冗談だろう？　サメなんているはずない……」

力なく笑った男は、ふいに自分の足に目をやり、片方の膝下がないことに気づいて身を震わせる。ようやく事態を呑み込み、小さな声で呟いた。

「俺は死ぬのか……?」

「死なない」

気力を失わせないよう即答したものの、ジャックにも彼が助かるかどうかは分からなかった。バンドで留めはしたものの、血は流れ続けている。

陸まであと一〇メートル。ジャックはさらに急いだ。

「怪我人がいる！　すぐに輸血が必要だ！　誰か手を貸してくれ！」

選手を陸に引き上げる手伝いをしていたスタッフらが、こちらへ集まってくる。観客は既にどこかへ移動させられ、彼らがいた場所に、赤色灯を回転させた救急車が数台停まっていた。

あと五メートル。

「……まさか、あんたに助けられるなんてな」

か細い声でラテン系の男は言った。

「助けない方が良かったか？」

軽い復讐のつもりで皮肉を言うと、彼は苦笑した。

「ふん、どうだろうな……」

ついに堰堤に到着した。ジャックが水中から彼の体を持ち上げ、スタッフや救急隊員らが手を伸ばし、簡易の担架に乗せベルトで固定する。

「あとは任せて下さい」

こちらを見て英語で言った若い救急隊員に、ジャックは頷いた。

避難してくる他の選手の邪魔にならないよう湖畔の空き地へ移動するなり、ジャックは芝の地面に崩れ落ち仰向けに寝転がる。サメによって極限の緊張を強いられたせいだろう。体が鉛のように重かった。

顔を上げて湖に目を戻す。選手のうち半分ほどが、こちらとスタート地点の二つの岸を目指して泳いでいたが、恐怖で動けなくなった選手がまだたくさん湖面に浮いていた。ドローンがずっと引きつけてくれていれば、全員を避難させることは不可能ではないだろうが……。

電池切れになり、地面に頭をつけたジャックは空を仰ぐ。

脳裏に浮かんだのは、師の姿だった。人はあるべき場所へ導かれると諭した彼。

――仏陀は自分をこんな目に遭わせるため、ここへ導いたのだろうか……？

*

「長田さん、次はあのピンクのウェットスーツの女性のところへ行きましょう」

湖の東側――右を向いた鴨の胸のあたりへボートで乗り入れ、矢代は自力で動けない選手らの救助活動をしていた。二名をボートに乗せては、岸へ届けるの繰り返し。微力としか言いようがないが、サメがドローンに引きつけられている間に、十名を救助することができた。

コツを摑んで来たようで、長田はボートが選手にぶつからないようスムーズに操り、放心状態の女性の元へ向かう。

矢代は振り返り、湖の西側を見た。ドローンと連携してゴムボートの渋川が背後から近づき、槍で麻酔を注入しようとしていたが、サイズが大きく俊敏なため上手くいっていなかった。渋川らにとっても危険な作業だ。何度も振り返ってかぶりつこうとするサメに食われずに済んでいるのは、可児の操船技術の高さゆえだろう。

女性の傍までいくと、長田はエンジンを切り慣性の法則でゆっくりと進む。胸から上だけを水から出した若い女性は、目を見開いたまま心がどこかへ飛んでいた。あんな惨劇を見た後では無理もない。矢代は彼女の脇の下から手を差し入れ、ボートへ引き上げる。

太陽はどんどん高度を上げ、気温が上がっていた。袖で目に入った汗を拭いながら、長田を見上げる。

「オッケーです。出してください」

頷いた彼がボートを出そうとしたとき、サメを見守っていた人々から叫び声が上がった。

つられて振り返った矢代は、目を見張る。

湖の四メートルほど上空。飛び上がったサメがドローンをくわえ、身を翻して落下するところだった。

大きな音と水しぶきが上がり、傍にいた渋川らのゴムボートも波で押しやられる。余韻が続き、しばらく湖面は揺れ続けた。

皆キョロキョロと顔を動かす。サメはどこへいった――？

西の方から選手らのいる東側へ向かって、不自然な水の流れが近づいているのに矢代は気づいた。注視していると、だんだん盛り上がった水面が割れサメの背鰭が現れる。

「逃げろー！　そこだー！」

背鰭は、矢代たちより北側に浮かんでいる十名ほどの集団を目指していた。彼らに向かって声を限りに叫ぶが、逃げ場などある筈がなかった。

怯えて固まる選手らへ向けて、大きく口を開いたサメが突っ込む。

悲痛な断末魔と、岸から見ている人々の悲鳴が重なった。人間の体が呑み込まれては咀嚼されていく。サメが一噛みするごとに、食べ損ねた頭部や手足が大量の血液とともにこぼれ落ちた。襲撃を終えたサメは、数名の選手をくわえたまま東の浮島を迂回して、スタート地点の方へ回る。

こんな悲惨な状況を誰も見たことがなかった。水面には血の航路が続き、サメは陸へ泳ぎ着こうとしていた選手らへ次々襲いかかる。嚙み付いては吐き出し、食べるためというより、もはや人間を殺戮（さつりく）することが目的に見えた。

南の岸へ逃げようとする選手の退路を断ったのち、サメは再び湖の中心部を目指すべく進路を変える。

岸にいた警官の一人が駆け出し、桟橋の先端に立った。彼はホルダーから拳銃を取り出すと、脇を通り抜けていくサメに向け発砲した。パーンという乾いた音が数回響く。効かなかった。巨体からは想像できない俊敏さで振り返ると、サメは桟橋を支えている橋脚へ齧りつく。桟橋は崩れ落ち、足場を失った警官はもんどりうって湖に落下した。サメはすかさず彼の腰のあたりをくわえ、首をもたげる。警官の体は空中に持ち上がった。

「うわあああっ」

恐怖に顔を歪め警官は叫ぶ。次の瞬間、その体は強靭な歯で食いちぎられ、口から血を吐きながら上半身のみが水へ落下した。サメは潜行し、気が変わったのか背鰭は西側へ向かう。

「矢代さん！」

長田の声で矢代はハッと我に返る。ボートは、先ほどサメが通ったルートをなぞるように進んでいた。血の筋が出来た水面には、人の手や足、頭部などが浮かんでいる。その中から二名の生存者を見つけて引き上げ、先ほどの女性とともに送るため南のスタート地点を目指した。

水辺では、消防隊員らによる救助活動が行なわれており、救急車が絶えず出入りしていた。ボートを岸に着けて女性らを引き渡す。普段からこのような事態を想定して訓練しているはずの消防や救急隊員らも、この深刻な事態に顔色を失っていた。

*

「――あそこだ。もっと速く！」

ゴムボートは大きな水しぶきを上げながら進む。警官を食ったのち、湖の西方向へどんどん加速するサメを追跡しながら、渋川は操船する可児に向かって叫んだ。

潜水艦の如く大きなサメの体へ直角に近づいてもらい、腹のあたりで並走すると槍を振り上げて突き刺す――。

「くそっ」

先ほどと同様、硬い体表に針が跳ね返されてしまった。水中銃ぐらいの威力があれば刺さるかもしれないが、それでは麻酔を流し込むことができない。

「もう一回！」

諦めず腕を持ち上げると、サメが煩わしげに顔をこちらへ向けた。まずいと声を上げるより先に、状況を判断した可児が言う。

「一旦、退却します！」

煙幕代わりに水を撥ね上げながら、ボートは方向転換してサメから離れた。

麻酔を打てなくとも、選手らが逃げる時間を稼ぐことが出来れば良かったが、それすらも上手くいかなそうだった。サメはゴムボートを追っては来ず、再び進路を変えて選手らの方へ向かう。

「まずいな。また選手らを襲う」

渋川は槍の柄をぐっと握る。焦りしかなかった。被害を最小限に食い止めなくてはならないのに……。

追いかけていくと、サメはまだ救助されることなく散らばっている選手ら五十名ほどの周囲を、大きく旋回し始めた。動けずにいた選手らは悲鳴を上げて水を掻き、サメが作る円の中心へ集まって行く。

崩れた栈橋の横でボートを止め、可児は言った。

「何をしてるんすかね……」

腕を組んだ渋川は、目を眇めてサメを観察する。

「まとめて食べるために餌を追い込んでいるんだ。イワシなどの群れを捕食するときによく見られる行動だ。集団で連携することもある」

「それを人間でやるって……えげつないっすね」

「あのサイズだ。あれにとっては人間も小魚と同じに見えるんだろう」

このままでは選手らが犠牲になるのは時間の問題だった。何とかしなければならないが、これまでのやり方では、効果が期待できない。

腰のベルトに装着したナイフを、渋川は指でなぞった。これでサメの厚い皮を切り裂き、肉へ直接麻酔を注入する他ない。しかし、それはボートの上からでは無理だ。

「私は水中に潜って隙を見つけて麻酔を打つ。だから水面上でサメをおびき寄せて気を引いてくれるか?」

精悍な顔を曇らせ、可児は答えた。

「水の中じゃサメの速さに敵いっこないし、失敗したら一発で食われますよ」

苦笑して、渋川は肩を竦める。

「だがもう打つ手がないんだ。あの人たちの命がかかってる。……やってくれるか?」

悲痛な瞳でじっとこちらを見たのち、可児は静かに頷いた。

怯えて一つに固まる選手らの周囲を、大きな背鰭を見せつけながら、サメはぐるぐると泳いでいた。

選手の家族が水辺に立ち消防隊員や警官へ救助を訴えるが、誰にもどうすることもできない。湖上で唯一救助活動をしていたのが矢代の乗った小型ボートだったが、彼らもうかつに船を出すことが出来ず、対岸のスタート地点付近に留まっていた。

*

北側の土手でことの推移を見守っていたジャックは、先ほどからあることが気にかかり、湖の中心部に目を凝らしていた。

浮かんでいる選手らの中に、見覚えがある蛍光色のウェットスーツがある気がしたのだ。だが、大人数が入り乱れているため、確信が持てずにいた。

もしもジャックが知っている人物だとしたら、とんでもないことだった。彼に大会への出場を断念させなかったばかりか、後押しするようなことをしたのは他ならぬ自分なのだから。

左手の堰堤に目をやると、双眼鏡で湖を見ているスタッフがいた。彼の傍へ行き貸してくれるよう頼み、その場で覗き込む。

円形に固まって浮いている五十人ぐらいの選手たち。南側で、胸より上を水から出し、「彼」は仰向けに浮かんでいた。

ジャックは双眼鏡の倍率を上げる。意識はないが肌には血色もあるし、気を失っているだけのようだ。

ホッとしたそのとき、選手の周りを泳いでいたサメが、浮島のある東側の選手たちへすっと近づいた。外側の選手を中心にパニックが起こり輪が崩れる。サメは一人の男性選手に的を絞って横向きにかぶりつくと、顔を持ち上げ咀嚼し呑み込んだ。

息を呑みながら、ジャックは再び「彼」――挙母へ双眼鏡を向ける。

――子どもをがっかりさせたくなかったんで。外に出るのも嫌がっていた息子が、進んで旅行の荷物を準備して楽しみにしてるそうなんです。

強く嚙み締めすぎた奥歯がギリギリと鳴る。このままでは、自分が彼の息子から父親を奪うことになる。自らの息子――ダンへの自責の念を持ち続けてきたジャックには、堪え難いことだった。

選手を食べ終えたサメは、元の軌道に戻ると散り散りになった選手を一箇所へ集め、再び周回し始める。じっくり観察しながらジャックは頭の中で計算した。

サメは時折浮島や桟橋などに寄り道しつつ、だいたい五分間隔で円を描いている。この隙を突いて選手らを救助することは出来ないだろうか……。

実現は難しそうだった。思いあぐねていたとき、救いの神が現れた。

先ほどから、サメに槍を突き刺そうと女性学者が奮闘しているゴムボートだった。なぜか船上に彼女の姿はなく、若い男性が操縦している。巧みに操られたボートは西側から現れ、北にいたサメの横を通って気を引く。サメは見事にボートをロックオンし、旋回して西へ向かい始めた。

選手の一部は、それを見てスタート地点に向かって泳ぎ出す。だが、挙母は一向に意識を取り戻す気配がなかった。

双眼鏡をスタッフへ返すと、ジャックは救助隊や警官の人なみを押しのけ、湖を取り囲む遊歩道を南に向かって駆け出した。

不思議なことに、いつもなら少し走っただけで悲鳴を上げる膝が、この日だけはスムーズに動いた。一キロ強の行程などまるで問題にならず、すぐにスタート地点のある南側へ到着する。そこから踏み石のような岩を軽々跳び進み、浮島へと登った。

他の選手の集団から少し離れた場所に、挙母は浮かんでいた。視線を西へ向けると、若者が操るボートは、はるか遠く森の前で食いつこうとするサメを必死に避けながら奮闘している。

——行くなら今だ。

浮島から湖へ飛び込み、ジャックは五〇メートルほど先にいる挙母の元へ向かった。

疲れていたはずなのに、体が水を得た魚のように動く。

漂っている帽子や、人間の手足などを避けながらたどり着くと、挙母の脇の下へ腕を差し入れて泳ぎ出す。浮島の北側は断崖になっていて上がれないので、スタート地点へ向かうことにした。こちらもほんの五〇メートルほどだ。

ジャックは懸命に前へ進む。ボートはいつまでサメの気を引いていられるか分からない。

あと三〇メートル。岸が間近に見えて来た。集まった人々がエールを送ってくれている。

「……もう少しで、息子に会えるからな」

目をつぶり空を仰ぐ挙母に言う。父親と再会し子どもが笑顔になるところを想像すると、こちらの心までじわりと温かくなった。

あと二〇メートル、一五メートル。

ウェットスーツが浮力を与えてくれるといえども、二人分の推進力を生み出さなくてはならないため、さすがに息が上がる。

「もうちょっとだ。もうちょっと……」

岸にいる人たちから悲鳴が上がったのは、そのときだった。

反射的に振り返る。北側から猛烈な勢いで飛沫を上げ、背鰭がこちらへ迫っていた。ボートがどうなったのか分からないが、サメは集めた獲物が逃げたことに感づいて取り戻しに来たのだ。

背鰭はぐんぐん近づき、一〇メートルほど後ろにいた女性選手が、悲鳴を上げて水中に引き込まれた。

陸とサメを見比べジャックは素早く計算した。結果は絶望的だった。自分たちがたどり着くより前に、サメは確実に追いつく。

——ならば、囮(おとり)を作るしかない。

「こいつを助けてくれ！　いいな！」

岸で待機している消防隊員に向けて叫ぶと、ジャックは拳母をその場に残して浮島のある東側へ方向転換し、水を強く叩きながら泳ぎ出した。岸に向かっていた背鰭は、思惑通りこちらへ旋回する。

ただただ、可能な限り逃げた。

逃げられないことは最初から分かっていた。

恐怖は大きかったが、達成感が胸に広がっていた。

――挙母が無事なら、それでいい。

このときようやくジャックは得心した。仏陀は、このために自分をここへ導いたのだ。彼を助けることで、ジャック自身が救われるために。

後ろから迫ってくる猛烈な水流に振り返る――。

上下にびっしりと鋭い歯が並んだ、巨大な口腔が襲いかかって来た。

*

水中は別世界のように静かだった。シューという自分の呼吸音だけが響き、吐いた息が細かな泡の柱となって、きらきら光りながら上昇していく。

槍を手に酸素ボンベを背負った渋川は、太陽光がオーロラのような模様を作り出す水の中を泳ぎ、水深一五メートルほどの湖底まで降りた。大きな岩が敷き詰められており、そこをねぐらにしていた小魚たちが、さっと逃げて行く。

周囲を見回すと、南方向に橋脚が壊された桟橋がぼんやりと確認でき、東には浮いている選手らの周りを執拗にぐるぐると回るサメの姿がうっすら見えた。これだけの距離があっても一〇メートル以上あるサメの威容はよく分かる。

見計らったように、西側から可児の乗ったボートがサメの方へ向かった。挑発して蛇行を繰り返し、引っかかったサメはこちらへ誘導されてくる。

巨体が通り過ぎるタイミングで近づこうとした渋川は、すんでのところで岩に隠れてやり過ごした。湖底に身をひそめサメに近づくのは、完全に作戦ミスだ。このまま浮上したら、麻酔を注入するより先に気づかれて食われてしまう。もっと浅く、遮蔽物で姿を隠せる場所へおびき出さなくては。

幸いにも、可児がサメを引きつけている間に、選手らは岸へ向かって逃げることが出来ていた。まだ数十人残っているようにも見えるが、この隙に救助されることを祈るしかない。

北の方が浅くなっているため、サメの動向を確認しつつそちらへ向かう。水深は七メートルほど。四方を二メートルぐらいの大岩に囲まれたストーンヘンジのような場所を見つけ、そこを拠点とすることにした。どの岩も一メートルほどの厚みがあり、サメにぶつかられたぐらいではびくともしなそうだ。岩と岩の間には人が一人通れるぐらいの隙間があり、逃げ込むのにもちょうどいい。中へ入ってみると、シャワーブースぐらいの広さがあった。これならば上から来られても防げるし、槍の取り回しも出来る。

丁度良い要塞を見つけ、気を良くし、サメの様子を窺うため岩間から出ようとしたそのときだった。

白くぼんやりとした人影が目の前を塞ぐ。慌てて向けようとした槍が岩に引っかかって手が痺れた。驚いたため呼吸が荒くなり、大きめの気泡が吐き出される。

ゆらゆらと漂っていたのは、ずいぶん前に死んだと思われる人間の上半身だった。肉はふやけている上、魚に食われ半分以上白骨化している。頭蓋骨に張り付いた長い髪が海藻のように揺れていた。

渋川は、折れた肋骨に引っかかっていた黒いビキニに手を伸ばす。ワンポイントでつけられている金色のウサギの顔マークに、見覚えがあった。キャンプサイトに来た当初、隣のテントにいたカップルの女だ。

二日前、この湖をダイバーが捜索したときには、岩陰にでも隠れてしまっていたのだろうか。彼らはこの遺体を見つけることができなかった。たった二人では無理もないが、そのとき見つかっていれば、大会を止められたのに……。

手を離した渋川は、足ヒレを動かし岩の上へ出ると、サメの位置を確認する。

ボートを湖の西側へ置き去りにし、サメは東側の選手たちの方へ戻ろうとしていた。遠いので鮮明ではないが、まだたくさんの選手が救助を待っている。

——まずい。

慌てて浮上した渋川は、持っていた槍で後ろの酸素ボンベを叩き、傍を通り過ぎようとしていたサメの気を引こうとする。一瞬こちらへ関心を示したものの、サメは無視して行ってしまった。追おうとするも、スピードが速すぎてついていけない。

サメが消えていった方を注視していると、水の中に赤い血の花がいくつか広がった。

ぐっと槍の柄を握り、くわえていたレギュレーターを噛む。

これほどの無力感に打ちのめされたことはなかった。紛争地域にいた時ですら、まだましだったと思う。せめて普通の大きさならば闘いようもあるが、あの大きさでは歯が立たない。

心の中でウィルに語りかけた。今はどこにいるか分からない親友。

彼は友人であるあのサメを保護して欲しいと言ったが、もはやその希望を叶えるのは不可能だ。これだけの被害者を出したサメを、人間社会が許す筈はない。

無力といえども、渋川にはしなくてはならない使命があった。

岩の基地に戻って身をひそめ、再びサメがやってくるのを待った。

＊

「だめか……この人も……」

サメの目を盗み北の堰堤付近で救助活動をしていた矢代は、中年の男性選手を引っ張り上げようとして、裂かれた腹から腸がこぼれ出し、事切れていることに気づいて元へ戻す。湖を見回すと、自力で動ける選手はほとんど避難したようだが、まだ怪我をして動けずにいる人がたくさんいた。先ほど岸で差し入れてもらったスポーツドリンクで喉を潤し、額から流れる汗を拭う。

『緊急車両が入ります！　観客は土手の上へ移動して下さい！　緊急車両が入ります！』

北側の駐車場には次から次へと救急車が入って来て、怪我人を乗せては、けたたましくサイレンを鳴らし去って行く。パトカーや警察官もたくさん駆けつけていたが、ボートのない状況では、岸の付近まで来た選手を救助するのが精一杯だった。県の防災救助ヘリも到着し上空を旋回してはいるものの、降下すればサメを刺激することにもなりかねず、選手を助けるのは予想以上に難しそうだった。

「矢代さん、あそこ」

長田が、堰堤から二〇メートルほど離れた場所に浮いている紺色のウェットスーツの男性を指差した。青白い顔で仰向けになっていたため死んでいると思ったが、気絶していただけらしい。我に返り、おろおろと周囲を見回している。

「行きましょう」

「ただ、サメがどこにいるか……」

額に手をかざし、さらに高く昇った太陽の光を遮りながら、長田は湖を見渡す。

浮島のあたりで選手を襲ったのち、サメは潜行して姿が見えなくなっていた。先ほどまで西側でサメを引きつけていた可児のボートは、接岸し燃料補給をしている。

助けを求める男性はパニックに陥っていた。ばしゃばしゃと手足を動かしていて、このままでは格好の餌食だ。

「長田さん」

すでに阿吽の呼吸となっている彼は、呼ぶだけで理解し頷いた。

ボートはゆっくりと滑り出し、男性の元へ向かう。

「ここだー！　たすけてくれえっ！」

緊張して周囲を窺いながら進み、叫ぶ男性に静かにするようジェスチャーで伝える。不自然な水面の盛り上がりなどはなく、どうやらサメは近くにはいないようだった。

ボートを減速させて男性の脇につけると、矢代は手を伸ばした。

「もう、大丈夫ですよ」

ホッとしたように微笑み、男性はその手を摑む。しかし急に顔を引き攣らせた。彼はゆつくりと下を見る。

「足の下に、何かがいる……な……」

次の瞬間、彼はものすごい力で水の中へ引き込まれた。

水面が大きく揺れる。数秒後、彼のものと思われる大量の血が浮き上がって来た。

呆然としてそれを見下ろしていると、水底から何かが突き上げてくるのが見えた。サメだと気づいた矢代が身を翻し船底に倒れ込むと同時に、水面から飛び出した巨大なサメの顔が、それまでいた場所へかぶりついた。

「うわあああっ」

空振りしたサメは横に倒れ込み、大きな飛沫が上がる。

エンジンがかかり、ボートは急発進した。

「岸まで逃げましょう！」

長田が叫ぶ。そこからもっとも近い堰堤を目指し、一直線に水上を駆ける。後ろを見るが、背鰭は見えなかった。このまま逃げ切れるかと胸をなで下ろしたとき、前方を遮るようにサメが巨体を浮上させる。

「くそっ！」

旋回し、長田は選手らがいない西側へ針路を取った。最高速度でサメから逃げる。

ボートが立てる白波の背後に、背鰭が現れた。ぐんぐん距離を縮めてくる。先ほど見た救助員の悲劇を思い出す。こんな小型のボートでは襲われたら助からない。悪夢を再現するかのように、追いついたサメは背後からボートに齧りついた。

「うわああっ！」

後ろで操作していた長田が前に倒れ込んできて、矢代は彼を船首へ引っ張る。スクリューが口の中でぐるぐると回転し、驚いたサメは一旦退却した。

エンジンはゆっくりと停止し、噛み砕かれた船底から水がしみてくる。すぐに足首の高さになった。この分では、五分もすれば沈没してしまうだろう。

動揺しながら矢代は周囲を見回す。幸いなことに、給油を終えた可児のゴムボートがこちらへ向かってくれていた。

「左から来ます！」

長田が叫ぶ。彼が示した二〇メートルほど先の水面に背鰭が急浮上し、サメは再びこちらへ襲いかかってきた。大きく口を開けると、今度は船の脇腹にかぶりついて去って行く。側面が食いちぎられたボートは、水を飲み込みながら沈下する。

「わあああっ！」

混乱する矢代の腕を摑み、長田は声を張り上げた。

「私が囮になって泳ぎますから、矢代さんはあのゴムボートに乗り換えて逃げて下さい！」

「長田さん、あなたは何を……」

「たくさんの亡くなった選手に対して、私に出来る唯一の罪滅ぼしです」

止める間もなく、長田は湖へ飛び込む。そのまま可児が来るのとは反対の西南方向へ、クロールで泳ぎ始めた。

ボートの横に浮上した背鰭が、わざとばちゃばちゃと音を立てる彼を追っていく。

「だめだ……長田さん。長田さん！」

水に浸かりながら絶叫すると、後ろから脇に手を差し込まれゴムボートへ引き上げられた。可児だった。

「助けられて良かった。摑まって下さい！」

彼はエンジンをかけ急発進する。

自分たちのボートはすでに沈んで見えなくなっていた。高速で遠ざかりながら、矢代は呆然と長田を見つめる。一直線に泳いでいた彼は、あるところで溺れるように水へ引き込まれ、そのまま上がってくることはなかった。

猛スピードで北へ針路を取りながら、可児は大声で言った。

「渋川さんが下から狙いをつけてる筈ですから、しばらくこのあたりでサメを挑発します！」

頷くと同時に、矢代はボートの底に転がっていた予備の槍へ目をやった。

先ほど渡されたものと同様、サメの大きさと比べると絶望的に小さな槍だった。泳ぎながらこれで麻酔薬を打つ困難を想像し、胸に不安が広がる。

同じ場所でしばらく8の字を描いていると、サメは狙い通りゴムボートへ照準を合わせ追って来た。可児が絶妙なテクニックで焦らして時間を稼ぐが、やはり渋川は苦戦しているのか、一向に大人しくなる気配がない。

周囲に目を配って舵を切りつつ、可児はぽつりと呟いた。

「もしかしたら、渋川さん、やられちゃったのかもしれない……」

心臓がぎゅっとつかまれる。有り得ないことではなかった。いくら彼女の身体能力が高くても、水中であのサメに勝てる訳がないし、むしろ食われてしまう可能性の方が高い……。

湖の東側へ目を向けるが、選手らの救助は進んでいなかった。到着した自衛隊員らがボートの搬入を始めていたが、それとてサメの餌食にならないとは限らない。

激しくツイストを繰り返すゴムボートの取っ手をつかみながら、矢代はじっと槍を見つめた。

彼女がいないならば、他の誰かがやらねばならない。未だ残っている選手らを守ることができるのは矢代だけだ。

迷わずそれを拾い上げると、矢代は可児が用意していた潜水具一式を身につける。学生の頃、沖縄でダイビングの免許を取得したので勝手は分かる。

槍を持って立つと、操船しながら渋い表情でこちらを見ている可児に叫んだ。

「隙を見て水に入りサメに麻酔を打つ！　君はもう十分頑張ってくれたし、岸へ逃げてくれ！」

「止めても無駄っすよね。……矢代さんも渋川さんも」

力なく彼は笑った。

＊

可児のゴムボートは蛇行や旋回を繰り返し、頭上の水面では航跡が入り乱れていた。ボートを追ったサメが行ったり来たりし、水中でダンスを踊っているように見える。

基地と決めた岩の間からサメの動向を見守っていた渋川は、何も出来ないことにただひたすら焦れていた。何度も接近を試みたものの、ボートに合わせてサメも俊敏に向きを変えるため、どうしても上手くいかない。よほどの隙がない限り、やはり水の中でサメに麻酔を打つことは不可能なのかもしれない。

ボートが反対側へ走って行き、サメも追従した。岩から数メートル浮上して、渋川はサメの巨体を観察する。

大きさのせいだけではないだろう。太陽の光を背に受けながら、流線形の美しい体で尾鰭を振って進む姿は、言いようもないほど神々しく美しかった。丸みを帯びた鼻先や口元は、愛らしくすら見える。

——こんな出会い方じゃなければよかったのに。

心底残念でならなかった。人間とサメは住む世界が違う。どちらも相手の領域へ足を踏み込まなければ、互いの存在を認め歩み寄る余地が生まれるが、どんな運命のいたずらか、サメの方が内陸にあるこの湖にやって来てしまった今回のケースは、不運としか言いようがなかった。駿河湾に留まり続けていたなら、自由闊達に海で生涯を送ることができただろうに……。

水深三メートルあたりに留まりながら、渋川は時間が止まったかのようにサメに見とれていた。不謹慎ながら幸せな時間でもあった。今後二度とこんなオオメジロザメには出会えないだろう。

たった一〇メートルほどの距離で、無機質なサメの瞳と目が合っていることに気づいたのは、レギュレーターからボコリと大きな気泡が立ち上ったときだった。ほとんどのサメは、目が顔の側面についている。いつのまにか間近に来ていたオオメジロザメは、左の横顔でじっとこちらを見ていた。体に対して余り大きくない真円の瞳は、どんな闇よりも深い黒をたたえ、非情な本能で渋川という生き物を計測している。

背筋が凍りつく。慌ててボートの位置を確かめると、はるか西の方に軌跡が見えた。まずい。サメは、浅い場所で無防備に浮いていた渋川へターゲットを変更したらしい。頭から潜った渋川は、高速で足ヒレを動かし「基地」がある湖底へ急ぐ。体を屈曲させ攻撃姿勢を取り、サメは猛烈な勢いでこちらへ向かってきた。

完全に不覚だった。がむしゃらに泳いで岩の基地の隙間に滑り込むやいなや、大きく口を開いたサメが一秒前までいた場所にかぶりついた。そのまま巨体で岩を押して前進しようとする。

軽自動車ぐらいなら丸呑みできそうな巨大な口には、上下に三角形の歯が並んでいた。巨大化したオオメジロザメのそれは、メガロドンの歯の化石のごとく一つ一つが大きく鋭い。興奮して顎を飛び出させ、歯と歯茎をむき出して襲ってくる姿は、まさにモンスターだ。

波打つ心臓を落ち着かせながら、渋川は槍を構える。ナイフで表皮を傷つける余裕はとてもないため、歯茎に麻酔を打つことにした。タイミングを見計らい、一メートルの奥行きがある岩の隙間から槍を突き出す。五センチほどの針が分厚い歯茎に刺さり、薬剤を注入することができた。サメが痛みで暴れたため、槍は渋川の手を離れ弾き飛ばされてしまったが、もう問題ない。

――一体どれぐらいで効果が現れるか。

計算上は、すぐにでも動けなくなる量にした筈だった。

腕のダイバーズウォッチで時間の経過を確かめながら観察する。十秒、二十秒……。

動きを止めるどころか、興奮の度合いをさらに強めてサメは岩に詰め寄った。息を呑んで渋川は後ずさる。麻酔が効かなければ、ここから出ることも叶わない。酸素は有限だし、浮上しようものならそれこそ一瞬で食われるだろう。

二トンはありそうな大岩が、ぐらりと横へ傾いた。湖底に食い込んでいると思ったが、サメによって加えられる圧倒的な力に耐えられなかったらしい。ここを突破されたらもう逃げる場所はない。

なんとか耐えてくれるよう祈るが、無情にも岩は少しずつ倒れて行く。

開閉を繰り返すサメの口がどんどん迫ってきた。足元にあった木の枝を見つけサメが嫌がるロレンチニ瓶を突いたが、すぐに嚙み砕かれる。岩はさらに倒れ、追いつめられた渋川の顔の間近まで歯がやってくる。

狂気に取り憑かれたように前進するサメは、攻撃の際に目を保護する瞬膜(しゅんまく)を閉じた。これを間近で見られるのは、サメに嚙まれる時だけだ。

覚悟を決めるより他なかった。渋川は奥歯を嚙み締める。

心の中でウィルに謝罪した。

——こんなことになってしまってすまない。私にはサメを守れなかった……。

鋭い歯によってすぐに痛みと死が与えられると思ったが、なかなかそのときは来なかった。渋川は、ゆっくりと瞼を開き、瞬かせる。

不思議なことに、目と口を開いたまま、サメは時が止まったように静止していた。

「——？」

しばらく眺めるが、微動だにしないため、ゆっくりと浮上してその体を俯瞰する。

巨体の尾へ視線をやった渋川は、目を見開いた。

潜水具を身につけた矢代が、サメの尾に突き刺した槍から手を離したところだった。

顔を上げこちらに気づいた彼は、こちらへやって来ると、やったとばかりに親指を上げるポーズをして見せた。

呆然としてサメと彼を何度も見比べる。どうやら、ゴムボートに残して来た槍で彼がサメを突いたらしい。彼がここまでやるとは思っていなかったため驚いた。

レギュレーターを外した彼は、上を指差しながら何事かを話した。浮上しようと言っているようだった。サメが気になり渋川は目を戻す。自分がこの場を離れれば、他の人間に何をされるか分からない。だが、酸素も残り少ないし出直さなくてはならないのも事実だった。

頷いて、矢代とともに湖面へ向かって上昇しようとする——。

視線を感じた渋川は振り返る。サメがこちらを見ていた。舌打ちする。二本打ったから大丈夫だと思ったが、やはり絶対的に麻酔の量が足りないのかもしれない。

停止していたはずのサメは、ゆっくりと尾を振った——体の感覚を確かめるように。

頭上からモーター音がして、ゴムボートの航跡がこちらへ向かってきていた。矢代を迎えに来た可児だろう。

まだサメの覚醒を知らない矢代の背後に回ると、渋川は自身のレギュレーターを外し彼の耳元で叫んだ。

「思い切り息を吸って止めろ！」

戸惑いながらも、矢代は言う通りにする。渋川は彼が背負っている酸素ボンベを外して栓が下になるようにして抱えさせた。

サメを見下ろすと、今度は全身を波打たせた。顔を上げてこちらを標的に定める。

「絶対に離すな！」

再び矢代に言うと、酸素ボンベの栓を開く。一気に中の気体が吹き出し、泡の太い柱を立てながら彼は上昇していった。湖面に出さえすれば、ボートが救助してくれるだろう。

顔を下げ、サメに目をやる。

こちらを窺っていたサメは、まっすぐに向かって来た。

＊

空気の泡が猛烈な勢いで吹き出し、体がぐんぐん浮上していく。腕の中で暴れるボンベを離さないよう摑んだまま、矢代は手を伸ばし、声にならない声で叫んだ。

先ほどまで硬直していたはずのサメが動きだし、水深五メートル付近に浮いている渋川へ突進する。

目にも留らぬ速さで近づいたそれは、体を仰け反らせると大きく口を開き、不気味にせり出させた顎で渋川を丸呑みした。周囲の水に血が薄く散らばる。

あとには、彼女の影も形も残っていなかった。

——そんな馬鹿な。

矢代の口は、絶望の言葉を唱える。

転回したサメは浮上する矢代の方にも目を向けたが、追っては来なかった。湖底へ戻り、ゆっくりと円を描くように這い回る。麻酔の影響で、まだ万全ではないのかもしれなかった。

水面へ到達し、軽い衝撃とともに矢代の顔は水上へ飛び出した。大きく深呼吸するとともに、ボートで待ち構えていた可児にここだと手を挙げる。

矢代を船上へ引き上げたのち、彼はすぐさまエンジンをかけゴムボートを発進させた。

「空気が出てたんですぐ分かりましたよ。良かった……サメはやっつけられたんですか？」

未だ心が麻痺している矢代は、ただ首を振る。信じたくなかった。自分を助けようとして、渋川が死んだなんて……。

上空がとにかくうるさかった。見上げると、何機ものヘリコプターが青い空を飛んでいる。湖の東側の低い位置に滞空している自衛隊のヘリが、まだ残された選手たちを救助していた。

観客の姿はすでに湖周辺にはなく、規制線が張られ警察や自衛隊の車両で埋め尽くされている。

予想通りサメが追って来ることはなく、ボートは白波を立てて南の桟橋方向を目指した。高く昇った太陽がギラギラと周囲を照らし出している。ヘリの音に負けじと蟬の声も森から大きく響いていた。

温い風を切り裂きながら、可児は訊いた。

「渋川さんは……」

「……食われて死んだ」

表情を硬くし、彼は黙って俯いた。

岸へ上がると、待ち構えていた警官や自衛官らにサメの様子を訊かれた。疲れている体を押して、矢代は二十分にわたり状況を詳細に説明した。

解放されたのち呆然と芝生に座り込んでいると、救急隊員が体調を確認しに来てくれたが、大丈夫だと言って断る。

支給された飲み物を口に含みながら運営のテントへ目をやったところ、小さくなってことの成り行きを見守っている市長や助役らと目が合った。

矢代は彼らを睨みつける。憎んでも憎み足りなかった。昨夜彼らが自分の意見を聞き入れてくれていれば、こんな惨事にならずに済んだのに。

怯んだ表情を見せた彼らは、視線をそらし二度とこちらを見ることはなかった。

太陽の上昇とともに、気温は猛烈に上がっていた。救助活動は順調に進んでいるようで、周囲には無線が飛び交い、救急隊や自衛官らが忙しく立ち働いている。

立ち上がって岸辺に近づいた矢代は、手をかざして日を反射させる湖を見渡した。

先ほどの自衛官の話しぶりから察するに、全ての選手を救助したあと、巨大オオメジロザメを殺すための作戦が行なわれるようだった。

――この湖にオオメジロザメが迷い込んでいると聞いて保護しに来た。

数日前、こう言った彼女のことを思い出す。

結局、彼女やウィル・レイトナーの願いは叶わず、サメを始末してこの事態は収束することになるのだ。

両の目から涙が流れ出ていることに気づき、矢代は指で頬を拭う。

戻れるものなら、彼女がこの湖にやって来た日に時間を巻き戻したかった。

もっとちゃんと話に耳を傾けるべきだった。大会を中止するために早くから動けばよかった。

でも、もう、どうしようもない。

ヘリやボートで選手らが救出される様子を、ただただ眺める。

最悪の事態は起こってしまったし、彼女はもうこの世にいない。

＊

とても静かで、光の加減によってすべてが揺らいで見える夢の世界。

明るく透明な大河の中を、渋川は魚となってたゆたっていた。

流れはとてもゆっくりで、ぬるく、心地よい。

肌にすべらかな抵抗を与える水の感触を楽しんでいると、ステレオのサウンドで、シンシアの声が響いた。

——偽の心と葛藤が起きているのよ。

——これは、あなたに起こる発作の縮図とも言えるんじゃないかしら？　それが、あなたの抱えている問題の本質。正面から見つめて心を整理すれば……。

こんな時までうんざりだった。どうせなら、もっと楽しい夢にしてくれればいいのに。

気持ちに呼応するように、川はわずかずつ速度をつけ始めた。先ほどと同じ美しい世界であるにも拘わらず、流されて行く不安が胸を侵食する。逆らって元の心地よい場所へ戻ろうとするが、小さなヒレしか持っていない渋川には不可能だった。

どうにも出来ないことを悟り、諦めてだいぶ速くなった川に流されて行く。

今度は、リーザに投げかけられた言葉が聞こえた。

——私さいきん面白い本を読んだのよ？　男と女の間に友情は成立するかがテーマなの。とても興味深かった。あなたはどう思う？

瞼を閉じて回想する。

あのとき自分は深く考えることなく回答したのだ。ウィルと自分のように成立し得ると。いつもはすぐに別のことを考えようとしてしまうが、今日は逃げられなかった。ゆっくりと目を開き、心を深く掘り下げる。本当は嘘をついたのだ。隠している気持ちに固く蓋をし、見ないようにして。

夢の中なのに、発作の兆候で血の気が引くのが分かった。だんだんと胃のあたりが不快になり、喉へこみ上げて来る。普段通り寝転んでやり過ごそうにも、魚の姿では無理だった。温かかった水が急に冷たく感じられ、吐きそうになりのたうち回る。

川幅はどんどん狭くなり、流れは急になっていった。水はうねる濁流と化し、渋川の体は翻弄されながら運ばれていく。遠くで、高所から大量の水が落下する音が轟いていた。

きっとこの先は瀑布になっているのだ。恐怖に身が竦む。

この世界の自分は、誰よりも臆病で無防備だった。

死を覚悟して、なぜこんな夢を見るはめになったのかを理解した。

最期だからこそ、すべてを締めくくるため心が突きつけてきたのだ。

ウィルが自分を嫌って避けていたのではないことが分かってもなお、発作がなくならない理由。

――まだ知らんふりするの？

――ただの友人じゃないじゃない！　分かってるんでしょ！

友情を壊したくないがゆえに、頑なに遮断していた気持ち。ウィルや共通の友人たちや自分さえも完璧に欺いていたのに、リーザだけは、女性の本能で見抜いていた。

――そうだ、私はずっと……。

シンシアの見立ても、ある意味正鵠を射ていた。ウィルへの気持ちを完膚なきまでに押しつぶしていたことが、ストレスとなり発作へ繋がっていたのだ。

――どうしても失いたくなかった。奇跡のように出会えた彼との素晴らしい関係を……。

たくさんの気泡を巻き込みながら、激流は圧倒的な力で渋川を押し流す。

滝の爆音が迫り体が震えた。

やがて地面が途切れ、水のエネルギーに揉まれながら空中へ放り出される。

渋川は目を見開いた。

その先に広がっていたのは――。


強い力でぎゅうぎゅうと体全体が圧迫され、渋川は覚醒した。

一条の光も無い、真っ暗な場所。手や足、すべてが動かしにくく、周囲にある肉のようなものに押しつぶされそうだ。肺を押されながら、懸命に呼吸をする。

なぜこんな状況にいるのか思い出そうともがいていると、二メートルほど先で開口部が開いてわずかに光が射した。口元に違和感を覚え、自分がレギュレーターで息をしていることに気づく。

開口部は閉じられ、再び闇の世界となった。前後左右からの力に耐えつつ、なんとか腰に巻いたベルトからペンライトを取り出して点けると、真横に人の顔があってびくりとする。頭を嚙み砕かれ西瓜のように割れており、飛び出した目が渋川の頰に密着していた。

地獄を絵に描いたらこんな風かもしれない。

周囲はたくさんの人間の体で埋め尽くされていた。

どれも肌が青白く、五体満足なものはほぼ無い。上半身、顔、足、手、内臓……鋭利なもので切断された人間のパーツが、肉塊としてこの空間に押し込められている。

ようやく渋川は記憶を呼び覚ました。矢代を逃がしたのち、どうせ逃げられないならこちらから行くしかないと、サメの大きな口の中へ飛び込んだのだった。この様子だとまだ胃には到達していないので、食道あたりだろう。

落ち着くよう深呼吸し、頭から足の先まで自分の体を確かめてみる。太腿の肉を少し持っていかれ出血しているみたいだが、表層だけなので問題なさそうだ。なるべく歯に当たらないよう体を丸めて呑まれたのが幸いしたらしい。潜水具が外れることもなく、今もこうして息をすることが出来ている。

体は窮屈だったが、心は解き放たれ楽になっていた。

先ほどまでいた夢の世界――。

濁流の先にあったのは、いつかウィルとともに訪れたフランス領ギアナの熱帯雨林だった。あの日の記憶がまた再生され、最後に会った日のウィルの姿を見たのだ。

彼はただの彼だったし、森の生き物や虫たちも、彼らしく淡々とそこに存在していた。

それが分かっただけで、もういいと思えたのだ。

リーザが言うように、自分は友人以上の感情をウィルに対して持っていたし、友情さえも失うことを恐れて自らの気持ちを抑圧していた。あれだけ頑なに、この感情を自覚したら死んでしまうのではないかというほど思い詰めていたが、いざ真正面から向き合ってみれば、ただそれだけのことだった。ウィルたち夫婦の問題であるとはいえ、妻であるリーザが自分に苛立っていたことも理解できた。

これからどうなるのかは分からないが、もう、自分の心に嘘をつくつもりはない。それでウィルが自分を遠ざけようとするならば、仕方ないだろう。この二年で喪失の予行演習はできたし、覚悟もできている。

腰のベルトからジュラルミン製の小さなケースを手探りで取り出し、ふたを開ける。小さな注射器は無事だった。ケースへ戻すと、ベルトに装着する。死体を掻き分けて、これをサメの体組織へ注入するつもりだった。中にはイモ貝から抽出したコノトキシンという神経毒が入っている。体長が一〇メートル以上あるサメだろうと、確実に生きてはいられないだろう。

ウィルはサメを守りたがっていたし、ここへ来るとき非常用にと持参しただけで、まさか本当に使うとは思っていなかった。使用を決めたのは、大量の人間に危害を加えたからでも、ましてや自分が助かりたいからでもない。

興海大学で大淵教授に巨大化したドチザメを見せてもらったときのことを回想する。

成長ホルモンが効きすぎたサメは、細胞分裂を制御しきれなかったせいか顎に腫瘍が発生していた。おそらく悪性で、ただ大きくなるだけでは済まず、そのうち体中の細胞を食いつくす。先ほど飲まれた際も、口角のあたりにそれらしきブロッコリー状の腫瘍を見た。このサメも、早晩全身の痛みに苦しんで死ぬ運命にあるのだ。

楽に死なせてやろうというのは、思い上がったヒューマニズムでしかないのかもしれない。だが、渋川がやらなくても、どのみち人間たちにより「駆除」されるのだ。ならば同じだ。

食道壁に近づこうと死体を押しのけるが、四方から強く圧力がかかり、なかなか移動できなかった。くらりと目眩がして、残りの酸素のことに思い至る。潜り始めてもう一時間になる。そろそろ無くなってくる頃だ。

最後の力を振り絞り、渋川は死体を掻き分け先へ進む。しばらく大人しかったサメは、体内で蠢(うごめ)くものに気づき、激しく暴れ回った。振動に耐え、収まるとまた掻き分けて移動する。

酸素は限界に近づいていた。なんとか食道の壁へたどり着くと、震える唇でペンライトをくわえて目の前を照らし、ケースから注射器を取り出す。サメの食道へ針を刺し、振り払われないよう素早く毒を注入した。

暴れるかと思ったが、わずかに痙攣しただけで、あまりにもあっけなくサメは生命活動を停止した。

内臓は動きを止め、仰向けになるためゆっくりと半回転していく——。

注射器を慎重にケースへしまい直した渋川は、外へ出るためサメの口を目指そうとして断念した。酸素が足らず意識が朦朧としてきて、とても間に合いそうにない。

最後の手段で、腰のベルトからナイフを取り出しサメの食道を裂いた。しかし、巨体ゆえに筋肉組織が分厚く、なかなか先へ進めない。気を失いそうになりながらも、何度も何度も手を動かした。

目がかすみ、頭がぐらぐらする。

脱出を諦めかけたとき、つけっぱなしにしていたライトに何かが反射した。引き寄せられるように渋川は手を伸ばす。

摑んだのは折りたたみナイフだった。ウィルが肌身離さず持っていたのと同じ、大学の刻印がしてある。

これがここにあるということは——。

声にならない慟哭(どうこく)が、体の底から沸き上がる。

脳内で、アドレナリンが炸裂した。

ナイフをベルトに挟み込むと、涙が溢れ出た瞳をこれ以上無いほど見開き、滅茶苦茶にサメの肉をナイフで切りつける。もはや自分が何をしているか自覚は無く、ただひたすら同じ行動を繰り返すのみだった。

分厚い肉を抜けて刃が表皮に当たり、一気に切り裂いてサメの体外へ出る。

青く透明な水、空から射し込む光——。

外に広がる世界は、すべてが美しかった。

酸素は無くなっている筈なのに、なぜか平気だった。左手でウィルの折りたたみナイフを握り、この美しい光景を目に焼き付けるように、足ヒレを動かして上を目指す。

振り返ると、巨大なオオメジロザメは腹を見せて湖の底に横たわっていた。渋川が大きく切り裂いた胴体の傷口から、血が滲み出ている。

——守れなくて、傷つけてすまなかった。

ウィルの友へ心から謝り、渋川は湖面へ顔を出した。

The sequel

久しぶりにやってきた来常湖では、強烈な日差しに蝉の声、という夏の印象はすっかりなりをひそめていた。薄い雲を刷(は)いた空や、色を深めた森、黄色くかさついた芝生。すべてが、刻一刻と季節を移り変わらせているのが分かる。

キャンプサイトから周囲を見回すと、大会の設備や警察の規制は綺麗さっぱりとなくなっていた。

痛み、寂しさ、喪失感――さまざまな思いを胸の中で葛藤させながら、矢代は芝生の土手を下りて湖畔へ足を向ける。

長い長い三週間だった。これまで人生で感じたことがないほどの。

海から三〇キロも離れた来常湖に体長一一メートルのオオメジロザメが現れ、トライアスロン選手らを襲ったというニュースは、瞬く間に広がり、日本中――ひいては世界中が大パニックに陥った。

連日、マスコミがヘリを飛ばしたり、現場や市庁舎に押し掛けたりして、争うように報道を繰り広げた。大会前に湖で三名の行方不明者が出ていたことや、渋川や大淵などの専門家が事前に警告していたことなどが徐々に明らかになり、不二宮市は世界中から猛烈なバッシングにさらされることとなった。

湖底で死んでいたサメは、事件の翌日、自衛隊によって堰堤からクレーンで引き上げられ、渋川や大淵、さらに国内から集まった専門家や法医学者などの立ち会いのもと開腹された。

マグロの解体で使用される刃物で巨大な食道や胃袋が開けられると、大勢の遺体や人体の一部分が、敷かれたブルーシートにどっと流れ出たという。ほとんどが当日襲われた選手たちで、まだ原形を保っていたが、胃の底や腸には消化され身元が確認できない遺体がいくつかあったため、DNA鑑定が行なわれることとなった。結果、キャンプ場で消えたカップルや、鴨居、ウィル・レイトナーの死亡が確定したが、まだ身元不明者が数名いて、警察が調べている。

サメの襲撃による最終的な選手の死者は三十一人、重軽傷者は百七十八人にものぼり、トライアスロン大会史上、前代未聞にして最悪の惨事となった。

巨大なサメがいるという情報を摑んでいたにも拘わらず大会を強行したとして、被害者の選手や遺族らは、市を相手どり集団訴訟を起こして損害賠償請求をする準備をしている。呆れたことに、これに便乗しスポンサーのメイケン製薬も市を訴えるつもりとの噂だ。

市長や大会総責任者の牛尾は、業務上過失致死傷罪の疑いで警察から何度も聴取を受けていた。運営責任者の矢代も同様だったが、大会を止めようとして軟禁されていたことを同僚や警備員らが証言してくれたため、刑事訴追は免れそうだった。

責任を問う声は、管轄の不二宮警察署へも向けられていた。前々日に、湖で鴨居の捜索をしていたのにサメを見つけられなかったことや、浮島で見つかった血痕を行方不明のカップルのものと照合しなかったためで、警察内でもなんらかの処分が下される可能性があるという。

毎日事後処理に追われ、めまぐるしく時間は過ぎ、季節は秋を迎えようとしていた。

岸辺の芝に腰掛けた矢代は、穏やかにさざめく水面を眺める。

低い場所を滑空し、魚を獲る鳥の姿があった。浮島へ続く岩では、亀たちが空を見上げゆったりと甲羅干ししている。羽化したトンボたちは、我が物顔で岸辺やキャンプサイトを飛び交っていた。平和そのものだ。知らずに見せたら、ここが惨劇の舞台になったなんて誰も信じないだろう。

後ろから人がやって来る気配がして、矢代は振り返る――。渋川だった。

ダークグレーのTシャツにカーキのカーゴパンツ、肩に引っ掛けたぼろぼろのリュックサック。いつ会っても本当に代わり映えしない。切る暇もなく伸びた髪と、顔や腕に残っている傷だけが、事件の名残を感じさせた。

「よう、矢代」

目が合うと、彼女は寂しげに笑う。ウィルの死を知って以降、ずっと変わらない暗い表情。

事件後、彼女はこの地に留まり、どうしてオオメジロザメがこの湖にやってきたのかや、巨大化に至ったのか、究明に取り組んでいた。

大淵教授や、さまざまな研究機関、国や県などと連携して調査を行ない、先日巨大化の仕組みとされるものが伝えられた。

来常湖畔のタブノキに虫瘤を作っていたのは、南米産の新種のタマバエで、生体のドチザメを用いて対照実験を行なったところ、胃に虫瘤があるサツキマスを食べさせた方が急速に成長し、わずか二週間で一・五倍の大きさになったという。

虫瘤を食べたサツキマスの体内からアルカロイドの成分が検出されたそうで、齧った部分から流出したアルカロイドが吸収されて全身に回り、それをサメが食べると成長ホルモンとして認識され各器官に作用するという仕組みだそうだ。

ごく微量でも劇的な効果を現すため、あのオオメジロザメも湖に来て一ヶ月と少しぐらいしか経っていないのではないかと推測されていた。しかし、サメがなぜこの湖を目指したのかなど、まだ分かっていないことは多く、論文などの発表はまだ先で、調査は数年続く見込みらしい。

「何時の電車に乗るんだ？」

訊ねると、彼女は隣に並んだ。

「十五時だ」

研究が一段落した彼女は、ようやくDNA鑑定が終わって引き渡されたウィル・レイトナーの遺骨を持ってアメリカへ一旦帰国するとのことだった。そのあとは、大学の後期授業も始まるため九州へ戻って研究を続行するという。急に知らされたので驚いたが、とにかく最後に会おうということで、ここで落ち合ったのだ。

近隣の研究機関や大学を飛び回っていた彼女は、矢代と同様に久しぶりの湖をじっと眺めた。その横顔には、最初に会った時のような、しなやかな強さが感じられなかった。あるのは、深い深い悲しみをたたえた瞳だけ。

しばらくそっとしておいたのち、矢代は語りかけた。

「……大丈夫なのか？」

「大丈夫になる日なんて、一生来ないだろう」

遠くへ目をやりながら、彼女は声を震わせた。

あの日、死んだと思っていた彼女は、自衛隊の救助ボートに乗せられ岸へ戻って来た。長時間酸素が少ない状態に置かれ、青白い顔でぐったりとしていた彼女に伝えるべきかどうか迷ったが、言わないのも不誠実だと思い、長田から聞いた内容を話した。

すると、寝転んだまま涙を流し、渋川はこう答えたのだ。

――知ってる。本当は行方不明と聞いた時から、そうじゃないかと思っていた。

ウェットスーツのベルトから折りたたみのナイフを取り出すと、彼女は胸の上でぎゅっと握った。

――もう会うこともできない。私は彼の最後の頼みを聞いてやれず、サメを殺すことしかできなかった……。

慰める言葉も見つからず、空を見上げて透明な涙を溢れさせる彼女を、矢代はただ見つめることしか出来なかった。この三週間で時間を見つけては、元気づけようと夕食や飲みに誘ったりしてみたが、たまに都合が合って食事をしても酒に手をつけようとすらしないし、一向に彼女の気持ちが上向く様子はない。

深い事情は分からないが、無二の親友を亡くしたのだから、落ち込むのは仕方ない。だが、そんなのは、彼女らしくなくて辛かった。直接会ったことはないが、ウィルという人だって、そんなことは望んでいないだろう。

「……世話になったな。いろいろ気を紛らわせようとしてくれて、助かった」

少し照れくさそうに渋川は言った。

「良かった。うざがられてるかと思ったから」

「そんなことはない。一人でいたら落ちるところまで落ちていただろうから、本当にありがたかった。小うるさい自称主治医のテレビ電話にも出ずに済んだしな」

「？」

なんでもないと、苦笑して彼女は手を振る。

このまま彼女は行ってしまうのだと思うと、心に穴が空くのではないかというぐらい寂しかった。でもどうしようもない。もともと生活している場所が違うのだから。

何かを言おうとして止めた矢代に、渋川は首を傾げる。

「どうした？」

「……いや」

「なんだ、変な奴だな。はっきり言え」

少し考えたのち、矢代は答えた。

「——いいんだ。たいしたことじゃないから」

お互いまだこんな状況だし、自分でもどうしたいのかよく分からないから、今は何も言わずにおくのがいいだろう。別に今生の別れでもない。彼女はウィルの葬儀を終えたあと九州へ戻ってくるのだし、連絡先だって分かっているのだから。

「元気で」

手を差し出すと、彼女は笑顔で応えてくれた。

「また会おう」

大きく頷く。心が晴れたのは、彼女が社交辞令と無縁な人間だと知っているからだ。

「ああ、また」

笑みを浮かべ、矢代は固く握った手を離した。

*

初めてやって来た「日本」という国は、学校があるスイスのツークと比べ、やはり暑かった。

湿気が体にまとわりつくし、あとからあとから汗が噴き出して来る。

東京から新幹線に乗り、新不二駅で降りたまではよかったが、そこから在来線への乗り換え方が分からず、あたふたしてしまった。親切な駅員に助けてもらい、バスで不二駅まで移動し、そこから電車に揺られようやく不二宮駅へたどり着くことができた。

スマホのナビで目的地へのルートを確認しながら歩き出す。

昨日少し散策した東京と、この不二宮という町はだいぶ違った。平らな土地。高い建物はそれほどなく、空が広い。ゆったりと暮らせそうな町——。見渡せば山脈があるところもスイスと同じでホッとする。

午後三時。交通量は多いが、町を歩いている人は少なかった。頭上から強い日が射しているせいだろう。足元のアスファルトも温まっていて、サウナに入っているようだ。日傘をさして歩いていく女性を横目に、すべての荷物が入った重いリュックサックにうんざりしながら、日陰を探して歩く。

「——あ」

視界を塞いでいた建物が途切れ、空がひらけると同時に声が出た。

入道雲が浮かぶ青い空に、富士山がそびえ立っている。

新幹線から見たのより、もっと大きくて迫力がある。ガイドブックに載っているものと違い雪を冠(かぶ)っていないのは残念だが、なだらかに裾野を広げどっしりと座っている姿にぐっときた。

周囲に人がいないのをいいことに、スマホを構えて写真を撮る。

メッセージを添付して、まずはガールフレンドへ画像を送った。だいぶ迷ったあと、母にも同じものを送信する。

僕がここへ来たことを知ったら、烈火の如く怒るかもしれない。でも、来るかどうか決めることは僕の領分であり、彼女にはコントロールできないことだ。十八歳はもう大人だし、僕には僕の意思があるのだから。

再び歩き始める。地図だと目的地までたった一キロメートルなのに、妙に長く感じた。

彼は、これよりずっと長い道のりを走っていたのにと思うと、誇らしいようなこそばゆいような気持ちになる。僕は彼の足を受け継いでいるのだ。練習すればそのぐらいの距離を走る素質は十分あるに違いない。

同時に、不安の影も差した。ずっと会っていなかった僕を、彼は受け入れてくれるだろうか……。

幼少期に離ればなれになった彼のことは覚えておらず、十歳のときクリスマス休暇でフランスにある実家へ帰ったとき母から知らされた。そのときからずっと僕の心の中には彼がいて、会ってみたいと思っていた。新しいパパが嫌いな訳ではないけれど、やっぱり本当の父がどんな人なのか気になる。身を持ち崩し、落ちるところまで落ちたということも聞いたけれど、気持ちは変わらなかった。顔を合わせてみたら、最低の屑なんてこともあるかもしれない。……でも、それでもいいのだ。

母は頑なに語ろうとしなかったため、彼の住所や連絡先が分からず諦めかけていた。

転機はいきなり訪れた。

遠く離れた日本で、ある悲惨な出来事が起き、彼が人助けをしたのだ。世界中を震撼させる事件だったこともあり、救助のニュースは通信社によって世界中に配信され、皮肉なことに僕の知るところとなった。

流れる汗を拭って進みながら、彼はなぜこの場所を復帰戦に選んだんだろうと考える。

建物の間からまた富士山が顔を覗かせ、口元が弛んだ。

案外単純な理由で、彼もあの山が気に入ったのかもしれない。

やっとのことで目的地である病院に無事到着すると、喉がカラカラだった。エントランスに入るなり、ベンチに座って駅で買った水を一気に飲み干す。体に熱がこもっていた。少し消毒液っぽい臭いがするものの、エアコンが利いた院内は心地いい。

動く気にならず、背もたれに体を預けてぼんやりしていると、つやつやした黒髪の小さな男の子が目の前に現れた。指をくわえながら、子鹿のような眼差しをじっと向けてくる。

日本語は「アリガト」ぐらいしか覚えていなかったので、ハイと挨拶すると、驚いたことにその子は英語で話しかけて来た。

「お兄ちゃん、どこから来たの？」

「スイスだ」

分からないかもしれないと思いながら答えると、彼は何かを考えるようにして言った。

「モーモーの国？」

牛の酪農のことを指しているのだろう。賢い子だと思いながら頷く。

「あっ、こんなところにいた」

両親らしい三十代ぐらいの日本人夫婦が駆け寄ってきた。小太りでふにゃふにゃした笑顔の父親が、男の子の手を握る。こちらも英語が堪能らしい父親は、僕を見て口を開いた。

「すいません。最近すっかり物怖（ものお）じしなくなって、色んな人に話しかけてるんです」

微笑んで構いませんよと応える。

旅行者の格好をしているからだろう。彼は心配そうに訊ねた。

「どこか具合が悪いんですか？」

苦笑して首を振る。

「見舞いに来ただけです。駅から歩いて来たら暑くて、病室へ行く前に休憩していたんです」

ぴくりとして彼は表情を変えた。

「もしかして、あの事故の……トライアスロン選手のお見舞いですか？　それならほとんどの人が六階の外科病棟にいますよ」

「あなたも家族か友人が入院しているんですか？」

驚いて訊き返すと、ねぐせのある頭を掻きながら彼は笑った。

「そうですね。友人というか……向こうはすごい人なので、そんな風に思ってくれていたら嬉しいんですが……」

いつのまにか隣の椅子に移動した男の子が、僕に耳打ちした。

「うちのパパ、サメに食べられそうなところを助けてもらったんだよ。かっこいい外国人のおじさんに。今もそのおじさんのとこに行って来たんだ。両足が食べられて無くなっちゃったけど、パパの働いてる会社が応援して、歩いたり自転車に乗ったりできるようにするんだって」

彼らと別れてエレベーターに乗り、六階へ出るとすぐナースステーションがあった。僕に気づいた中年の看護師が、笑みを浮かべ簡単な英語で話しかけて来る。外国人選手の見舞い客が多いため、慣れているのだろう。

「お見舞いですか？」

「はい、そうです」

「入院患者のお名前は？　あなたの名前もお願いします」

気恥ずかしさを感じながら、僕は口にする。誰かにこういう風に自分を紹介するのは初めてだったから。

「患者は、ジャック・ベイリーです。僕は、ダン……ダニエル。父に会いに来ました」

Epilogue

長い下草のトンネルを抜けると、そこは深い森の中にある神秘的な湖だった。

頭上を覆う高い木々から木漏れ日が降り注ぎ、湖面はきらきらと宝石のように輝いている。

湧き水らしき透明な水の中には倒木や石が転がり、それらに生えた藻がゆらゆらと揺れていた。小魚たちが群れを作って泳ぐ姿も見える。上空では鳥たちが穏やかにさえずっていた。

亀たちは目を見張る——。

まごうかたなき楽園だ。やっとたどり着いたのだ。

元いた湖と比べると広さは四分の一もないが、自分たちが暮らすには十分だろう。

最後の力を振り絞り、のそのそと近づく。

前にいた湖を出発してから、いったいどれだけ経ったのか。

仲間のほとんどは途中で息絶え、残りはたった五匹になっていた。思い出したくもないほど辛く苦しい旅だったが、ようやく報われたのだ。

見たところ、この湖周辺はニンゲンが立ち入っていない様子だし、天敵となる生き物もいないようなので、これからゆっくりと仲間を増やしていけばいいだろう。

待ちきれず若い個体が先に進み、草がぼうぼうに生えた岸から湖へ入る。澄んだ水の中をすいすいと気持ち良さそうに泳いだ。涼やかな波紋が湖面に広がる。

それを見ていた他のものたちも、我先にと湖へ急いだ。

自分たちは楽園の住人になるのだ。もう何も恐れず平和に暮らせる――。

そのとき、水底を浚うように黒い影がいくつも湧き上がり、泳いでいる亀へ近づいた。

激しく尾鰭を動かし、ものすごい速さで亀を取り囲むと、影たちは強靭な歯で一瞬にして奪い合った。亀は甲羅ごと体を裂かれ、あっという間に食いつくされてしまう。あとにはわずかな肉片と血の靄だけが残った。

水へ入ろうとしていた亀たちは、すんでのところで堪えて地上へ後ずさる。

黒い影たちは、湖の王だと言わんばかりに、縦横無尽に湖を泳ぎ回った。

その姿形はどれも、元の湖にいたあの恐ろしい生き物を小さくしたものだった。

絶望を宿した瞳で影たちを見つめながら、亀たちは悟った。

あの恐ろしい生き物は、富士山が見下ろすこの一帯の湖を行き来する術を持っていて、至る所に跋扈(ばっこ)しているに違いない。

安寧(あんねい)の地など、どこにもないのだと――。

解説

吉田大助（よしだだいすけ）
（ライター・書評家）

二〇二三年一二月、とあるニュースが世界中を駆け巡った。〈『ジョーズ』の影響？ 乱獲でサメ減少、スピルバーグ監督「本当に申し訳ない」〉（ハフポスト日本版より）。一九七五年に公開された自身の監督作『ジョーズ』の大ヒットにより、本来はおとなしい性質であることが多く人を襲うことはほとんどないサメに「人食い」のイメージが浸透してしまった（ちなみに「ジョー」は顎（あご）の意味。上顎と下顎の複数形が「ジョーズ」）。その結果、サメの乱獲が誘発され、生息数が激減してしまったことを後悔している……と、英BBCのラジオ番組にゲスト出演して語ったのだ。

現在、国際自然保護連合（IUCN）のレッドリストでは、数十種ものサメが絶滅危惧種及びそれに準ずるカテゴリーに指定されている。この事実、この影響関係は決して忘れてはならないものだが、『ジョーズ』がフィクションの作り手に与えた衝撃も末長く語り継がれるべきだろう。この一作により動物ホラー&パニックものというジャンルが開拓され、エンターテインメントの可能性が拡張した。その衝撃は海を越え、時空をも超えて、現代の日本人作家たちの脳内に受肉した。そのうちの一人が、ギザギザの歯がある巨人に食われる恐怖を描いた『進撃の巨人』の漫画家・諫山創。さらにもう一人、より直接的な影響を受けた人物が、雪富千晶紀だ。このたび文庫化された本作『ブルシャーク』は、『ジョーズ』へのオマージュをたっぷり盛り込んだ、ど真ん中のサメ小説である。

振り返ってみれば、著者は第二一回日本ホラー小説大賞〈大賞〉を受賞した二〇一四年刊のデビュー作『死呪の島』（文庫化に際し『死と呪いの島で、僕らは』に改題）でも、人食いザメをフェティッシュな描写とともに登場させていた。単行本刊行時に筆者がおこなったインタビューで、著者はこんなことを語っていた。「中学生ぐらいの時から気になり出して、サメに関するあらゆることを調べてきました。（中略）これからも私なりのホラーを書いていきたいですね。目標は一年に一作。もしかしたらサメのシリーズになるかもしれないですが、大丈夫ですかね？」（「本の旅人」二〇一四年一一月号より）。ゾンビもの、殺人鬼ものの二作のホラーを挟み、五年越しの大願実現とあいなったのが本作だった。

亀と人間、双方の目線から不吉な何かの到来を予感させるプロローグの後、富士山のお膝元にある不二宮市の来常湖へとカメラは固定される。市主催の「来常湖トライアスロンそしんでいた。すると、水道局に勤める同期の関から、トライアスロンのスイムコースである来常湖の水質が悪化している、というデータを知らされる。何かが起きているのか？

大会」が七日後に迫り、市役所職員で実行委員会の責任者である三〇歳の矢代は準備にい

翌日、八代は関の妻から、夫が家に帰って来ないという電話を受ける。来常湖の南キャンプ場の駐車場で無人の車が発見されたが、運転してきたはずの関は見つからなかった。捜索のために八代もキャンプ場を訪れたところ、森の中で〈レンジャー部隊か何かにしか見え〉ない長身の女性・渋川まりと出会う。久州大学の准教授である彼女は、「友人からこの湖にオオメジロザメが迷い込んでいると聞いて保護しに来た」と言うのだ。八代が〈馬鹿馬鹿しい。こんなところにいるわけないじゃないか〉と思うのも無理はない。ここは海ではなく、駿河湾から内陸へ三〇キロのところにある、淡水の湖なのだ。

しかし、もし万が一サメがいるとすれば、大会は中止にしなければいけない。矢代は渋川と連携し、サメの影を追い始める。すると、湖付近で何人もの失踪者が出始めて……。

物語は大会の七日前（作中表記は「7 days before」）から始まり、章が進むごとに日付が一日進み、大会当日（「On that day」）へと至るカウントダウン形式で進んでいく。

著者はただ単に舞台を現代の日本に移し替え、多少のアレンジとともに人食いザメの物語を読者に差し出すつもりはサラサラなかった。八代と渋川が初めて出会うシーンの会話

は重要だ。「サメ？……サメってもしかして映画の『ジョーズ』のこと？」「そのサメで合っている。映画のホホジロザメとは種類が違うがな。オオメジロザメは、英語でブル・シャーク。人食いザメという言い方はしたくないが、気性が荒く人間と出会うと不幸な結末になる可能性がある」。

ホホジロザメではなく、オオメジロザメ。ここに『ジョーズ』から『ブルシャーク』への変革点がある。よく知られていることだが、『ジョーズ』はベストセラー小説が原作であり、原作者であるピーター・ベンチリーが映画の脚本も手がけている。そして、小説執筆時にベンチリーが作中事件の題材にしたとされているのは、一九一六年七月一日から一二日にかけてニュージャージー州のリゾート海岸で発生した、通称「ニュージャージーサメ襲撃事件」である。当時この事件の犯人は、事件から二日後に捕獲され胃袋から人骨のようなものが発見された、全長二・五メートルのホホジロザメだと言われていた。ところが、この先のエピソードはあまり知られていない。襲われた五人のうち三人は川にいたのだ。ホホジロザメは淡水には入っていけない。つまり、冤罪だ。今では真犯人は別にいる、と考えられている。淡水でも生息できるという極めて珍しい体質を持ち、獰猛な性格からブル（bull）、雄牛という名を持つオオメジロザメだ。令和を生きる日本人作家である著者は、『ジョーズ』にまつわる知られざるこのエピソードに刺激を受け、真犯人と目されるオオメジロザメの生態に見合った物語をこしらえることで『ジョーズ』のアップデートを試みた。

もう一つの変革点は、サメの描き方にある。「はしゃぐ奴が、死ぬ」「いけすかない奴が、死ぬ」というホラーのお約束ごとは、本作でももちろん採用されている。なんなら本家『ジョーズ』よりも人は死んでいるくらいだ。ところが終盤に至るまで、巨大な人食いザメを目撃できるのは、殺される被害者だけである。ホラーにおいて最も重要なのは「何かいる。何かが起こりそうだ」というムードの演出だ。「何か」の中身がバレてしまえば、物語のジャンルはモンスターものやパニックものに変わる。根っからのホラー作家である著者は、サメの存在は「結果」を見せるに留め、ギリギリまで「実体」を見せないパターンを選んだのだ。実は、このパターンは『ジョーズ2』をなぞるものである。続編のオファーをスピルバーグが断りベンチリーも原作及び脚本の執筆を拒んだなかで、製作陣は知恵を絞りに絞り前作超えを目指した結果、サメの実体を晒すことを終盤まで引っ張る作劇を選択した。『ジョーズ2』の製作陣の志を、著者は我が身に引きつけて書いたのではないか。

メインの登場人物の一人が女性生物学者であり、サメに対する科学的知見が盛り込まれている点は、サメ映画の金字塔の一つ『ディープ・ブルー』（一九九九年）を彷彿させる。

通常は二・五メートルほどの大きさであるオオメジロザメが、なぜ巨大化したのか？　水中をモニタリングしているにもかかわらず、姿を捉えられないのはなぜか？　巨大ザメにまつわる謎を科学的に検証し、アンサーを出していく叙述は、本当にいる、と信頼するに足るものだ。そろそろ出てきてほしいという思いが高まり、この湖になら生息できるはずという確証が積み重なっていったところで、ムード満点の一文が登場する。〈押し寄せて来る水が、なぜか冷たかった。まるで光の届かない暗い水底から湧いて来たように――〉。ついに姿を現す瞬間は、「待ってました！」の大興奮が湧き上がる。矢代が惨劇の始まりを、トライアスロン会場に設営されたスクリーンで観る趣向もケレン味たっぷりだ。彼は内心でこう呟く。〈映画『ジョーズ』そのものの映像〉。野外シアター状態だ。

大興奮のまま読み終えた人はみな、ふと思うのではないだろうか。日本でも『ジョーズ』が大ヒットし今なお名作として語り継がれているにもかかわらず、サメを題材にした小説がこれまでほとんど書かれてこなかったのはなぜか。『ジョーズ』に似ている、似てしまうことへの畏れは大きかったのではないかと思う。しかし、似てしまうことの何が問題なのか、と著者は大胆に筆を執っている。書けば必ず、否でも応でも己の個性が光り出す、そう信じて筆を進めている。無策でもなければ、無謀でもない。あらゆる物語は、既に存在している物語の続編という性質を持つ。「原典超え」「前作超え」は、全ての物語作家にとっての使命である。既に見てきたように、著者ほど意識的にその使命を果たそうと試みている人物は数少ない。この一冊から、勇気のようなものを受け取る人は少なくないと思うのだ。日本人にだって『ジョーズ』は作れる。『ジョーズ』を超えることだってできるのだ、と。

最後に、朗報をお届けしたい。二〇二三年三月、続編となる『ホワイトデス』が光文社より刊行される予定だ。一足先に原稿を読ませていただいたところ……いや、こう続けたか、と叫んでしまった。とにかく、激烈に面白い。その一方で非常に興味深く感じられたのは、冒頭に引用したスピルバーグ監督の発言とも重なる、サメをフィクションの題材とすることへの後悔や罪悪感が、物語の中に溶かし込まれている点だ。ハリウッドの巨匠と現代日本を代表するホラー作家の想像力に、シンクロニシティを感じずにはいられなかった。また、『ホワイトデス』からはさらなる続刊のシグナルをキャッチすることができた。著者にとってデビュー時よりの念願であるサメホラーのシリーズ化を、大いに期待したい。

この一作、このシリーズが多くの読者の元に届いたならば、眠れる才能を覚醒させることになるのは間違いない。日本のエンターテインメントの最前線はここにある。ハリウッドとタイマンを張るどでかい想像力の持ち主はここにいる。そう叫びたくなる大傑作だ。

参考文献

『SHARKS　サメ――海の王者たち――　改訂版』　仲谷一宏　ブックマン社
『植物はなぜ薬を作るのか』　斉藤和季　文藝春秋
『植物をたくみに操る虫たち　虫こぶ形成昆虫の魅力』　徳田誠　東海大学出版部
『［カラー版］昆虫こわい』　丸山宗利　幻冬舎
『爬虫類ハンター　加藤英明が世界を巡る』　加藤英明　エムピージェー
『駿河湾おさかな図鑑』　静岡新聞社編　静岡新聞社
『THE DEEP SEA　日本一深い駿河湾』　東海大学海洋学部編　静岡新聞社
『湖沼生物の生態学――富栄養化と人の生活にふれて』　宝月欣二　共立出版
『熱帯雨林を歩く　世界13カ国31の熱帯雨林ウォーキングガイド』　上島善之　旅行人

二〇一九年八月　光文社刊

光文社文庫

ブルシャーク

著者　雪富千晶紀（ゆきとみちあき）

2023年2月20日　初版1刷発行

発行者　三宅貴久
印刷　堀内印刷
製本　ナショナル製本

発行所　株式会社　光文社
〒112-8011　東京都文京区音羽1-16-6
電話 (03)5395-8149　編集部
8116　書籍販売部
8125　業務部

ISBN978-4-334-79493-4　Printed in Japan

組版　萩原印刷

光文社文庫最新刊